Collection dirigée par Glenn Tavennec

L'AUTEUR

Sous le mystérieux pseudonyme de Myra Eljundir se cache Ingrid Desjours, une auteure et scénariste française de talent. Sa précédente saga, *Kaleb*, a rencontré un grand succès.

Retrouvez tout l'univers de
MYRA ELJUNDIR
sur la page Facebook de la collection R
www.facebook.com/collectionr

Vous souhaitez être tenu(e) informé(e)
des prochaines parutions de la collection R
et recevoir notre newsletter ?

Inscrivez-vous à l'adresse suivante,
en nous indiquant votre adresse e-mail :
www.laffont.fr/site/NewsletteR/

MYRA ELJUNDIR

APRÈS NOUS

1 – AU COMMENCEMENT

Illustrations d'Éphémère

roman

R

Loi n° 49-956 du 16 juillet 1949
sur les publications destinées
à la jeunesse et aux jeunes adultes

Illustration de couverture : Magali Villeneuve
www.magali.villeneuve.com
Illustrations intérieures : Éphémère
www.ephemere.biz

ISBN : 978-2-221-14457-2
ISSN : 2258-2932

Dépôt légal : novembre 2017

« Quelle chimère est-ce donc que l'homme ? Quelle nouveauté, quel monstre, quel chaos, quel sujet de contradiction, quel prodige !

Juge de toutes choses, imbécile ver de terre ; dépositaire du vrai, cloaque d'incertitude et d'erreur ; gloire et rebut de l'univers. »

Blaise Pascal, *Pensées*

Avant elle

Au commencement, il n'y avait rien.

Et soudain juste une onde, un frémissement.

L'apparition de la vie sous sa forme la plus archaïque, à peine quelques cellules appliquant un programme génétique, se divisant et s'agglutinant, se transformant jusqu'à leur but final, une étape après l'autre.

Un œil non averti aurait été bien incapable de prédire ce qu'elles deviendraient en observant cette petite mûre granuleuse seulement détectable au microscope, perdue dans son écrin moelleux. En la voyant, au fil des jours, s'allonger pour devenir hippocampe docile, flottant dans une poche visqueuse à laquelle il s'arrimerait grâce à un long cordon de chair, avant de se muer en curieux haricot pourvu d'un cœur.

Puis, au bout de quelques semaines, le cœur se mettrait à battre, le cerveau se formerait tandis qu'une longue queue et des extrémités palmées le feraient désormais ressembler à un petit lézard.

Aucun de ces états ne semblait stable, les cellules ne cessaient de se multiplier, plastiques, chaotiques, obéissant frénétiquement à un besoin impérieux d'aboutir à un résultat impossible à deviner. Quel serait l'aboutissement de toutes ces métamorphoses, de ce troublant hommage à la chaîne de l'évolution ? Un dragon, un poisson, un alien, un chaton ?

Non.

Un petit humain.

Un fœtus de quelques mois, aux yeux clos, poings fermés, oreilles parfaitement sculptées.

Un bébé presque à terme, en apesanteur, accomplissant d'instinct le miracle de la vie, grandissant, se fortifiant, fabriquant jusqu'à cent mille milliards de neurones à raison de cinq mille à la seconde.

Une petite fille, blottie dans le ventre de sa mère, dont l'intelligence ne cesserait désormais d'évoluer. Et déjà, au cœur de l'assemblage complexe de dendrites et de synapses, émergeait cette chose fascinante qu'on appelle la conscience de soi.

L'âme.

Jusqu'à présent elle avait flotté dans une sorte de béatitude confuse, ignorant habiter un lieu aux frontières finies : son propre corps. Elle divaguait, bercée par les bruits feutrés provenant de l'extérieur et le doux gargouillis des organes tout autour.

Mais soudain, alors que de nouvelles connexions venaient de s'établir, elle reçut un choc dont elle ne se remettrait jamais. Un choc si violent qu'il avait électrisé son cerveau, projeté un flash éblouissant derrière ses paupières closes, accéléré les battements de son cœur, raidi son corps tout entier. *Son corps*. Elle avait un *corps* ! Et tandis qu'elle dépliait prudemment ses membres potelés, agitait consciencieusement ses petits doigts et ses orteils, la jeune âme eut une bouffée d'angoisse : où était-elle ? Quel était ce monde étroit aux parois molles et chaudes ? Elle chercha des réponses dans sa jeune mémoire, n'y trouva pas grand-chose si ce n'est le sentiment de vivre ici depuis toujours, d'y être à l'abri et de pouvoir prendre tout son temps pour se préparer. Se préparer à quoi ? Elle l'ignorait, mais ce dont elle ne pourrait plus faire abstraction désormais, ce serait les pensées qui la traverseraient chaque jour un peu plus intensément et la certitude de sa propre existence.

Jusqu'à présent, la petite fille percevait des sons flous émis par les cordes vocales grâce aux ondes se déversant à l'intérieur du placenta, ainsi que de l'autre côté du mur de chair. Aujourd'hui, semblant déceler le changement qui s'était opéré en son ventre, la voix de sa mère lui parvint plus nette que jamais. Elle s'adressa à elle, directement.

— Ma chérie, c'est *maman.* Enfin tu es consciente, ma fille !

La petite fille sentit des torrents d'amour se déverser dans son cocon. Ainsi, *maman* était le nom de cet endroit, *maman* était là, tout autour d'elle et la protégeait. Et... l'aimait. *Maman* était infiniment bonne. Elle aima instantanément *maman.* La petite fille ondula de plaisir dans le liquide chaud.

— Tu dois naître en sachant, ma belle. Je te demande pardon...

Pardon ? Pourquoi *maman* lui demandait-elle pardon ? La petite fille frappa la paroi molle du pied pour se projeter dans le cocon et se laisser dériver au hasard des courants d'eau salée, esquissa un léger sourire. Mais le sourire se figea instantanément. Elle fut soudain assaillie par un flux incontrôlable d'images qui s'imprimèrent instantanément dans son esprit. Des images de femmes hurlant, implorant, les pupilles dilatées de terreur, leur corps entier couvert de blessures purulentes... leurs cris suraigus lui vrillaient les tympans. Elle tenta de ramener ses petites mains à ses oreilles, secouant la tête de toutes ses forces, suppliant *maman* de stopper cette torture. Cependant le terrible spectacle ne cessa pas. *Maman* était inflexible, cruelle, sourde à ses suppliques.

Elle ne s'arrêta que lorsqu'elle fut certaine que la petite avait tout reçu.

— Tu devais savoir. Je devais te faire saisir la raison de ta venue au monde...

Car *maman* ne s'était pas contentée de lui montrer toutes ces atrocités pour le plaisir, mais bien pour servir un but qu'elle lui avait dévoilé en filigrane. *Voilà ce que tu seras appelée à faire, le moment venu...* La petite fille ne comprenait pas comment *maman* pouvait lui demander une chose aussi horrible, pas plus qu'elle ne s'expliquait pourquoi *maman* s'obstinait à dire « tu ». N'était-elle pas au courant ? La petite fille elle-même n'en savait rien jusque-là, pourtant, alors qu'elle se débattait pour échapper aux visions immondes, elle avait senti la paroi molle de son monde se déformer, venir la frôler. Surprise, elle s'était rapprochée, l'avait effleurée du bout des doigts et là, de l'autre côté, quelqu'un en avait fait de même et, à en juger par ses réactions, était aussi surpris qu'elle ! Le contact de leurs mains à travers les placentas fut à la fois extrêmement doux, provoquant une émotion inexplicable empreinte de reconnaissance, d'une véritable liesse à l'idée de ne pas être seule au monde, mais aussi du funeste pressentiment d'être en présence de son parfait contraire, de son antagoniste le plus dangereux... Comme électrisés, les deux bébés furent violemment projetés à l'autre bout de leur poche.

Le temps passa, flou, et avec lui aurait pu venir l'oubli. Mais au fil des mois qui suivirent, *maman* continua de peupler ses rêves de scènes de souffrance. La petite fille avait désormais achevé sa croissance. Ses résolutions de rester loin de son colocataire avaient rapidement volé en éclats. À mesure que les bébés grandissaient, leur monde s'était étréci et les avait obligés à se rapprocher, se palper, se renifler, s'apprivoiser. La petite fille savait *l'autre* plus fragile qu'elle, plus instable. Elle percevait sa colère quand *maman* leur envoyait des visions. La petite fille avait bien tenté de l'apaiser, de lui montrer comment chasser ces images de son esprit, mais *l'autre* n'avait pas sa force de caractère. Pour tout dire *l'autre* lui faisait peur.

Une peur irrationnelle, incontrôlable, qui lui soufflait qu'elle était en danger et devait fuir cet endroit avant qu'il ne soit trop tard.

Trop tard pour quoi ?

Elle ne le savait pas.

Ce n'est que lorsque les parois tentèrent de l'écraser qu'elle comprit.

En quelques secondes, son nid douillet ne fut plus que chaos et fureur. Une force impossible à combattre vint percer les placentas et soudain le doux liquide dans lequel les bébés baignaient disparut. Il ne resta plus que de la chair, une chair cruelle les pressant l'un contre l'autre, les repoussant vers un tunnel trop étroit pour le traverser. Pour y survivre !

Pourtant, quelque chose au fond d'elle se réveilla alors. Une force ancestrale, venant des tripes, de la peur même de mourir : l'instinct de survie. Les deux bébés ne pourraient franchir ce passage en même temps et chaque instant retardant la traversée pouvait leur être fatal. Il fallait qu'elle soit la première ! Mais *l'autre* avait eu la même intuition et attaqua en premier, projetant son corps contre le sien pour l'écraser, l'étouffer, l'étourdir et gagner cette course pour la vie.

La petite fille voulut prendre appui contre la paroi afin de mieux lui résister, or son pied glissa contre la paroi visqueuse, elle opéra un tour complet sur elle-même. Le cordon nourricier vint s'enrouler autour de son cou, l'étrangler. Paniquée, elle s'agita de plus belle, appela *maman* au secours, supplia *l'autre* de la laisser vivre. En vain. Alors elle frappa de toutes ses forces, à l'aveugle, visant sa gorge, ses yeux, la zone tendre de son crâne... Mais *l'autre* secoua ses membres plus frénétiquement encore, enroulant autour de ses deux jambes ce qui restait du cordon de la petite fille, ce qui resserra le garrot autour de son cou. Surprise, elle cessa un instant de se débattre, laissant le champ libre à *l'autre* qui s'engouffra aussitôt dans le tunnel, tirant avec elle cette corde en train de la pendre. La petite fille sentit une pression énorme au niveau de sa tête, comme si tout son sang y avait été fait prisonnier. Elle ouvrit la bouche, bien qu'aucun cri n'en sorte. Sa langue lui donnait l'impression d'avoir doublé de volume, sa gorge se serrait et la brûlait, ses yeux se piquaient d'aiguilles lumineuses, ses forces l'abandonnaient ! Non ! Ça ne pouvait pas se terminer comme ça, pas déjà ! *Quoi qu'il arrive je survivrai !* s'intima-t-elle pour se donner du courage. Elle rassembla ce qui lui restait d'énergie et se glissa à son tour vers ce qui semblait être la seule issue. Pourtant, à peine eut-elle introduit sa tête dans ce tourbillon, qu'un dernier coup sur le cordon finit de l'étrangler. Et soudain, plus rien.

Une voix étrangère déchira le silence tout juste rythmé par les bips du monitoring.

— Je suis désolée, l'autre n'a pas survécu.

Si la petite fille ne maîtrisait pas encore le langage parlé, elle saisit pourtant le sens de ce qui avait été dit et réalisa qu'elle était... vivante ! Mais... alors ? Les voix échangèrent à nouveau quelques paroles et elle comprit que *l'autre* avait succombé. Certainement à cause des coups qu'elle lui avait assenés pour se défendre. La petite fille se sentit coupable, malgré son jeune âge. Et si d'ici quelques minutes elle oublierait tout ce qui avait précédé sa naissance, ce sentiment-là ne la quitterait plus jamais, pas plus que la mission accompagnant sa venue au monde, dont le souvenir resterait en sommeil dans un recoin de son esprit, jusqu'à ce que le moment d'accomplir sa destinée arrive...

Pour l'heure, elle était trop épuisée pour demeurer éveillée ou même trouver la force de pleurer. Elle finit de sombrer dans un état proche de celui qu'elle avait connu pendant les premières semaines qui avaient suivi sa conception.

— Il suffisait d'une seule, répondit la jeune mère. Donnez-la-moi, je veux la voir !

Du plus profond de son sommeil, la petite fille se réjouit à l'idée de découvrir *maman* et de se blottir contre elle. Mais la sage-femme l'emmaillota complètement et l'emmena dans une autre pièce. Au loin, il lui sembla percevoir des cris de bébé auxquels se substitua une voix grave et réconfortante.

— Tu es vivante, ma belle. Tu es un miracle.

PARTIE I

1.

Glacée malgré la douceur de ce mois d'octobre, Jezebel Kern resserra les bras autour de son blouson et pénétra dans le funérarium, regard vide, tête baissée. La cérémonie était terminée, mais restait la crémation. *Crémation.* Elle n'arrivait pas à s'approprier ce mot immonde, à comprendre vraiment ce qu'il impliquait. D'ailleurs, tout semblait irréel autour d'elle, grotesque, anachronique. Cette couronne de fleurs ocre surmontée d'un ruban au message compassé «Pour nos chers collègues partis trop tôt», la mine de circonstance plaquée sur le visage de croque-morts rompus à l'exercice, le registre noirci des condoléances d'inconnus qui n'avaient pas jugé nécessaire de se déplacer pour rendre un dernier hommage. La jeune fille avait l'impression désagréable d'être coincée dans un mauvais film, d'être une erreur de casting au sein d'une mascarade. Rien, elle ne trouvait rien à quoi se raccrocher dans ce bâtiment impersonnel, désespérément aseptisé. Elle releva légèrement la tête, afin de pouvoir observer tout le monde, sans croiser le regard de personne. Cependant elle ne vit aucun visage connu, seulement des membres de l'établissement funéraire. Jezebel sentit les larmes lui monter aux yeux, pas des larmes de chagrin, non, celles-là n'étaient pas encore venues. Mais des larmes de peur, d'impuissance. Seule, elle était désormais seule au monde. Qu'allait-elle devenir à présent que ses parents l'avaient quittée ? Sa gorge se serra. Le souvenir de leur dernière dispute lui revint en une bouffée acide. Leur colère fulgurante, irrationnelle. Le violent sentiment d'injustice qui l'avait alors saisie. *Vous ne m'empêcherez pas de vivre ma vie, et si vous essayez je partirai d'ici !* Les cris, ceux de son père, les siens, les sanglots de sa mère et le sang. Tout ce sang...

— Jezebel !

Une voix haut perchée interrompit brutalement le cours de ses pensées. La jeune fille opéra un demi-tour sur elle-même et vint se jeter dans les bras de la femme.

— Oh, Marion, tu es venue !

— Bien sûr que je suis venue, ma chérie ! Tu ne pensais pas que j'allais te laisser toute seule un jour comme celui-ci ? J'aurais dû être présente pour la cérémonie, mais ma voiture n'a pas voulu démarrer, j'ai dû appeler un taxi... Je suis là maintenant! Comment tu vas, toi?

Sentant qu'elle serait incapable de répondre sans trahir l'angoisse qui la rongeait, voire d'éclater en sanglots, Jezebel se contenta de hausser les épaules. Marion Arsac la serra un peu plus fort contre elle. À presque seize ans, la fille de Johann et Hannah Kern la dépassait d'une bonne tête et, pourtant, elle n'avait jamais paru aussi fragile qu'en ce moment précis, or quoi de plus normal quand on vient de perdre ses deux parents de façon si terrible?

Marion Arsac connaissait la famille Kern depuis dix ans, maintenant. Il n'avait pas été aisé de nouer des liens avec eux, c'étaient des personnes solitaires et méfiantes, certains habitants du quartier chuchotaient qu'ils avaient forcément des choses à se reprocher, que Johann avait fait de la prison, qu'ils étaient trop parfaits pour être honnêtes, quand d'autres savaient à peine à quoi ils ressemblaient et se rappelaient encore moins leur nom de famille. Il est vrai que les Kern mettaient un point d'honneur à ne pas se faire remarquer. Ils sortaient les poubelles aux horaires prévus, n'avaient jamais de contravention, ne râlaient pas quand un voisin poussait le volume à fond un soir de la semaine... Les locataires idéaux, en quelque sorte, parmi la foule de malotrus multipliant les incivilités dans l'immeuble où ils vivaient. Marion avait très vite mesuré sa chance d'habiter sur le même palier, bien que leurs premiers échanges se soient limités aux politesses d'usage. Cependant, à force de sourires et de menus services, elle était parvenue à se faire accepter de la famille, à recueillir quelques confidences d'Hannah, gagner la confiance de Johann, l'affection de Jezebel. La petite la considérait un peu comme sa tante et appréciait chez elle la fantaisie qui manquait à ses parents. Jezebel avait très vite montré un tempérament artistique, spontané, quand les Kern ne juraient que par la réussite scolaire et la poussaient à travailler dur ainsi qu'à délaisser sa guitare et ses rêves de scène. Mais la jeune fille n'en avait toujours fait qu'à sa tête et son entrée dans l'adolescence l'avait rendue plus rétive encore aux injonctions de ses parents. Souvent, Marion entendait leurs éclats de voix depuis sa cuisine. La pièce était mitoyenne avec le salon des Kern et l'isolation phonique laissait à désirer, c'est ainsi qu'elle avait parfois perçu des paroles qu'elle n'aurait jamais dû entendre. Des paroles qui, si elles n'avaient pas été prononcées par un couple aussi sérieux, auraient pu les faire passer pour fous...

— Garde-moi avec toi, s'il te plaît !

L'orpheline s'était doucement dégagée de son étreinte et la fixait de ses grands yeux cuivrés.

— On en a déjà parlé, ma belle, tu sais bien que je ne peux pas, répondit-elle, gênée. Je n'ai aucun droit à faire valoir sur toi et une intérimaire qui peint à ses heures perdues n'a rien de rassurant pour l'ASE[1].

— Mais j'aurai seize ans dans un mois ! Je ne suis plus une enfant !

— Je le sais, ma chérie. Mais la justice n'est pas de cet avis et tu dois aller vivre dans cette famille d'accueil. Je suis sûre qu'ils t'attendent avec impatience et vont tout faire pour que tu te sentes bien...

— Me sentir bien ? Comment veux-tu que je me sente bien après ce qui est arrivé ? Quand rien ne se passe comme je l'avais imaginé ?

La voix de la jeune fille s'étrangla dans un hoquet, Marion lui adressa un sourire piteux pour tenter de la consoler. Bien sûr, Jezebel pensait certainement profiter de ses parents pendant de nombreuses années...

Cependant, ce n'était pas de la tristesse que Jezebel venait d'exprimer, mais bien une forme de colère. Colère contre les adultes qui décrétaient savoir ce qu'elle devait faire à présent, contre le destin qui venait de faucher ses parents, colère contre elle qui avait plus d'une fois imaginé être débarrassée d'eux, pendant cette phase étrange qu'il y a entre l'éveil et le sommeil, quand on flotte un peu et que l'esprit se laisse aller, léger et tout-puissant à la fois, à envisager d'autres possibles. Néanmoins jamais, dans ses hypothèses les plus folles, elle n'aurait

1. Aide sociale à l'enfance (toutes les notes sont de l'auteure).

songé être expédiée dans une famille d'accueil, loin de ses amis, de Marion, de tous ses repères.

Pourtant, aller à Paris, elle l'avait désiré plus que tout. Combien de fois s'était-elle amusée à s'y projeter, en pensée, à se rêver en femme libre, en chanteuse adulée, menant la grande vie ? À présent, tout cela lui paraissait bien superficiel. Aussi irréel que cet ersatz de funérailles auxquelles personne n'était venu assister.

— Je crois que c'est le moment, ma puce...

Marion Arsac passa gentiment un bras autour de ses épaules et l'invita à se rendre dans la salle du dernier hommage. Jezebel prit place derrière la petite vitre. De l'autre côté, un cercueil avait été installé sur des rails et faisait face à une trappe métallique.

— C'est maman ou papa à l'intérieur ? demanda-t-elle d'une voix blanche.

— Je... Je ne sais pas, ma puce.

Comme rien ne lui permettait de faire la distinction, la jeune fille décréta qu'il s'agissait de son père. Elle n'avait pas pu voir les corps de ses parents, ils avaient été trop abîmés dans l'accident et personne n'avait voulu prendre le risque de la traumatiser. Derrière le rideau de larmes qui venait brouiller sa vision, Jezebel vit la trappe s'ouvrir doucement sur un tunnel étroit aux parois rougeoyantes et fut prise d'une bouffée d'angoisse. Elle sentit sa tête tourner, son cœur ralentir, sa respiration se couper. L'espace d'un instant, c'est elle qu'elle imagina allongée dans ce cercueil, sur le point d'être propulsée vers l'inconnu, le néant, aux prises avec un sentiment d'inéluctabilité étrangement familier. Si familier qu'il se mua rapidement en sensation de déjà-vu, comme si le destin lui faisait revivre une expérience si horrible qu'elle s'était acharnée à l'oublier. Une expérience de peur et de mort. Non, ce n'était là que les divagations de son esprit rongé de chagrin ! Jezebel secoua la tête et cligna des yeux pour chasser cette idée stupide. Lorsqu'elle les rouvrit, le cercueil avait disparu. Elle resta un instant interdite.

— Non !

On venait de lui voler le dernier adieu à son père ! Pourquoi l'avait-on expédié si rapidement ? Se méprenant sur le cri de la jeune fille, Marion Arsac lui saisit la main. Mais Jezebel ne la sentit même pas. Médusée par la rapidité avec laquelle le cercueil avait été expédié, elle fixait désormais celui qui venait de prendre sa place sur la rampe de lancement, bien décidée à ne rien rater, cette fois-ci. En imaginant sa mère à l'intérieur, la jeune fille sentit à nouveau les larmes monter, mais elle ne fermerait pas les paupières, resterait stoïque malgré la brûlure de sa cornée et accompagnerait Hannah dans son ultime voyage. Un voyage qu'au fond d'elle, Jezebel avait la certitude d'avoir précipité. Les bribes de souvenirs qui s'étaient imposées à elle quelques instants auparavant resurgirent dans son esprit. Les cris. Le sang. Tout ce sang qui s'écoulait du nez de sa mère, ce n'était pas normal. Elle se remémora la panique de son père, son empressement à conduire sa femme aux urgences, son impuissance quand elle cria la douleur qui lui vrillait le crâne. La terreur dans leurs yeux, dans ce dernier regard qu'ils lui avaient lancé avant de refermer la porte sur elle et de prendre le volant de cette maudite voiture. Une terreur l'accusant d'être responsable du déclin de sa mère... Non, elle se l'était forcément imaginé, ce n'était pas possible, ses parents ne pouvaient pas penser cela. Cependant, elle aussi le croyait. Au plus profond d'elle-même, elle avait toujours su qu'elle était mauvaise, convaincue d'être coupable d'un crime remontant plus loin que ses souvenirs ne le permettaient, et pourtant bien réel. La jeune fille n'avait jamais pu s'expliquer ce triste sentiment d'être capable du pire avec lequel elle avait grandi, sans jamais parvenir à s'en ouvrir à qui que ce soit.

La trappe venait de s'actionner une seconde fois sur les entrailles en fusion, un piston vint se caler contre le cercueil surmonté de quelques fleurs et l'expédia dans les flammes. Le volet métallique se referma aussitôt, Jezebel s'obligea à garder les paupières grandes ouvertes encore quelques secondes, comme pour imprimer définitivement l'image sur sa rétine, dans sa mémoire. Lorsqu'elle les referma, Marion crut l'entendre prononcer un mot qui lui serra définitivement le cœur...

— *Pardon.*

2.

Jarod Nolan avait terminé plus tôt que prévu, son professeur d'anglais s'étant fait porter pâle, et n'avait pas jugé utile d'en avertir ses parents. Il s'était alors précipité dans le train de la ligne H, direction Paris, planche à la main. Quelques stations de métro supplémentaires et il était arrivé place de la République pour y rejoindre ses amis skaters.

— Salut mec, tu sèches tes cours particuliers ?

— Salut Théo. Non, le prof a annulé.

— Je me disais aussi...

Jarod avait beau jouer les caïds, Théo Gravel ne l'avait jamais vu manquer un seul cours. Les deux garçons avaient fréquenté les mêmes établissements depuis sept ans, et malgré les redoublements de Jarod qui les avaient séparés, ils étaient restés amis et prenaient plaisir à se retrouver autour de leur passion commune : le skate-board. La Ville de Paris avait profité de la récente réfection de la place de la République pour y installer des rampes.

— Ça s'annonce comment? demanda Jarod pour changer de sujet.

— Avec le beau temps, les gens sont de sortie. Ces cons-là n'ont pas compris que les curbs[1] étaient pour le skate, pas pour leur cul...

Ce n'était pas forcément le spot le plus simple à pratiquer, et la plupart du temps il leur fallait se contenter de faire du flat skating, mais l'endroit présentait l'avantage d'être au cœur de la ville, ce qui faisait sens pour un sport de rue.

— Comme d'hab, quoi. Au moins il n'y a pas de manif aujourd'hui.

— Ouais, c'est déjà ça.

Les garçons glissaient souvent sur fond de revendications salariales, d'événements en faveur des sans-papiers, de la cause animale... Et finalement ils s'en accommodaient plutôt pas mal : ils avaient l'habitude de détourner l'environnement urbain pour leur sport, faisant d'une estrade une palette à wheeling, d'une borne à incendie un obstacle à sauter. Sans plus de formalité, Jarod et Théo grimpèrent sur leur planche. Jarod poussa un long soupir, le genre qu'on pousse à la première gorgée de bière un jour d'été. Ça lui faisait toujours ça, il avait alors le sentiment que rien ne pouvait l'atteindre, que rien

1. Blocs de granit sur lesquels les skaters sautent et glissent.

de mal ne lui arriverait jamais tant qu'il glissait. Quelques coups énergiques sur le sol pour prendre de la vitesse, réapprivoiser sa monture, et déjà il défiait la gravité en longeant une paroi verticale, reprenait de l'élan, enchaînant ollies et grinds sur le curb... Il sautait, virevoltait dans les airs, libre.

— Tu peux m'expliquer ce que tu fais là ? s'écria un homme à deux mètres de lui.

Son père ! Manquait plus que ça. Déstabilisé, Jarod trébucha au moment d'attraper une rampe, perdit l'équilibre, gesticula pour essayer de se rétablir, en vain. Il se réceptionna sur le coccyx et grimaça de douleur.

— J'avais pas anglais, aujourd'hui, dit-il en se relevant difficilement. Le prof est malade.

— Et alors ?

— Et alors rien, j'ai eu envie de me défouler un peu, c'est tout.

— Te défouler. Tu ferais mieux de te défouler sur tes devoirs, vu tes résultats.

Guillaume Nolan avait prononcé ces derniers mots sur le ton de la plaisanterie, pourtant ses yeux interprétaient une tout autre partition.

— On ne comptait pas rester longtemps, monsieur, plaida Théo. Et on ne faisait rien de mal...

— Je sais, mon gars, répondit l'homme avec un sourire compréhensif. Mais la mère de Jarod ne veut pas qu'il traîne. Et tu sais comment sont les femmes...

L'homme adressa un clin d'œil à l'ami de son fils. Théo lâcha un petit rire complice, comme tous les amis de Jarod, il adorait son père et le lui enviait même un peu. Jarod soupira, c'était la même chose à chaque fois. Comme lui, Guillaume Nolan avait la capacité de séduire qui il voulait, même s'il demeurait une coquille vide, une personne aux antipodes de ce qu'il présentait en société. Son regard ne trompait pourtant pas, or qui était attentif à ce genre de détails ?

— Allez viens, fils.

Quand son père tourna les talons, Jarod n'eut d'autre choix que de le suivre, en boitillant, à cause de la chute. Il adressa un regard désolé à son pote qui lui fit signe que ce n'était rien avant de repartir sur son skate.

Guillaume Nolan travaillait pour la mairie, et avait notamment chapeauté le nettoyage de la place de la République, quand il avait fallu effacer les tags post-attentats du monument principal. Il était chargé de surveiller l'endroit et cela lui permettait de vérifier que son fils n'y traînait pas avec ses amis. Ce qui n'arrangeait pas les affaires du garçon.

Sur le chemin du retour, son père ne lui adressa pas la parole, ne laissant à Jarod que peu de doutes sur la tournure que prendrait la fin de journée. Il y aurait un silence pesant lorsqu'ils arriveraient à la maison jusqu'à l'heure du dîner, sa mère servirait ensuite à manger sans desserrer les dents et lui lancerait des regards de chien battu durant tout le dîner, son père surjouerait la bonne humeur en leur faisant la morale à tous deux pour leur mine déconfite, puis il commencerait à évoquer la difficulté de son travail ou ferait une remarque sur la qualité du repas et alors tout basculerait en un instant. Sa mère protesterait, il y aurait des cris. Ce serait l'explosion. Tout entière dirigée vers Jarod. Les reproches fuseraient – *Tu n'es qu'un bon à rien ! Combien de fois devrai-je te dire que je ne veux pas que tu traînes dehors ? T'es vraiment bouché, hein ?* Enfin pleuvraient les coups. Ce serait un déferlement avec tout ce qui lui tomberait sous la main, torchon vrillé pour humilier, planche à découper pour cogner, ceinture pour fouetter... et si cela ne suffisait pas, il y aurait aussi des coups de poing, de pied. L'avantage de faire du skate-board, c'est que personne n'avait jamais imaginé que ses ecchymoses puissent être dues à autre chose que des chutes...

Affairée dans la cuisine, Laura Nolan découpait des carottes pour le dîner. Elle ne remarqua la voiture de son mari, à travers la fenêtre, qu'une fois qu'il l'eut garée dans l'allée. Il en sortit, aussitôt suivi de Jarod. La gorge de Laura se serra : avec sa forte musculature et son charme juvénile, le garçon ressemblait de plus en plus à son père. Combien de temps supporterait-il encore cette situation sans se rebeller ? Quel sombre drame se produirait-il alors ?

Jarod pourrait-il seulement en réchapper ? En proie à des pensées qu'elle aurait préféré éviter, la femme laissa glisser la lame de couteau et s'entailla un doigt. Elle réprima un cri de douleur et choisit d'ignorer la blessure. Le repas devait être prêt à temps...

— Devine où j'ai encore ramassé ton fils ? lâcha Guillaume en entrant dans la maison.

— Dans un skate park, je suppose...

— Tu supposes bien.

Nolan rejoignit sa femme dans la cuisine, la serra dans ses bras et déposa un baiser sur sa joue. Laura se raidit un peu, néanmoins, elle se força à esquisser un léger sourire.

— Qu'est-ce que tu faisais encore là-bas, Jarod ? Ton père t'a dit de...

— Ouais, mon père dit beaucoup de choses, lança le garçon sur un ton de défi.

Se remémorant ses craintes, Laura réprima un frisson. Pourquoi Jarod parlait-il comme cela ? Pour le mettre en garde, elle choisit de jouer cartes sur table.

— On a reçu ton bulletin mensuel, l'avertit-elle.

— Ah.

Le jeune homme se décomposa. C'était pire que ce qu'il avait imaginé : à son escapade s'ajoutaient désormais les notes forcément catastrophiques. Il risquait de prendre cher, ce soir...

— C'est tout ce que tu trouves à répondre ? interrogea son père. Tu te moques de nous ?

— Non p'pa, c'est juste que je fais de mon mieux. C'est pas de ma faute si l'école, c'est pas mon truc.

— Mais ce sera de ta faute si tu es envoyé dans une filière professionnelle, le coupa sa mère. Et ça, ce n'est pas envisageable !

— Bah ouais, ironisa son père, tu te retrouverais à faire un sale boulot, comme le mien. Et ça, ta mère, ça la dérangerait...

La situation n'avait même pas attendu la fin du repas pour dégénérer. Mais Jarod avait beau savoir que répondre ne ferait qu'aggraver la correction, quelque chose en lui se révolta, et le poussa à le faire. Après tout, quelques coups de plus ou de moins...

— Ouais, parce que toi, ça t'arrangerait plutôt. Au moins tu ne serais plus le seul loser de la famille !

— Comment oses-tu, sale petit branleur ? gronda son père.

— Bah oui, à part t'écraser devant les plus forts et leur servir de larbin, qu'est-ce que tu as accompli dans ta vie ? Tu n'es qu'un lâche.

— Tu vas trop loin, là, Jarod.

C'est sa mère qui avait parlé, d'une voix blanche, tremblante, en proie à une émotion si intense qu'il était miraculeux qu'elle tienne encore sur ses jambes.

Et avant même qu'il ne se range à son opinion et se calme un peu, les coups se mirent à pleuvoir.

Les voisins avaient sûrement entendu ses cris, quelques heures plus tôt, mais comme à leur habitude, ils n'avaient pas levé le petit doigt. Personne n'était venu sonner à la porte pour l'empêcher de se faire frapper, tous étaient restés sourds à ses suppliques, au bruit qu'avait fait son crâne en heurtant les murs. Allongé sur son matelas, Jarod contemplait la lune à travers sa fenêtre grande ouverte. Immobile, de peur de réveiller la douleur dans ses côtes, il se consumait d'une rage impuissante. Il aurait pu tenter de se défendre, il aurait eu le dessus. Cependant quelque chose en lui ne pouvait se résoudre à inverser les rôles, une intuition lui soufflant que s'il osait esquisser le moindre geste de protestation, les conséquences seraient vraiment tragiques. Alors, encore une fois, il s'était laissé faire. Pendant vingt minutes, cinquante, une heure ? Il perdait la notion du temps dans ces moments-là, pourtant, contrairement à ce que racontent parfois les victimes de maltraitance, lui ne sortait jamais de son corps, ne parvenait pas à faire abstraction de la douleur. Il encaissait, en serrant les dents, jusqu'à ce qu'elle soit trop forte pour qu'il demeure silencieux et qu'il offre enfin à son bourreau la capitulation tant attendue, le signe de sa défaite, de sa soumission, de son humiliation... Jusqu'à ce qu'il crie. Jusqu'à ce qu'il sanglote.

Un bruit de moteur le tira de ses pensées, Jarod regarda son radio-réveil. Qui pouvait bien se garer ici à trois heures du matin ? Intrigué, il se leva péniblement en se tenant le torse, et s'approcha de la fenêtre. Un taxi s'était arrêté devant la maison des voisins. Le chauffeur alla chercher une valise dans le coffre, il sembla s'écouler une éternité avant que la portière arrière ne s'ouvre. Une jeune fille en sortit sans hâte, grande, mince, des cheveux coupés au carré dont il ne parvint pas à déterminer la couleur dans la nuit. Elle était vêtue d'un jean slim ainsi que d'un blouson en cuir, et balayait la rue du regard. Ainsi, c'était elle, la nouvelle protégée des voisins ? Il en avait suffisamment entendu parler pour la reconnaître de loin. Elle avait l'air plutôt jolie, ce qui était une bonne nouvelle.

Semblant entendre ses pensées, la jeune fille se retourna prestement et leva la tête en direction de Jarod. Pas le temps de se cacher, pas l'envie non plus. De sorte qu'il resta là, debout, campé devant sa fenêtre et qu'ils échangèrent un regard qui lui parut une éternité et dura pourtant à peine une seconde.

Une seconde grâce à laquelle il sut qu'elle serait son salut.

3.

Rose. Cette fois-ci elle les avait teints en rose. Rowan colorait ses longs cheveux depuis des années à présent. Elle était passée par toutes les couleurs classiques, brun, blond, roux, pour finalement se tourner, depuis deux ans, vers des nuances moins conventionnelles. Elle avait déjà tenté le parme ainsi que le bleu ciel, avec la bénédiction de ses mères. Le premier jour, elle se sentait toujours telle une extraterrestre et osait à peine sortir de sa chambre, c'est pourquoi elle avait opéré son changement pendant les vacances de la Toussaint, cette fois-ci, le temps de s'habituer à sa tignasse et ses sourcils couleur layette. La jeune fille lança un dernier coup d'œil au rétroviseur et poussa un long soupir.

— Tu es superbe, comme ça, lui assura la conductrice.

— Merci, maman. De toute façon, superbe ou pas, c'est trop tard pour ne pas assumer, n'est-ce pas ?

— Exact. Moi, je dis quand même que tu vas faire des ravages !

— Si seulement...

La jeune fille souffla de nouveau et déposa un baiser sur la joue de sa mère.

— Il s'apercevra à quel point tu es belle, un jour. Les garçons restent bêtes un certain temps, mais ils finissent par mûrir, tu verras.

Marieke Le Guen sourit gentiment à sa fille pour l'encourager. Bien sûr que Rowan était belle. Petite, bien proportionnée, pulpeuse, sa silhouette en affolerait plus d'un d'ici quelques années, c'était certain. Et c'était loin d'être son seul atout. Rowan irradiait la bonté et l'intelligence, et sa beauté intérieure transcenderait la femme qu'elle deviendrait. Elle ne serait pas seulement jolie. Elle serait belle. Même si, pour lors, elle ressemblait plus au vilain petit canard de la classe avec ses épaules voûtées et son look de geekette.

La jeune fille fit une petite moue pour marquer son doute et referma la portière doucement. Elle cala son pouce sous la bride de son sac à dos et pénétra dans l'enceinte du lycée. Rowan était heureuse de reprendre les cours, même si elle appréhendait un peu la réaction de ses camarades de classe quand ils découvriraient sa transformation. C'était un comble, pour une introvertie comme elle, d'oser de telles excentricités. D'aucuns auraient pu la soupçonner d'être un peu maso ou de chercher les ennuis, mais elle avait ses raisons pour arborer ce genre de look et estimait ne pas avoir à se justifier.

Avant d'aller en cours, elle se dirigea vers les toilettes pour y accomplir son rituel quotidien. Elle appuya sur le bouton du robinet avec le coude droit, et frotta ses mains sur le pain de savon ovale fixé au mur. Rowan aimait ce contact dur et lisse, l'odeur un peu âcre de la mousse qu'elle connaissait depuis la maternelle et ne respirait qu'à l'école. Elle se frotta les mains jusqu'aux poignets, sans oublier les espaces entre chaque doigt, se rinça à l'eau glacée, puis recommença l'opération. Elle devrait se savonner trois fois pour être vraiment propre. Ensuite, elle placerait deux doigts de chaque côté du grand torchon déroulant et le tirerait d'un coup vif pour accéder rapidement à une zone sèche, vierge de tout contact avec d'autres mains.

Sa routine accomplie, Rowan se rapprocha du miroir, lança un regard inquiet à son reflet – avec ses cheveux roses et ses yeux bleu glacier, elle ressemblait à une héroïne de manga –, se força à sourire et inspecta ses dents. Elle était une maniaque de l'hygiène, une toquée de la propreté, et cela lui avait valu bien des moqueries de la part de ses camarades. On l'avait traitée de folle, de fille pas nette, bizarre, à éviter. Ses premières années de collège n'avaient pas été une sinécure. Jusqu'au jour où elle avait découvert qu'il y avait bizarre et bizarre. Qu'on peut subir ce qualificatif ou bien le provoquer, le chercher, et que dans ce cas on devenait original. Sacrée promotion ! C'est comme ça que Rowan avait troqué le roux, le noir corbeau et les vêtements de petite fille sage contre des chevelures pastel, de grandes lunettes qui lui mangeaient la moitié du visage et des T-shirts de super-héros. Le résultat ne se fit pas attendre, très vite, elle devint la geekette de la classe. Et comme enfin, on pouvait la mettre dans une case cool, on lui pardonna ses TOC et son introversion. Elle était même parvenue à se faire des copains, dont Amaury Sentou qui s'était posté dans le couloir, devant la porte des toilettes, attendant qu'elle en sorte.

— Salut Rowan.

— Salut Amaury. J'ai ton devoir, t'inquiète pas.

La jeune fille se délesta de son sac et l'ouvrit en grand, à la recherche de la copie double qu'elle avait noircie la veille pour son ami, en imitant son écriture.

— Putain, meuf, tu me sauves la vie, j'te jure.

— Je sais !

— Merci, mais genre, vraiment. Franchement, sans toi je sais pas comment j'aurais fait.

— Tu serais peut-être venu en cours plus souvent ! le taquina-t-elle. Allez, ça m'a pris quinze minutes, ce n'est pas grand-chose...

— Pour moi, si. Si t'as besoin de quoi que ce soit, je te promets que je serai là pour toi. C'est pas des paroles en l'air.

Rowan plongea ses yeux dans ceux du garçon, comme pour le sonder.

— Oui, je sais que tu seras là pour moi si j'ai besoin de toi.

Son camarade de classe lui adressa un clin d'œil et se dirigea d'un pas léger vers la salle de cours. Elle aussi se sentait de bonne humeur, prête à dévorer la vie, le monde. L'automne lui faisait toujours cet effet, il lui semblait s'embraser avec la nature...

Une voix la tira de ses rêveries.

— Et tu le crois vraiment ?

Rowan sursauta violemment. Elle se retourna et fronça les sourcils.

— Noé ! Tu m'as fait peur, lui dit-elle sur un ton de reproche.

— Désolé. Je ne voulais pas.

C'était la vérité. Noé était incapable de mentir. Et ce, depuis sa plus tendre enfance. Il la fixait d'un air contrit, complètement disproportionné par rapport à la faute commise, et elle se sentit fondre. Comment résister à ses grands yeux verts ? Comment ne pas s'accrocher au grain de beauté qui ornait chacun de ses iris ? Malgré elle, Rowan esquissa un sourire.

— C'est rien. C'est moi qui suis un peu trop réactive. Mais pour répondre à ta question, oui je crois Amaury quand il me promet de me renvoyer l'ascenseur, un jour.

— Tu es bien naïve. Ce genre de mecs ne s'intéressent qu'à eux...

— Ce genre de mecs... Tout de suite les clichés !

— C'est lui, le cliché, avec ses maillots PSG, ses cheveux pleins de gel et son parfum de cocotte. Sérieusement, Ro, le mec adore le foot et les motos, vous n'avez rien en commun ! Je ne comprends même pas comment tu peux traîner avec lui.

Noé était aux antipodes d'Amaury avec ses pantalons larges, ses T-shirts de métalleux et la mèche qui lui mangeait la moitié du visage.

— Déjà je ne traîne pas avec lui, c'est un copain de classe et je lui rends service, c'est tout. Et puis quoi ? Tu te crois meilleur que lui ? Tu passes ta vie sur YouTube ou à jouer à Magic[1] ! T'es pas plus mature que lui avec son foot.

Noé porta vivement la main à son cœur, comme s'il venait d'être poignardé.

— Comment oses-tu comparer un brillant jeu de stratégie à ce sport vulgaire ? Toi ? Dis-moi pas qu'il t'a eue ? Il t'a mordue, c'est ça ? Tu t'es transformée en zombie ? Tu veux manger mon cerveau ? la taquina-t-il.

— Très drôle, vraiment. Même pour un zombie ton cerveau serait trop indigeste !

Les deux partirent dans un éclat de rire complice. Rowan adorait le rire de Noé, un rire tellement spontané, communicatif ! Un rire qui s'en fiche de jaillir, qui ne se soucie pas de ce qu'on va penser de

1. Magic The Gathering.

lui. Un rire de gosse qui avait le don d'attendrir la jeune fille. Dans des moments comme celui-ci, tout lui semblait possible. De vivre une belle vie, riche et passionnante, d'être un jour désirée de celui qu'elle aimait depuis le jour où elle l'avait rencontré...

— Noé, qu'est-ce qu'il y a ?

Le jeune homme avait subitement cessé de rire et était resté bloqué dans une posture étrange, un sourire béat barrant son visage. Les commissures de ses lèvres se décrispèrent progressivement, mais le reste de son corps ne bougea pas. Que regardait-il avec autant d'intensité ? Intriguée, son amie se retourna. De l'autre côté du couloir, une fille sortait du bureau du proviseur. Rowan n'avait pas le souvenir de l'avoir déjà croisée auparavant. Était-ce cette nouvelle qui avait perdu ses parents, récemment ? En la scrutant plus en détail, la jeune fille pria pour que ce ne soit pas le cas. Grande, fine, des cheveux auburn coupés court, une allure de rebelle, elle avait tout ce qui plaisait aux garçons, jusqu'à cette assurance qui confine à la désinvolture et enflamme les imaginaires. Noé y compris. Si son sourire s'était finalement effacé, il gardait cet air niais qu'ont les garçons sous le coup de leurs hormones.

— Arrête de la dévisager comme ça, c'est gênant à la fin !

— Je la dévisage pas, je me demande juste qui c'est.

Il n'avait même pas pris la peine de détourner le regard pour lui répondre.

— C'est sûrement la nouvelle, répondit-elle en réprimant les larmes qui commençaient à monter.

Rowan détestait cette émotivité, si vive qu'elle la submergeait à la moindre contrariété.

— Tu crois ? dit-il en frissonnant.

— Tu crois ? l'imita-t-elle du ton le plus abruti qui soit.

Furieuse contre son ami, la jeune fille embrassa le couloir du regard et constata que tous les yeux étaient braqués sur la nouvelle, comme magnétisés. C'était un soleil quand elle n'était qu'une lune pâle. Rowan eut le sentiment de se vider à son contact, chacun des espoirs qu'elle nourrissait quelques instants plus tôt lui semblait désormais irréaliste, ridicule. Elle fut submergée par une violente bouffée de haine, animale, inexplicable. Vite ! Elle devait se ressaisir. Cette fille était peut-être une bombe, mais elle ne méritait pas qu'on la déteste pour autant. Rowan s'obligea à la regarder sans animosité et ne vit plus qu'une ado un peu perdue, jetant des coups d'œil inquiets aux élèves qui la dévisageaient comme une bête curieuse. Rowan se détendit un peu mais se sentit soudain minable, sale d'avoir réagi si violemment. Il fallait qu'elle retourne se laver les mains, maintenant. Elle lança un regard coupable au proviseur et, rongée par la honte, disparut à nouveau dans les toilettes des filles.

Germain Piquepaille prit congé de Jezebel Kern et s'enferma dans son bureau. Saisi d'une irrépressible envie de sucre, il se précipita sur son tiroir à friandises et engloutit une tablette de chocolat au riz, avant même de s'asseoir. Le shoot de sucre ne se fit pas attendre, il se relâcha instantanément et coula dans son siège, satisfait. Malgré son embonpoint et une glycémie flirtant avec le stade prédiabétique, l'homme ne pouvait s'empêcher de grignoter dans la journée, avec des pics en cas de stress intense. Comme il venait de le faire. Pourtant, accueillir une nouvelle élève dans son établissement n'était pas censé le mettre dans cet état. Et d'ailleurs, il n'avait pris conscience de sa propre nervosité qu'une fois l'orgie de chocolat commencée.

Piquepaille ne savait que penser de cette entrevue avec la jeune Kern. La première chose qui lui était venue à l'esprit, tandis qu'elle s'installait en face de lui, était qu'avec elle arriveraient nombre d'ennuis. Chaos. C'est le mot qui s'était imposé dans son esprit avant même qu'elle n'ouvre la bouche. Son aspect débraillé, légèrement aguicheur, annonçait clairement la couleur : réfractaire à l'autorité, la jeune fille tenait à marquer sa rébellion. Pour autant, ses bulletins scolaires, s'ils ne montraient aucun résultat transcendant, faisaient état d'une élève sans histoire et dans la moyenne. Ce constat, ajouté à la tragédie qui l'avait frappée, ne lui facilitait pas la tâche. Il n'avait aucune idée de la façon de l'aborder.

— Bienvenue, Jezebel, avait-il déclaré en se raclant la gorge. Tout d'abord, je tiens à te dire que je te trouve très courageuse de nous rejoindre si rapidement, après... après...

Il s'empourpra et toussota un peu pour se donner une contenance. Comment lui parler du décès de ses parents sans la replonger dans une douleur forcément encore très vive ? Il avait espéré qu'elle profite de son interruption pour répondre, mais elle n'en fit rien. Son visage demeura impassible. Impossible d'y lire la moindre émotion qui aurait pu lui indiquer l'attitude à adopter.

— Ça ne doit pas être facile pour toi.

— Ça va.

Elle avait parlé sans animosité, d'une voix légèrement voilée.

— Je... te présente mes condoléances, Jezebel, poursuivit-il, encouragé par le calme de la jeune fille. J'imagine la douleur que tu ressens, mais je te promets que le temps apaise la peine.

— C'est ce qu'on dit.

— C'est la vérité, tu verras... ça va aller.

— Ça va déjà, c'est bon.

Manifestement agacée par son insistance, Jezebel Kern avait plongé ses yeux dans les siens et le fixait d'un air arrogant. Décontenancé, le proviseur marqua un silence. Bien sûr, il n'était pas dupe. La petite se donnait du mal pour avoir l'air forte, dure, même si ce n'était probablement qu'une façade, une maigre tentative de se protéger en défiant quiconque de l'approcher. Il soutint son regard sans ciller, avec toute la bienveillance dont il était capable, afin de lui montrer qu'il n'était pas son ennemi. Mais les yeux cuivrés ne s'adoucirent pas, et il lui sembla y lire un éclat mauvais qui le glaça. Le mot « chaos » revint danser dans son esprit et s'y implanta plus solidement encore. Germain Piquepaille tenta de se raisonner. Cette gamine souffrait, c'était tout. Quoi de plus normal qu'être en colère après un tel choc ? C'était une des phases du processus de deuil, avant le chagrin et ses torrents de larmes. Il devait absolument insister, lui signifier qu'elle serait entourée ici, pour anticiper la prochaine étape.

— D'accord. Mais tu sais, il peut y avoir des hauts et des bas. Et je veux que tu saches que tout le monde ici le comprendra. Si tu as besoin d'aide...

— Ça va, je vous dis, le coupa-t-elle.

Piquepaille prit sur lui pour ne pas lui répondre vertement qu'on n'interrompait pas son proviseur. Il ouvrit le dossier scolaire de la jeune fille et tourna quelques feuillets.

— Très bien. Je vois que tu as d'excellents résultats dans les disciplines artistiques. Dessin, théâtre... ah ! Et tu es musicienne ? Tu as fait le conservatoire ?

— Oui.

— Pour quel instrument ? Le piano ? hasarda-t-il.

— La guitare.

— Ah, c'est bien, ça. Je suppose donc que tu l'as prise avec toi. Tu pourras t'inscrire à l'option musique si tu le souhaites.

— Je n'ai plus l'intention de jouer.

— Ah bon ? Et pourquoi ? C'est pourtant un excellent moyen de...

— Je ne jouerai plus jamais, c'est comme ça, le coupa-t-elle à nouveau.

Dure. Oui, elle était dure. Et nullement impressionnée par la fonction de l'homme en face d'elle. Quelque chose en lui se réveilla, une alarme qu'il avait développée durant ses trente années dans l'enseignement.

— Tu es suivie par quelqu'un, ici, Jezebel ?

La jeune fille blêmit, surprise.

— Vous voulez parler d'un psy ?

— Oui.

— Je ne suis pas folle, j'ai simplement perdu mes parents.

— Perdre ses parents n'a rien de simple. En parler pourrait te faire du bien, je te sens beaucoup sur la défensive, ce qui est normal vu ta situation, et, en tant que proviseur, ça m'inquiète. Déjà parce que le bien-être de mes élèves est une priorité, et aussi parce que si je comprends ton agressivité, je ne peux la tolérer au sein de mon établissement. C'est pourquoi j'aimerais que tu considères la possibilité de parler à notre psychologue scolaire.

Pour la première fois, la jeune fille baissa les yeux, sembla gênée. Elle garda le silence pendant une bonne minute, puis reprit la parole d'une voix adoucie.

— Je suis désolée, monsieur Piquepaille. Je sais que vous essayez de m'aider. Je ne veux pas paraître impolie ou ingrate, c'est juste que je ne sais pas comment gérer tout ça, l'accident, le déménagement... Je ne connais personne ici, mes amis me manquent, c'est eux qui auraient dû m'aider et on m'a forcée à partir... Ici, je ne connais pas les codes, j'ai peur qu'on me déteste...

— Mais non, quelle idée ! tenta-t-il de la rassurer, soulagé qu'elle se livre enfin.

— Vous croyez ?

— Il n'y a aucune raison. Je suis sûr que tu vas te faire des amis. Et puis tu sais, dans ta classe, il y a une autre jeune fille orpheline, elle s'appelle Rowan Le Guen. C'est une excellente élève, toujours prête à rendre service. Je suis certain qu'elle va t'adorer et qu'elle pourra t'aider.

— Rowan Le... ?

— Le Guen. Facile à reconnaître, elle a les cheveux bleus. Enfin, si elle n'a pas changé de couleur pendant les vacances...

— D'accord, je note. En tout cas, j'ai bien l'intention de faire mon possible pour m'intégrer ici.

— Je suis content de l'entendre, mais vraiment si tu n'as pas le moral, par moments, c'est normal.

— J'irai voir le psychologue aussi, vous avez raison, ça peut sûrement me faire du bien.

Et ainsi s'était achevée leur conversation. Germain Piquepaille avait raccompagné la jeune fille jusqu'à la porte, puis lui avait indiqué quelle direction prendre pour aller voir la conseillère d'éducation. Une partie de lui était rassurée par le discours qu'elle venait de lui tenir, un discours posé, rythmé par une voix mélodieuse, presque hypnotique. Mais un discours dont il réalisa qu'il n'avait rien retenu, si ce n'est une sensation de douceur et d'apaisement, ainsi que l'envie irrépressible de se laisser aller et d'engloutir des kilos de sucre. Le mot « chaos » vint à nouveau cogner contre les parois de son cerveau. Il aurait été amorti à son tour si le proviseur n'avait croisé le regard de la petite Le Guen à ce moment précis. Il lui sembla lire les mêmes craintes dans les yeux bleu délavé. Alors, se produisit le malaise, la désagréable impression de s'être fait manipuler, d'avoir gobé de fausses promesses, des paroles creuses, du vent. Il fit un effort de mémoire et quelques bribes de paroles lui revinrent. Des paroles parfaites, celles précisément qu'il avait souhaité entendre. Des paroles prononcées sans que les yeux ne cillent ni ne se voilent de la moindre émotion. Des paroles faites pour endormir la méfiance, pour continuer d'avancer masquée.

Des paroles annonciatrices de chaos.

4.

Allongés dans l'herbe, Rowan et Noé contemplaient le ciel sans dire un mot. Le garçon s'était isolé dans sa musique dès qu'ils avaient franchi le portail, se coiffant d'un casque blanc aux écouteurs massifs lui donnant l'air d'un extraterrestre, et la jeune fille n'avait pas osé y opposer la moindre objection. Les nuages s'étiraient devant leurs yeux, plongeant Rowan dans un état de détente extrême. Elle aurait pu rester ainsi des heures, à profiter de cet instant privilégié avec celui qu'elle aimait en secret, si elle ne l'avait senti profondément agacé. Elle poussa un long soupir et décolla un écouteur de l'oreille de Noé.

— Ça va ? risqua-t-elle.

— Hum.

— Je suis désolée...

— De quoi ?
— De t'avoir empêché de partir avec Jezebel...

Le dernier cours de la journée avait commencé depuis à peine un quart d'heure quand la conseillère d'éducation avait frappé à la porte. Le professeur de mathématiques s'était entretenu quelques minutes avec elle, dans le couloir, puis était revenu accompagné des deux nouveaux élèves de la terminale C. En reconnaissant la fille qui lui avait tapé dans l'œil, Rowan ne put s'empêcher de couler un regard nerveux à Noé, pour vérifier si elle lui faisait toujours autant d'effet. Le jeune homme n'avait bien sûr d'yeux que pour elle, ce qui fit soupirer bruyamment son amie. L'enseignant se racla la gorge, cherchant le meilleur moyen de présenter les choses à sa classe.

— Nous allons accueillir deux nouveaux élèves en terminale C. M. Jarod Nolan, qui a été transféré depuis la terminale B à la demande de ses parents... Jarod, commenta-t-il, je compte sur vous pour ne pas troubler l'ordre de cette classe. Et Mlle Jezebel Kern qui nous arrive d'un lycée de province suite à un drame personnel. Je vous demande à tous de lui faire le meilleur accueil : ce n'est pas facile de débarquer comme cela, en cours d'année...

Tous les élèves avaient entendu parler du fameux « drame personnel » qu'avait traversé la jeune fille, si bien qu'aucun ne fit de commentaire.

— C'est sûr qu'il doit lui falloir un sacré courage pour reprendre les cours, chuchota Noé, toujours captivé par l'apparition.

— Jezebel, Jarod, dit le professeur, asseyez-vous, s'il vous plaît.

Le siège à côté de Noé étant libre, le jeune homme s'empressa de le délester de sa veste dans l'espoir que Jezebel s'y installe. Rowan sentit monter une bouffée de jalousie. Comment cette fille faisait-elle pour l'envoûter de la sorte, sans même lui avoir parlé ? Et comment pouvait-il espérer quoi que ce fût de ce genre de fille, lui, l'introverti qu'elle n'avait sans doute même pas remarqué ? Non, une Jezebel Kern ne pouvait être attirée que par un tas de muscles, une terreur qui lui donnerait le grand frisson, pas un gentil idéaliste ! Ce qu'il lui fallait, c'était précisément celui qui se tenait à côté d'elle...

— Jezebel et Jarod vont super bien ensemble. Ça fera un très beau couple, lâcha-t-elle, suffisamment fort pour que Noé l'entende.

Le garçon sursauta violemment et la dévisagea un instant. Il lui sembla lire l'étonnement et le reproche dans ses beaux yeux verts, comme s'il l'avait surprise en train de commettre quelque crime. Elle fut un instant troublée et soutint son regard à la recherche de la confirmation de ses soupçons.

— N'importe quoi, répondit-il en continuant de la fusiller du regard.

Si Noé protestait avec tant de virulence, c'est qu'il avait pris conscience de cette évidence. Les deux nouveaux feignirent n'avoir rien perçu de la réflexion et choisirent de s'installer au fond de la salle, côte à côte. Rowan surprit à plusieurs reprises leurs regards complices, tandis qu'ils chuchotaient sans écouter le cours, et en fut rassérénée. Ces deux-là allaient s'entendre à merveille.

Lorsque la sonnerie retentit, Noé décida de surmonter sa timidité, ainsi que l'antipathie qu'il ressentait pour son rival, afin d'aller souhaiter la bienvenue aux deux nouveaux.

— Salut, je m'appelle Noé.

— T'es qui toi, déjà ? le provoqua Jarod.

— Pas ton ennemi, détends-toi, mec. Je peux vous faire gagner beaucoup de temps en vous briefant sur la classe et les profs...

— C'est cool, commenta Jezebel.

Noé eut l'impression de se liquéfier sur place. Sa voix était enveloppante, douce comme le miel. C'est comme si en deux mots la fille aux yeux cuivrés l'avait plongé dans un monde parallèle, un monde meilleur où rien de mal ne pouvait lui arriver. Il lui sourit, complètement déphasé, puis se rappela la présence de Jarod et craignit que celui-ci ne l'agresse en le voyant ainsi. Pourtant, un rapide coup d'œil lui apprit que l'autre garçon était dans le même état que lui, complètement subjugué par leur interlocutrice.

Intriguée par l'air un peu niais des deux gaillards, Rowan se résolut à se joindre au groupe.

— Salut, qu'est-ce que vous faites ?

— Je souhaitais la bienvenue à Jezebel, expliqua Noé sans même faire l'effort d'évoquer Jarod. On pourrait aller boire un verre ? lui proposa-t-il, toujours sans tenir compte des deux autres.

— Je... pourquoi pas ? répondit la nouvelle.

Rowan avait deux options : s'effacer ou s'imposer. Bien que cela ne lui ressemble pas, elle choisit la seconde, quelque chose en elle lui soufflant qu'elle ne devait pas laisser à cette fille la possibilité d'exercer la moindre emprise sur Noé. Que cela pourrait s'avérer dangereux. Aussi se fit-elle violence. Elle s'approcha davantage du groupe et posa une main sur le bras de Jarod, comme s'ils étaient de grands amis.

— C'est une bonne idée, ça ! Je viens avec vous !

Agacée par cette familiarité, Jezebel la foudroya du regard. La jeune fille ressentit soudain un froid indescriptible l'envahir. Il prenait sa source au niveau de sa paume et se propageait dans le reste de son corps, inéluctablement. Ce n'était pas le genre de froid que l'on ressent en hiver, ou lorsqu'on a attrapé un rhume, non. C'était quelque chose de bien plus profond et inquiétant, quelque chose qui terrifie tout être vivant quand il est à son contact : c'était le froid de la mort. Rowan sentit son cœur ralentir, son sang déserter chacune de ses extrémités, et elle fut prise d'un vertige si violent qu'elle s'effondra sur le sol.

— Rowan !

Le cri de Noé fut la dernière chose qu'elle entendit.

Quand elle reprit connaissance, elle était allongée sur le sol des toilettes, du papier humide sur le front.

— Putain, Ro, tu m'as fait peur !

— Qu'est-ce qui s'est passé ? demanda-t-elle en ôtant sa compresse de fortune.

Noé lui avait posé du PQ sur le crâne ! Pouvait-elle être encore moins séduisante qu'en ce moment même ?

— Tu as fait un malaise.

— Ah oui, ça me revient... Je touchais Jarod... et il y avait Jezebel, sa façon de me regarder... j'ai senti qu'elle m'en voulait de quelque chose... et la peau de Jarod m'a semblé soudain glacée... Où sont-ils passés ?

— Ils sont allés boire un verre.

À sa mine renfrognée, Rowan devina que Noé aurait préféré partir avec eux plutôt que de jouer les gardes-malades. Elle en ressentit une si grande tristesse que les larmes lui montèrent instantanément aux yeux.

— Je suis désolée...

— C'est rien. Il y aura d'autres occasions, je ne te laisse pas seule, tu le sais bien.

— Vraiment ?

Alors pourquoi avait-elle le sentiment qu'il n'hésiterait pas à rejoindre Jezebel à son premier claquement de doigts ? Qu'il était déjà complètement assujetti à elle, prêt à tout pour lui être agréable et obtenir ses faveurs ? La jeune fille se sentait lasse, convaincue d'avoir perdu une bataille qui n'avait pourtant pas commencé, certaine que l'entrée de Jezebel dans sa vie sonnait le glas de son bonheur.

— N'importe quoi !

Devant l'air interrogateur de son amie, Noé sourit et répéta :

— N'importe quoi je te dis ! Je ne sais pas à quoi tu penses, mais vu ta tête ce n'est pas joyeux et c'est forcément des conneries.

— Je ne crois pas, non, répondit-elle, morose.

— Et moi je sens que si. Mon intuition m'a-t-elle déjà trahi ?

— Non... Mais, là, c'est différent.

— Ah oui, et en quoi ?

— C'est bon, laisse tomber.

Rowan n'avait aucune envie d'expliquer à Noé les pensées qui l'agitaient, ses pressentiments lugubres, la jalousie qui l'avait consumée dès lors que cette fille avait fait irruption dans leur vie. Instinctivement, elle savait que Noé n'avait jamais ressenti une telle attirance pour qui que ce fût, que Jezebel lui plaisait vraiment. *Vraiment.* Et qu'il lui échappait déjà. Rowan sentit à nouveau son cœur se tordre, d'impuissance, de tristesse. De peur. Le mot était lâché. Le genre de peur irrationnelle, incontrôlable qu'on ressent lorsqu'on fait face à la fatalité. Car quand Jezebel l'avait fusillée du regard et que la vie avait semblé déserter son corps, Rowan avait acquis la certitude que cette fille était dangereuse.

Parce que dans ses yeux elle avait lu la promesse du chaos.

La fin de toute chose.

5.

Finalement, ils avaient préféré marcher tranquillement jusque chez eux plutôt que d'aller boire un verre, et parler de tout, de rien, de leur dégoût pour la société qu'on leur imposait et de ce sentiment d'impuissance qui les étreignait quand ils ne trouvaient pas d'issue à ce système. Jezebel découvrait en Jarod un révolté, un utopiste fourmillant d'idées pour construire un avenir plus solidaire, plus responsable. Et cela lui plaisait. Leurs points communs allaient bien au-delà de leur arrivée en cours d'année en terminale C, ils se reconnaissaient le même désir d'infini, ainsi que le profond sentiment de détenir un pouvoir immense qui pourrait changer un jour la face du monde.

— Merci, dit-elle simplement quand ils atteignirent leurs maisons respectives.

— Merci de quoi ?

— De ne pas m'avoir posé de questions sur l'accident.

Jarod haussa les épaules et jeta un coup d'œil nerveux aux fenêtres où se postait habituellement sa mère. Il se demanda un instant ce qu'il ressentirait si ses parents venaient à disparaître brutalement, eux aussi, mais chassa aussitôt ces pensées de peur qu'elles ne le conduisent trop loin.

— Je sais ce que j'ai à savoir...

— Comment ça ?

— Je sais que tu t'en veux, parce que, au fond de toi, leur mort... tu l'as souhaitée.

Comme électrocutée, la jeune fille fit un bond en arrière. Comment l'avait-il deviné ? Elle avait pris particulièrement soin de masquer ce souvenir peu glorieux.

— Je le sais, poursuivit-il pour la rassurer, parce que ça m'est arrivé à moi aussi. Je veux dire, ça arrive à tout le monde, je crois.

— Possible.

— Certain.

— Pourquoi tu l'as souhaité, toi ? interrogea-t-elle.

Jezebel n'osa pas lui poser la vraie question qui lui brûlait les lèvres. Quand elle l'avait aperçu à sa fenêtre, l'autre nuit, il lui avait semblé percevoir chez lui un désespoir intense, celui qu'on peut éprouver lorsqu'on se sent prisonnier de quelque chose. Celui qu'elle avait éprouvé tellement de fois... Était-ce son cas, à lui aussi ?

— Peu importe, se rembrunit-il.

— Ça signifie oui.

— Peu importe, je te dis. Ce qui compte, ce n'est pas ce qu'on souhaite, mais ce qu'on obtient.

Il s'était redressé et bombait légèrement le torse, décidé à ne pas passer pour un pleurnichard. Jezebel le trouva touchant. Qui aurait pu imaginer que ce grand gaillard si sûr de lui abritait une faille tellement profonde qu'il suffisait de plonger dans ses grands yeux noirs pour avoir le sentiment d'être aspiré dans un gouffre de tristesse ? Elle lui sourit et l'observa un instant sans ciller. Cheveux blond cendré coupés en pétard, peau dorée, yeux d'un noir intense, c'était un beau mec, cependant il portait un masque en permanence, jouait les durs, quand au fond de lui il n'était qu'un gosse terrorisé, quand il souriait pour ne pas pleurer. Elle pouvait voir, dépassant du col de son T-shirt, des ecchymoses allant du jaune au violacé. Prise d'une impulsion, Jezebel porta sa main sur l'une d'elles et l'effleura du bout des doigts. Les deux jeunes gens retinrent leur respiration, les yeux plongés dans ceux de l'autre. Le cœur du garçon se mit à s'accélérer, sa respiration reprit, mais se fit courte, il s'approcha d'elle avec le regard flou des hommes en proie à leur désir. Jezebel voulait qu'il l'embrasse, qu'il lui fasse tourner la tête et l'emmène loin de cette vie. Il semblait hésiter.

— Jarod, prononça-t-elle dans un souffle.

Soudain, les hésitations du garçon furent balayées. Il passa une main autour de sa taille, se pencha vers elle pour déposer un baiser sur ses lèvres. C'était un baiser doux, léger, à peine une caresse, pourtant, il suffit à provoquer une décharge électrique. Au sens propre. La morsure piquante d'un coup de jus les fit violemment sursauter et s'éloigner l'un de l'autre.

— Ah la vache ! s'écria-t-elle. Putain, ça fait mal !

— C'est un signe, décréta-t-il.

— Un signe de quoi ?

— Entre nous, ça va faire des étincelles !

— Tu parles, rigola-t-elle. C'est peut-être un avertissement, oui. Une espèce de mise en garde du destin qui nous dit qu'on ne doit pas s'approcher l'un de l'autre.

La jeune fille avait cessé de rire. Bien que d'ordinaire elle ne fût pas superstitieuse, quelque chose s'était affolé, en elle. Son cœur battait beaucoup trop vite et un nœud lui tordait soudain l'estomac. Durant ce contact fugace, elle avait eu la sensation d'être projetée hors de son corps, de son temps. Le sol avait paru se dérober sous ses pieds pour l'engloutir et la propulser vers un autre monde, vers un univers chaud et humide peuplé de voix de femmes, de cris, de douleur... Perdait-elle la tête ?

— Tu plaisantes, j'espère ? Moi, je crois au contraire qu'on est comme deux aimants aux polarités complémentaires. C'est comme si toi et moi, ça devait se réaliser, comme si c'était écrit depuis toujours... Tu n'as pas senti ça?

— Je... je ne sais pas. J'ai surtout senti un fort picotement, plaisanta-t-elle pour se donner une contenance.

— Je sais ce qu'il te faut.

Joignant le geste à la parole, Jarod posa une main contre sa joue et l'attira doucement à lui pour l'embrasser à nouveau. Son baiser se fit moins chaste, plus gourmand. Emportée par la sensualité du jeune homme, Jezebel le lui rendit avec fougue, plaquant son corps contre le sien.

— Rassurée?

— Oui...

Un éclair de lumière l'éblouit un instant et la coupa dans son élan. Intriguée, la jeune fille tourna la tête en direction de son point de départ : la maison de Jarod. Sa mère se tenait derrière une fenêtre et les observait avec insistance. Gênée, la jeune fille recula d'un pas et adressa un signe de tête à la femme.

— Ta mère nous épie.

— Ma mère épie toujours tout, elle n'a que ça à faire... Viens, on s'en fout.

Jarod tenta de se rapprocher à nouveau d'elle, mais Jezebel plaqua une main sur son torse pour le tenir à distance.

— Non, pas comme ça. Je dois rentrer de toute façon.

Elle tourna les talons et se précipita « chez elle » comme une gamine prise en faute.

Lorsqu'elle pénétra dans le salon des Doukouré, la jeune fille se sentit instantanément oppressée. Le couple faisait pourtant tout pour la mettre à l'aise dans son nouveau foyer, ils avaient cuisiné pendant quarante-huit heures avant son arrivée afin de la régaler de petits plats maison, lui avaient aménagé une chambre de princesse comme si elle avait dix ans, et ne cessaient de s'inquiéter de son bien-être, de son moral. Tous deux originaires de Côte d'Ivoire, Fanta et Issa Doukouré n'avaient, à leur grand désespoir, jamais réussi à concevoir. Ils jouaient les familles d'accueil depuis plus de dix ans, et chaque nouvel enfant pénétrant dans leur foyer y était traité comme s'il était le leur.

Quand ils virent Jezebel passer le seuil, leurs visages s'illuminèrent d'un grand sourire communicatif.

— Tu es là, s'exclama Fanta. Viens par ici, nous avons de la visite !

La jeune fille ôta ses chaussures et rejoignit le couple dans le salon. Tous deux s'étaient mis sur leur trente et un. Fanta portait une tenue traditionnelle africaine de couleur verte, ornée de grandes fleurs rouges, et Issa avait chaussé des souliers vernis flambant neufs. On aurait dit qu'ils recevaient le pape en personne. Intriguée, Jezebel coula un regard vers les deux inconnus qui s'étaient levés pour la saluer. Ils avaient une cinquantaine d'années et étaient, eux aussi, vêtus élégamment. Le col noir et blanc de l'homme la renseigna instantanément sur sa profession.

— Jezebel, poursuivit la femme, je te présente le pasteur Paul Rivière et son épouse, Rita. Ils sont venus te souhaiter la bienvenue dans notre communauté.

Les Doukouré étaient très pieux, leur maison était ornée de croix et autres images saintes ici et là, et leur langage constellé d'interjections de type « Jésus, Marie, Joseph ». Jezebel n'était pas très à l'aise avec cela, ses parents étaient athées et avaient mis un point d'honneur à lui transmettre leur méfiance à l'égard des religions. Ce monde lui était donc complètement inconnu et elle avait le sentiment que les croyants passaient leur temps à juger les mécréants, ce qui avait le don de l'exaspérer.

— Bonjour, risqua-t-elle timidement, en tendant la main.

— Bonjour, Jezebel, répondit l'homme en attrapant sa main. Sais-tu à quel point ton prénom est chargé d'histoire ?

Jezebel haussa les épaules. Elle aurait volontiers manifesté son indifférence si elle n'avait craint de blesser Fanta et Issa, si elle ne s'était pas sentie aussi lasse. Elle perçut comme une sorte de fourmillement dans ses doigts qui paraissait vouloir s'étendre à tout son corps. La jeune fille ne souhaitait qu'une chose : que le pasteur lui lâche la main. Il y avait au fond de son regard cette flamme dans laquelle certains reconnaissent la foi et où elle ne voyait que fanatisme et croyances d'un autre âge. À mesure qu'il agitait son bras, d'un geste ample et vigoureux, elle sentait son corps se raidir, réfractaire à toute tentative de la convertir, de l'aider. Jezebel n'avait pas sollicité son aide, elle ne croyait pas à la charité chrétienne, convaincue qu'il n'y avait pas plus intolérant et violent qu'un fidèle en mission. N'allait-il donc jamais desserrer son étreinte et cesser de la fixer avec son air condescendant ? Le contact de leurs peaux, l'odeur de son souffle, tout l'oppressait. Elle retira prestement sa main et tenta d'esquisser un sourire avant de prendre congé, quand soudain sa vue se troubla et elle eut le sentiment que des bulles d'air minuscules remontaient à l'arrière de son crâne. La sensation n'était pas désagréable en soi, quoique extrêmement perturbante. Durant quelques secondes, ses yeux ne virent plus rien. Elle fut plongée dans le noir, son esprit convoquant des images qu'elle ne comprenait pas, bien qu'elles lui paraissent étrangement familières. Dans le flou de son malaise, il lui semblait voir des corps de femmes en sang, des visages déformés par la douleur... Elle devait rêver éveillée.

— Connais-tu la Jezebel des Évangiles ? poursuivit le pasteur.

La jeune fille était incapable de lui répondre, des sueurs froides dégoulinaient dans son dos, sa bouche était pâteuse, sa langue paralysée. Elle n'était pas prête, il était encore trop tôt pour qu'elle se confronte à la sollicitude des adultes. Jezebel se sentait déjà exténuée par sa journée, par les efforts qu'il lui avait fallu faire pour donner le change de la normalité, pour qu'on lui fiche la paix avec la mort de ses parents. Maintenant, elle avait le sentiment que ses nerfs allaient lâcher si on ne la laissait pas tranquille. Elle devait être plus fatiguée qu'elle ne l'imaginait.

— Non, parvint-elle à articuler. Je... Je ne veux pas vous paraître impolie, mais je ne me sens pas bien, je crois que j'ai besoin de me reposer un peu avant de faire mes devoirs...

— Ça ne va pas ? s'inquiéta Fanta. Tu es malade ?

— Je suis juste un peu fatiguée.

— C'est vrai que tu as une petite mine, monte t'allonger un peu, je viendrai te voir plus tard, d'accord ?

Ne pouvant prononcer un mot de plus, les larmes aux yeux, la jeune fille prit congé des visiteurs avec un misérable sourire et monta dans sa chambre en se cramponnant à la rampe. Sitôt réfugiée dans son antre, elle sentit le malaise se dissiper. Pourtant, demeurait une tension telle qu'elle avait le sentiment que son crâne allait exploser, qu'elle allait éclater en sanglots pour ne plus jamais s'arrêter.

Mais pleurer n'était pas une solution, elle s'y refusait, depuis la mort de ses parents. Son cœur battait à tout rompre, elle transpirait abondamment. Il fallait absolument qu'elle reprenne le contrôle de son corps, de sa raison. Et pour cela, elle ne connaissait, depuis des années, qu'un seul moyen. Déterminée, Jezebel se dirigea vers son lit et extirpa la valise qu'elle avait rangée en dessous. Elle l'ouvrit doucement, souleva le faux fond qui la faisait apparaître vide et saisit l'objet qui y était caché. Elle rangea la valise et se replia dans sa salle de bains. Elle se dévêtit entièrement, contempla un instant son reflet dans le miroir et fit jaillir la lame d'un cutter. Elle éprouva son tranchant du pouce, puis, regard vide, visage crispé, se tailla da le ventre d'un mouvement vif. Tout d'abord, il n'y eut rien, comme si elle n'avait fait que fantasmer ce geste. Ensuite la peau rougit en une fine ligne, sans laisser paraître la moindre coupure, tout juste semblable à la trace d'un ongle. Enfin, le sillon se creusa, telle une griffure, et la peau s'écarta pour laisser paraître la chair bordée de perles sombres, avant de se répandre en larmes de sang sur le ventre clair de la jeune fille. Jezebel fixa les gouttelettes ruisselant le long de son corps, comme hypnotisée, et, d'un coup plus franc, traça au cutter une autre ligne sur sa peau, puis une autre, et une autre encore, et encore... Il faudrait au moins une dizaine de coupures pour que la tension retombe, pour qu'elle se réapproprie son être et se sente à nouveau vivante. La morsure cuisante de la lame était délicieuse, douloureuse, apaisante. Son sang s'échappait en minces filets jusqu'à son pubis, noyait son nombril dans un petit lac écarlate. Quand elle estima avoir assez découpé sa chair, Jezebel suivit les rigoles de ses doigts, et les brouilla de sa main, s'en macula le corps pour en éprouver les contours, pour se retrouver en transe, au-delà de la douleur et du chagrin. En extase.

— Alléluia ! Alléluia ! Alléluia !

Les voix des deux couples s'élevaient du salon jusqu'à elle. Elle les perçut de loin, sentit revenir la nausée mais répéta à son tour, sans bien s'expliquer pourquoi : « Alléluia. »

6.

— Non, je ne jouerai pas !

Les bras croisés sur sa poitrine, Jezebel secouait la tête, obstinée. Elle commençait à regretter d'avoir suivi les conseils de Piquepaille, néanmoins cela lui avait paru une bonne idée, sur le coup. Elle s'était raconté que cet idiot de proviseur lui ficherait la paix s'il la voyait traîner avec la meilleure élève de la classe, mais de là à la côtoyer en dehors des heures de cours... Qu'est-ce qui lui avait pris d'accepter la proposition de Rowan de lui faire visiter Paris ? Cette fille la mettait clairement mal à l'aise. Pas à cause de son look original qu'elle trouvait d'ailleurs plutôt cool, mais parce que, en sa présence, elle ressentait systématiquement une culpabilité intense. C'était plus fort qu'elle, viscéral. Rowan était le genre de fille qui forçait l'admiration chaque fois qu'elle ouvrait la bouche. Tout ce qu'elle disait était intelligent, bien, bon. Rowan Le Guen était miss Parfaite et son petit côté sainte nitouche l'exaspérait car elle avait le sentiment qu'il n'avait d'autre but que de mettre en évidence tous ses défauts à elle. À son contact, Jezebel se sentait sale, mauvaise, grossière, comme coupable de tous les péchés du monde. C'était ridicule, bien sûr, cependant elle ne parvenait pas à se délester de ce sentiment. Heureusement que Jarod et Noé n'allaient pas tarder à les rejoindre. Au moins pourrait-elle concentrer son attention sur autre chose.

— Hé ? Tu m'écoutes ou tu rêves ? demanda la fille aux cheveux roses.

— Je rêve, grommela Jezebel. Bon ils arrivent quand les garçons ? J'ai mal aux fesses, moi.

Les quatre amis s'étaient donné rendez-vous à la fontaine des Innocents, Rowan et Jezebel patientaient, assises sur le rebord en pierre.

— Avec eux, on ne sait jamais. Allez, s'il te plaît, joue-nous un morceau, ça fera passer le temps.

— Non, je ne veux plus jouer...

— Alors pourquoi as-tu apporté ta guitare ? Y a moins encombrant pour se donner une contenance.

— J'en sais rien. J'ai fait un rêve cette nuit, j'y jouais un morceau que je ne connais pas et c'était chouette. J'ai pas réfléchi en la prenant, mais je pense que c'est à cause de ça, comme une sorte de réflexe, tu vois ?

— Je crois... Tu voudrais pas essayer de le jouer, là ?

Pouvait-on être plus insistante ? Jezebel sentait sa détermination faillir. Elle savait bien que sa décision de ne plus faire de musique ne tiendrait pas, parce qu'elle aimait trop cela. Elle avait envie d'essayer de gratter le morceau de son rêve. De là à se lancer ici, devant tous ces gens... D'un regard, elle balaya la place en soupirant. Devinant ses hésitations, Rowan posa doucement une main sur les siennes.

— Tu sais, à Paris, les gens s'en foutent de ce qu'on fait dans la rue. Ils sont dans un tunnel d'indifférence, personne n'existe pour eux, de leur point de vue, on n'est que du mobilier urbain. Allez, joue, je suis sûre que ça te fera du bien.

— Bon. Tu l'auras voulu.

Après tout, cela semblait à Jezebel la meilleure chose à faire pour l'instant et cela lui éviterait d'avoir à converser avec sa camarade de classe. Elle sortit l'instrument de son étui, le cala sur sa cuisse et le caressa, sourit en écrasant les cordes de la pulpe de ses doigts comme on serre un vieil ami dans ses bras, plaqua les premiers accords et commença à chanter, les yeux fermés.

Sa voix grave et légèrement voilée se déployait en une triste mélodie sans paroles semblant venir d'âges reculés. Les paupières closes, plus rien n'existait autour d'elle que cette ballade mélancolique. Qui la lui avait soufflée dans son rêve ? Pourquoi à elle ? Ainsi qu'elle en avait eu l'impression lors du baiser échangé avec Jarod, Jezebel avait le sentiment confus de s'enfoncer doucement dans une terre en mouvement, de basculer vers un ailleurs, à une autre époque, pour faire entendre la voix de femmes oubliées et réduites au silence. Elle devinait que par cette complainte évoquant la souffrance, la transcendance, la justice, elle en était la médiatrice. Le médium. Cette idée lui parut si incongrue qu'elle la rejeta aussitôt. Par réflexe elle ouvrit les yeux et fut surprise de voir une vingtaine de personnes massées autour d'elle. Depuis combien de temps chantait-elle ? Tous la contemplaient avec le même regard vide, le même sourire extatique, comme hypnotisés. Rowan aussi la fixait d'un air étrange, de grosses larmes roulant sur ses joues. Jezebel cessa de jouer et les dévisagea tour à tour, tandis qu'ils semblaient reprendre leurs esprits.

— C'était magnifique ! commenta Rowan. Tu nous as emmenés tellement loin ! Comment fais-tu ça ?

— Ça quoi ?

Rowan plongea ses yeux dans ceux de sa camarade en souriant.

— Pas à moi ! Tu sais l'effet que tu produis en chantant, je le vois dans ton regard. Tu as une voix incroyable, c'est tellement doux de t'entendre... on a envie que ça ne s'arrête jamais.

L'enthousiasme de Rowan Le Guen n'était pas feint, les larmes lui étaient montées aux yeux à l'évocation de la voix de Jezebel. Cette fille avait décidément bien des talents. Comment un garçon pouvait-il ne pas tomber amoureux d'elle? Elle était belle, libre et talentueuse. Même elle, qui la détestait de plaire à Noé, sentait monter en son cœur un élan indescriptible, comme si, en chantant, Jezebel l'avait incitée à être bienveillante à son égard. Comment faisait-elle cela?

— Sorcière!

Une clocharde s'était approchée des jeunes filles tel un nuage noir annonciateur d'orage s'invitant dans un ciel d'été. La femme était vêtue d'une jupe longue en laine, superposée à un pantalon de survêtement. Elle portait des baskets sales à la semelle décollée, ainsi qu'un pull épais rongé par les mites. Ses cheveux ressemblaient à un nid de broussailles malmené par la tempête et il se dégageait d'elle une odeur si forte que les deux amies peinèrent à réprimer une grimace de dégoût.

— Sorcière, répéta-t-elle en pointant Jezebel du doigt.

Que cette vieille bique aux ongles noirs la traite de sorcière était un comble! Jezebel sentit aussitôt une bouffée de colère monter en elle, en réponse à l'agression. Elle la dévisagea comme on regarde un tas d'immondices.

— Barrez-vous.

— Réveillez-vous! s'écria la vieille en se tournant vers les passants. Vous ne comprenez donc pas qui elle est, avec ses yeux rouges et sa voix envoûtante? L'Antéchrist est revenu sur terre! Vous ne devez pas écouter ses paroles enjôleuses ! Elle vous détruira ! Elle vous détruira tous ! C'est un serpent ! Un danger pour tous !

La femme s'agita, fouilla dans l'immense sac en plastique qu'elle trimballait, à la recherche de la preuve irréfutable qu'elle ne délirait pas. Elle se laissa tomber à genoux sur le sol sale, enfouissant ses bras jusqu'aux coudes dans son fatras de linge, de nourriture, de canettes de bière, râlant, s'essoufflant, vociférant, quand enfin son visage rougeaud s'illumina d'un sourire jaunâtre. Elle leva les yeux au ciel d'un air inspiré, ferma les paupières en récitant quelque prière incompréhensible, puis, avec une délicatesse surprenante, extirpa une carte à jouer de son barda. Elle la garda plaquée contre sa main pendant quelques secondes, et la brandit au-dessus de sa tête tout en se relevant.

— L'as de pique ! C'est la mort ! Sorcière ! Tu vas nous apporter la mort !

La femme tournoya sur elle-même, les yeux exorbités, afin que chaque personne présente puisse voir la carte de mauvais augure.

— Vous voyez ? Vous voyez ? Moi, je te vois, tu es le démon ! hurla-t-elle de sa voix chargée de glaires.

Elle poursuivit de plus belle devant une Jezebel terrorisée, exposant sa théorie délirante avec force grands gestes, donnant l'impression à chaque instant d'être sur le point de frapper la jeune fille.

— Oh, tu peux bien me fixer, gronda-t-elle. Tu ne me fais pas peur, sorcière ! Je ne crains pas le danger, Dieu me protège !

Profondément choquée par l'agression verbale de la clocharde, Rowan tremblait de tout son corps, furieuse. Elle avait horreur de l'injustice, de la méchanceté gratuite. Cela la mettait hors d'elle. La jeune fille ressentit le besoin impérieux de voler au secours de sa nouvelle amie.

— La seule personne qui vous mette en danger pour l'instant, c'est vous-même, répondit-elle d'une voix dure.

La femme stoppa un instant sa diatribe et plissa les paupières, à la recherche d'une réponse bien sentie. Mais Jezebel lui coupa l'herbe sous le pied. En proie à une bouffée de colère irrépressible, elle bondit en direction de la vieille folle et ouvrit la bouche, comme au ralenti, pendant ce qui lui sembla être une éternité, prit une longue inspiration, puis laissa échapper un cri strident.

— VOUS ENTENDEZ CE QU'ON VOUS DIT ? hurla-t-elle.

Le cri fut si aigu, si fort, qu'il sidéra la clocharde. Bouche bée, air hébété, elle resta là, semblant danser d'un pied sur l'autre, hésiter sur la suite à donner à tout cela.

— Elle est dangereuse, balbutia-t-elle encore à l'attention des passants. Dangereuse ! Elle veut me faire du mal !

— Vous êtes complètement folle, poursuivit Rowan. C'est vous qui allez finir par vous faire du mal !

Paraissant soudainement abattue, la femme lança un regard implorant à Jezebel et se pressa les oreilles, se mit à tourner sur elle-même.

— J'ai mal à la tête ! geignit-elle. Qu'est-ce que tu as fait à ma tête ? Tu m'as jeté un sort, il est à l'intérieur de ma tête, maintenant...

Et alors s'abattit le premier coup. La femme lança une main sur sa propre joue. Sa paume écrasa sa chair avec tant de force que sa mâchoire claqua et ses doigts noueux vinrent griffer sa paupière de leurs ongles crasseux. Comme possédée, son autre main se leva dans la foulée et vint gifler son autre joue avec encore plus de violence, quand à nouveau sa main droite vint percuter sa pommette du poing, le tout devant une assemblée sidérée. Elle se gifla, se cogna, se frappa encore et se griffa, se lacéra en poussant des cris de bête enragée. Elle semblait incapable de s'arrêter. Quand soudain, un passant se jeta sur elle pour la maîtriser et l'empêcher de se faire plus de mal, tandis que sa compagne appelait les urgences pour qu'on vienne chercher cette malheureuse. Abasourdies, les deux lycéennes s'attrapèrent par la main et partirent se réfugier à l'autre bout de la place, incapables de prononcer le moindre mot. De longues minutes passèrent avant que les garçons n'arrivent enfin.

— Hé ! Rowan ! Jezebel !

Soulagées, les jeunes filles se précipitèrent vers eux. Noé, voyant la mine défaite de Rowan, comprit aussitôt qu'il s'était passé quelque chose de grave. Il pouvait presque sentir leur angoisse physiquement, comme une aura dure et oppressante. Sa grande sensibilité le rendait perméable aux autres et il se prenait souvent leurs émotions en pleine face. C'est pourquoi il portait en permanence un casque sur les oreilles, même quand il n'écoutait pas de musique. Une façon bien à lui de s'isoler du monde extérieur, de ne pas le laisser le toucher, l'affaiblir.

— Ça ne va pas? demanda-t-il. Vous avez eu des problèmes?

— On s'est fait agresser par une SDF, expliqua Rowan.

Sa voix était légèrement enrouée, comme brisée. Noé la fixa en fronçant les sourcils.

— Elle vous a fait du mal?

— Non, elle n'en a pas eu le temps.

— Comment tu as fait pour t'en débarrasser? demanda-t-il avec une pointe d'inquiétude.

— Je lui ai gueulé dessus, répondit Jezebel. Ça lui a fait péter les plombs, elle s'est mise à se frapper toute seule... Elle s'est flanqué des coups de poing! C'est une malade. Elle s'est fait embarquer dans la foulée.

— Et t'as dit quoi? demanda-t-il à Rowan. T'as pas essayé de la calmer?

— La priorité, c'était Jezebel, pas cette tarée. Elle a été odieuse avec elle...

Un claquement de mains retentit bruyamment derrière Noé. Jarod, qui n'avait rien perdu de la conversation, l'applaudissait au ralenti pour se payer sa tête.

— Et on remercie Noé pour sa grande compassion, persifla-t-il. Tes potes se font emmerder dans la rue et toi tu t'intéresses plus à leur agresseur qu'à elles ! Et si on laissait ce tocard et sa copine ici, t'en dis quoi ? demanda-t-il à Jezebel.

— J'en dis que j'aimerais qu'on parte loin d'ici, confirma-t-elle.

— Mais on a prévu qu'on passerait la journée ensemble ! protesta Rowan. Vous ne pouvez pas partir comme ça.

— Ah non ? répondit Jarod, amusé. Alors regardenous bien, dit-il en levant son majeur dans leur direction.

Jarod prit la main de Jezebel et l'entraîna à vive allure vers la station de métro du Châtelet. Ils s'y engouffrèrent sans même lancer un regard à Noé ou Rowan et coururent comme des dératés dans les dédales souterrains, puis sautèrent in extremis dans une rame avant que les portes ne se ferment. Les jeunes gens partirent dans un éclat de rire, satisfaits du mauvais tour qu'ils avaient joué à leurs camarades, mais soudain le rire de Jezebel se brisa et les commissures de ses lèvres se mirent à trembler. Elle baissa la tête dans une misérable tentative de cacher ses larmes, mais Jarod lui prit doucement le menton entre ses doigts, l'obligeant à dévoiler ses yeux humides.

— Qu'est-ce qui s'est *vraiment* passé là-bas ? interrogea-t-il.

— Ça... ça recommence, répondit-elle dans un souffle.

7.

Quand elle lui avait demandé de l'emmener ailleurs, Jezebel avait imaginé qu'ils prendraient le premier train pour la destination la plus lointaine possible. Au lieu de quoi ils s'étaient retrouvés à la Défense, le quartier d'affaires parisien. Jarod n'avait-il pas envie de quitter Paris, lui aussi ? S'était-elle méprise sur ses besoins d'évasion ? La jeune fille était déroutée par ce choix.

— Tu parles d'un lieu de repli, commenta-t-elle.

— C'est moche, hein ?

— Bah oui, c'est moche. Mais si ça ne te plaît pas non plus, pourquoi tu m'as emmenée ici ?

— Parce que c'est moche.

Devant la mine déconfite de son amie, le garçon éclata de rire.

— Tu te fiches de moi ?

La principale qualité de Jezebel n'étant pas la patience, elle se leva d'un bond, excédée, prête à sauter dans le premier métro pour rejoindre sa banlieue.

— Non. En fait, je viens souvent ici pour deux raisons. La première, c'est que c'est un super spot pour faire du skate. La seconde, c'est pour me rappeler à quel point je suis étranger à cette société, pour ne pas me laisser rattraper par les conditionnements qu'elle nous impose.

Intriguée, la jeune fille se rassit et décida de lui laisser une chance de s'expliquer.

— De quoi tu parles ?

— Je parle de tous ces guignols, là, en costume-cravate, attaché-case à la main, qui viennent bosser le samedi tellement ils ont peur d'être mis hors jeu s'ils décrochent. Ils se croient importants, ils ont l'impression de changer la face du monde parce qu'ils ont un bon salaire et une tape sur la tête par leur patron lors de leur bilan annuel. Au final, ce ne sont que des moutons, des produits que le grand capital va presser jusqu'au trognon pour les jeter comme des merdes quand ils ne seront plus rentables. Ici, c'est le profit qui prime, pas l'humain. On est déjà dans la matrice et personne ne se rend compte de rien. Regarde-les, ils seraient prêts à s'entre-tuer pour une promotion, pour avoir le sentiment d'être quelqu'un qui compte, et gagner un peu de pouvoir. Ce ne sont que des merdes...

Jarod jeta un regard inquiet à son interlocutrice. Les pupilles de Jezebel s'étaient légèrement dilatées et elle rongeait nerveusement ses ongles.

— Tu me prends pour un dingue de dire ça ?

— Non, je pense que tu as raison. Enfin, sur le fait qu'ils sont des pions, mais je ne crois pas qu'ils comprennent vraiment tout cela, la plupart d'entre eux sont pris dans une logique qui les dépasse. Ils cherchent à accéder à plus de confort, à prendre soin de leur famille. Ils n'ont juste pas trouvé de meilleur moyen pour cela.

— Tu parles ! Ils veulent toujours plus de fric, de gadgets, de déférence à leur égard et seraient prêts à sauter à la gorge de quiconque menacerait de leur retirer leurs privilèges. Putain, je les vomis, tous ces connards, les voir me débecte.

— Pourquoi tu te fais du mal en venant là, alors ? Il n'y a aucun risque que tu finisses par leur ressembler.

— J'aimerais surtout pouvoir mettre fin à tout ça, libérer la terre du parasite de l'humanité… Je te choque ?

La jeune fille était troublée. Jarod mettait des mots sur un sentiment qu'elle éprouvait depuis bien longtemps, mais s'était toujours gardée de partager, de peur qu'on ne la prenne pour une folle. Il lui arrivait souvent de s'imaginer un monde débarrassé d'une grande partie de ses habitants humains, suite à une catastrophe naturelle ou une épidémie, comme dans *The Walking Dead*, les zombies en moins. Elle pourrait s'installer dans une maison luxueuse ou bien arpenter le monde en empruntant des voitures laissées à l'abandon. Elle se nourrirait en pillant les supermarchés, et se soignerait en se fournissant dans les pharmacies. Le monde lui appartiendrait, elle en serait la déesse omnipotente et n'aurait plus jamais à subir aucune contrainte.

— Je te jure que si je possédais la bombe ultime, je n'hésiterais pas un instant, reprit-il.

— Quitte à mourir avec les autres hommes ?

— Je suis un parasite au même titre qu'eux. Je suis un putain de parasite.

— Il y aurait forcément des survivants, non ?

— Pas avec l'arme de mes rêves...

Jezebel imagina à quoi ressemblerait le monde sans aucun humain pour le dompter et l'aménager. Combien de temps faudrait-il à la nature pour reprendre ses droits ? pour que les racines des arbres éclatent les trottoirs et les routes en goudron ? pour que la terre se désintoxique des pesticides, que les abeilles reconstituent leurs colonies, pour que de nouvelles espèces apparaissent, pour que le monde redevienne jardin d'Éden ? Cela lui parut vertigineux, elle fut parcourue d'un frisson.

— Et on commencerait par buter cette vieille folle qui t'a fait pleurer, tout à l'heure, poursuivit-il.

— Mouais...

— Je ne comprends pas ce qui t'a mise dans cet état, elle n'a plus toute sa tête, d'après ce que tu m'as dit !

— Je crois que tu n'as pas saisi la violence du truc. Elle m'a agressée verbalement, puis elle s'est frappée si fort que j'ai bien cru qu'elle allait s'assommer ! Elle s'est griffée jusqu'au sang !

— C'est son problème, pas le tien.

— Tout de même...

De nouveau émue, à l'évocation de l'incident, Jezebel tenta de retenir ses larmes. Elle se sentait d'autant plus ridicule de faire preuve de cette sensiblerie que Jarod semblait trouver tout cela anecdotique. Vivre à Paris l'avait-il endurci au point qu'une crise de folie ne l'émeuve plus ?

— Comment tu fais ça ? demanda-t-elle.

— Comment je fais quoi ?

— Tu parais tellement... froid, maître de toi.

— Il y a plus grave, sur terre. Je relativise, c'est tout.

— Mais on dirait que rien ne t'atteint !

— C'est faux. Seulement je sélectionne ce que je laisse me toucher. C'est comme si j'avais un petit videur dans la tête qui décide qui y entre ou non.

— Ça a l'air pratique, j'aimerais bien être capable de mettre ma sensibilité sur *off*, moi aussi.

— Si tu veux je t'apprendrai.

— Sérieusement ?

— Bien sûr. À une condition. Dis-moi ce que tu entendais, tout à l'heure, par « ça recommence » ?

Elle espérait qu'il ne l'ait pas entendue. Ces mots lui avaient échappé, avaient fusé sous le coup de l'émotion sans qu'elle parvienne à les retenir. Comment pouvait-elle s'en sortir ? Vite, elle chercha un mensonge suffisamment crédible pour satisfaire la curiosité de Jarod.

— Et n'essaie pas de m'enfumer, OK ? précisa-t-il. Je le saurai, si c'est le cas.

Lisait-il dans ses pensées ? Mal à l'aise, Jezebel sortit un paquet de cigarettes de son blouson et s'en alluma une.

— Tu fumes, toi ?

— Ça m'arrive. Écoute, si je te raconte, tu vas me prendre pour une dingue.

— Essaie, tu verras bien, répondit-il en lui prenant la cigarette des mains.

Jarod approcha la clope de sa bouche, la serra entre ses lèvres et aspira une longue bouffée en fermant les yeux. Il prit le temps d'exhaler lentement la fumée, puis, d'une pichenette, expédia la cigarette à plus d'un mètre.

— Hé, mais t'es malade !

— Non, et je n'ai pas envie que tu le sois non plus. Alors, cette histoire de dingue ?

Jezebel souffla bruyamment, qu'il lui donne du fil à retordre l'agaçait autant que cela lui plaisait. Jarod n'était pas un garçon comme les autres, il lui paraissait si libre, si sûr de lui. Peut-être était-ce dû au fait qu'il avait dix-neuf ans. D'ailleurs, elle se demandait pourquoi il vivait encore chez ses parents et s'astreignait à se rendre au lycée, puisqu'il avait manifestement l'air malheureux dans ces deux lieux. Elle plongea ses yeux dans le regard sombre de son ami, il sourit pour l'encourager, alors elle prit une grande inspiration et se lança.

— Tu l'auras voulu... Je crois que ma voix a un impact sur les gens, voilà.

— Oui, elle est très belle.

— Elle n'est pas juste belle, elle est... particulière.

— Comment ça ?

— Quand je chante ou que je parle en la modulant d'une certaine façon, j'ai le sentiment que je plonge les gens dans un état de conscience un peu spécial... Je les transporte ailleurs, comme l'a dit Rowan.

— Comme une sorte d'hypnose ?

— Oui.

— Sérieusement ?

— Je n'en suis pas sûre. Mais tout à l'heure, les gens autour de moi avaient l'air comme...

— Envoûtés ? compléta-t-il.

Jezebel opina du chef, reconnaissante de ne pas avoir à poursuivre la phrase elle-même. Allait-il rire à présent ? Se moquer d'elle ? La jeune fille se mordit les lèvres nerveusement en attendant les commentaires de son ami. Il ne disait rien, se contentant de la scruter attentivement, comme à la recherche de la confirmation de ses dires, ou du signe qu'elle était en train de lui raconter des histoires.

— Tu veux dire que tu as un don, quelque chose comme ça ? lâcha-t-il enfin. C'est génial, quelle chance !

Ainsi il la croyait, comme cela, sans exiger de preuve ou la traiter de mythomane ? Jezebel avait du mal à le concevoir. Elle décida donc de rester sur ses gardes.

— Oui et non. Toute médaille a son revers et c'est à la fois une grâce et une malédiction, je crois.

Jezebel se tordit les mains nerveusement. Devait-elle vraiment tout lui dire ? Elle était déjà allée bien plus loin qu'elle ne l'aurait imaginé. Jamais elle n'avait confié ses doutes à personne et s'ouvrir à Jarod la rendrait vulnérable. Elle avait le sentiment de se tenir au bord d'un gouffre et de lui donner le pouvoir de la projeter dans le vide. Néanmoins, elle ressentait le besoin de se confier à quelqu'un. Elle ne connaissait pas assez Jarod pour savoir si elle pouvait totalement lui faire confiance, pourtant, quelque chose en lui l'attirait irrémédiablement. Peut-être était-ce la détresse qu'elle percevait en lui, sa solitude, ce désespoir qu'il masquait par les sarcasmes et l'apparence de la cruauté ? Elle aussi portait un masque, mais elle avait un besoin urgent de l'ôter, sous peine qu'il ne l'asphyxie totalement.

— Déjà, si je fais bien cet effet-là, je ne pourrai jamais être certaine que quelqu'un m'apprécie pour ce que je suis et non pour ce que ma voix lui fait.

— Tu as cette crainte avec moi ?

— Oui.

— Rassure-toi, je trouve ta voix très banale !

— Quoi ?

Jezebel feignit d'être outrée et frappa l'épaule de son ami, hilare.

— Ce n'est pas drôle.

— Pardon, je ne voulais pas te vexer, mais tu es tellement plus qu'une belle voix, Jez...

C'était la première fois qu'il l'appelait Jez, la jeune fille sentit ses joues s'empourprer. Jarod glissa le dos de sa main sur son visage et lui sourit pour l'encourager à continuer. En réalité, c'était tout ce dont elle avait besoin en ce moment. Qu'on l'écoute, qu'on la croie. Elle retenait ses craintes depuis trop longtemps à présent et son secret était devenu un fardeau si lourd à porter qu'il finirait par l'écraser complètement, la réduire en miettes. Il y avait des années qu'elle vivait dans la peur de faire du mal autour d'elle, des semaines qu'elle était accablée par une culpabilité qu'elle pensait indicible.

— Ce n'est pas tout, chuchota-t-elle enfin.

— Ne t'inquiète pas, l'encouragea-t-il. Je ne te jugerai pas. Pas moi. Tu peux me faire confiance.

— OK, je veux bien essayer... Ça va peut-être te paraître fou, à moi aussi, si ça peut te rassurer. Mais je ne maîtrise pas l'impact que j'ai. Ça vient comme ça, en fonction de mes émotions, de mon état d'esprit. Et quand je suis en colère, je crois que je peux blesser les gens, leur faire beaucoup de mal.

— Avec ta voix ?

— Oui...

Ne pas pleurer. Larmes aux yeux, gorge serrée, la jeune fille ne put parler pendant de longues minutes. Elle n'avait jamais verbalisé ses craintes et se trouvait tellement ridicule de s'imaginer capable de telles choses. Pourtant, elle n'avait pas rêvé ce qui s'était produit avec la clocharde, ni même ses parents...

— Je... je me disputais beaucoup avec ma mère, reprit-elle au terme d'efforts intenses. Chaque fois, cela se soldait chez elle par des saignements de nez, des étourdissements.

— Ce n'était sûrement qu'une coïncidence, tu ne crois pas ? risqua-t-il prudemment.

— C'est ce que je me disais, au début. Mais les crises se sont accentuées ces dernières années, à mesure que j'ai grandi, gagné en force... Et elles se déclenchaient après chaque dispute.

— Parfois, quand on se met en colère, des petits vaisseaux éclatent et on peut saigner du nez...

— Juste avant la mort de mes parents, insista-t-elle, on s'est disputées. Je voulais participer à un télé-crochet, j'ai toujours rêvé de monter sur scène, d'être face à un public... Elle refusait de me donner l'autorisation, elle prétendait que je devais faire profil bas, rester humble, ne pas me faire remarquer. Ça me mettait hors de moi, j'avais le sentiment qu'elle ne voulait pas admettre que j'étais différente d'elle.

— Elle était jalouse de toi.

Jarod avait répondu avec une fermeté et une assurance qu'elle ne lui connaissait pas. Dans sa voix, perçait même une sorte de mépris.

— Qu'est-ce que t'en sais ?

— Les parents ne veulent pas ce qu'il y a de mieux pour nous, mais ce qu'il y a de mieux pour eux. Et tu allais bousculer tout ça.

Jezebel n'avait jamais envisagé cette hypothèse. Hannah Kern était belle, aimée, épanouie : qu'aurait-elle bien pu lui envier ? Semblant lire dans ses pensées, Jarod poursuivit son réquisitoire.

— Tu devenais une femme, tu avais tous les talents : la beauté, l'ambition, la voix. Et elle vieillissait, s'étiolait dans sa petite vie étriquée de bourgeoise de province. Voilà tout. C'est très humain ce genre de sentiment, tu sais...

— Peut-être, pourtant ça n'excuse pas ce que j'ai fait.

— Qu'as-tu fait ?

— Chaque dispute était plus violente que la précédente. Et un jour les saignements se sont transformés en hémorragie. Les examens médicaux ont indiqué qu'elle risquait la rupture d'anévrisme à chaque instant. Il paraît que c'était génétique, chez elle.

— Eh bien tu vois ! Il y a une explication scientifique ! Elle avait une fragilité et se mettre en colère aggravait son état, voilà tout.

— C'est ce que mes parents ont prétendu pour me rassurer. Mais dans leurs yeux, j'ai commencé à voir clairement ce que je n'avais fait que soupçonner jusque-là. De la peur.

Jezebel avait mis des années avant d'identifier ce qui se cachait derrière le regard anxieux de ses parents, avant de saisir pourquoi ils se disputaient si souvent à son sujet, avant de réaliser pourquoi ils faisaient systématiquement front ensemble, contre elle. Ses parents avaient, eux aussi, identifié ses habiletés hors du commun et redoutaient qu'elle ne s'en prenne à eux. Pourtant, ils n'avaient jamais cessé de l'aimer et de la surprotéger. Elle avait toujours considéré cette attitude comme un manque de confiance, ou la crainte que le monde extérieur ne la blesse. Ils étaient eux-mêmes tellement repliés dans leur petite bulle ! Aujourd'hui, elle se disait qu'ils avaient peut-être cherché à préserver le monde extérieur de ses colères, plutôt...

— Tu ne me crois pas, n'est-ce pas ?

— Je pense que tu es convaincue de cela, parce que tous les éléments observables t'ont confortée dans cette idée... C'est ce qu'on appelle un « biais de confirmation ». On a vu ça en sciences physiques, l'autre jour. Tu ne vois que ce qui vient étayer ta théorie. Alors qu'il y a plein d'autres raisons plus rationnelles à ces saignements. À commencer par celles que t'ont données tes parents. Pourquoi refuses-tu de les croire ? Tu te sens obligée d'être coupable de tout ?

Ainsi il ne la croyait pas. À quoi bon, dans ce cas, lui raconter la violence de sa dernière dispute avec sa mère lorsque cette dernière avait découvert que Jezebel s'était inscrite à un concours sans son accord ? De sa voix qu'elle avait poussée comme jamais pour protester contre une autorité toujours plus rigide ? Ou encore du cri de douleur de sa mère lorsqu'elle avait porté les mains à sa tête, du sang qui s'était mis à couler à flots de ses narines ? Jezebel n'oublierait jamais l'odeur ferreuse de tout ce sang qui dégoulinait le long de son chemisier blanc jusqu'au carrelage, de la tache rouge qui s'étalait sur l'étoffe, de la panique dans les yeux d'Hannah et de Johann. Ils étaient dans un état de stress intense lorsqu'ils étaient partis pour l'hôpital, son père avait conduit à toute vitesse, grillant les feux rouges, les priorités, le regard certainement rivé sur son épouse à moitié inconsciente. C'est pour cela qu'il avait dévié de sa trajectoire, se lançant à plus de cent cinquante kilomètres-heure contre un poids lourd. C'est à cause de ce qu'elle avait fait à Hannah que ses parents avaient eu cet accident.

— Mais tu ne comprends donc rien ? s'écria-t-elle à bout d'arguments. Mes parents... c'est à cause de moi qu'ils sont morts !

8.

Cela faisait bien longtemps que Noé n'avait pas ressenti ce besoin pressant, cette urgence à le faire. Il aurait pu être rouillé, depuis le temps, mais non, tout lui était revenu avec une facilité déconcertante, comme si là seulement était sa vraie nature, qu'il n'était qu'un prédateur en sommeil attendant d'être réveillé par la perspective d'une chasse. Il y avait songé toute la nuit, c'était devenu une idée fixe, obsédante qui remontait toujours à la surface de son esprit malgré ses tentatives de la chasser. Inlassablement, elle venait se cogner aux portes de sa conscience, lui chuchoter comment il pourrait s'y prendre, le plaisir qu'il en retirerait. Pour chasser la tension, il avait bien tenté de se masturber un peu, sous la couette, or il avait eu beau recommencer encore et encore, toute la nuit, cela n'avait eu aucun effet. Non. Il lui fallait autre chose : le plaisir de la traque.

Le jeune homme avait toujours eu cette tendance à vouloir tout connaître des gens sur lesquels il jetait son dévolu. Il épiait chacun de leurs faits et gestes, les décryptait, les répertoriait, savait obtenir des informations accessibles à nul autre en quelques clics. C'était ce qu'on appelle un « stalker », un harceleur. Il ne l'avait jamais fait dans le but de nuire à quelqu'un, il avait juste besoin de connaître parfaitement la personne qui l'intriguait ou faisait battre son cœur, voilà tout, de se nourrir d'elle et d'assimiler tout ce qui constituait son être. Et, pour la première fois depuis ce qui lui semblait des siècles, il avait une nouvelle cible : Jezebel Kern. D'elle, il connaissait désormais les moindres traits, chacune de ses taches de rousseur, les courbes qu'il aimait reproduire sur un petit carnet de dessin.

Dans sa collection de croquis, il y avait sa famille proche, ses amis, les gens qu'il croisait au hasard dans le métro, c'était une façon de se les approprier, de mieux les comprendre, de concrétiser ce qu'il percevait d'eux de façon viscérale. Grand fan de Magic The Gathering, Noé aimait les transformer en créatures du jeu : trolls, démons, arpenteurs... et leur attribuer une des cinq couleurs du pentagramme Magic. Lui se percevait comme un druide. Il attrapa le carnet rangé dans sa poche et le feuilleta machinalement, s'arrêta sur l'esquisse le concernant. C'était une carte verte, la couleur de la vie, la nature, la croissance.

NOÉ

Les cartes qu'il dessinait étaient évolutives, à l'instar de celles du jeu. La sienne n'avait pas bougé depuis un moment, pourtant, il pressentait que lorsqu'il serait capable de tracer celle de Jezebel, cela aurait un impact sur lui. Sa carte aurait quelque chose de spécial, de rare, il en avait la conviction. Il lui fallait par conséquent mieux la connaître, l'approcher pour s'en imprégner. La découvrir à un autre niveau que celui des éléments tangibles qu'il avait collectés jusque-là. Il savait l'accident de ses parents, connaissait le mot de passe de sa messagerie, ses liens avec Marion Arsac, une voisine avec qui elle échangeait des mails de temps à autre, son goût pour la musique, sa spontanéité, ses caprices, son besoin de liberté. Mais il ignorait encore certaines de ses habitudes, le son de sa voix lorsqu'elle était émue, les tics qui pouvaient trahir chez elle le plaisir ou le mensonge, ce qui la faisait rêver... Oui, il désirait la faire rêver, rire, de devenir son seul univers et lui faire l'amour, se fondre en elle pour toujours. Noé avait toujours ressenti le besoin de fusionner avec une femme pour atteindre un autre plan, toucher à l'infini. Mais aucune de ses rares petites amies ne lui avait jamais procuré cette sensation, toutes étaient trop timorées, trop avares d'elles-mêmes pour oser s'abandonner complètement. Avec Jezebel, ce serait différent. Il en avait la conviction. Avant cela, il devrait la séduire et évincer son rival. Le jeune homme se remit en mouvement.

Noé arpentait le quartier de Jezebel comme on se perd dans ses pensées. Une brise fraîche faisait virevolter ses cheveux roux coupés mi-long, et apaisait un peu la tension qui l'avait tenu éveillé toute la nuit. Il parvint au niveau de la maison des Doukouré et marqua un temps d'arrêt. Le quartier était tellement calme ! Le contraste avec la frénésie parisienne était saisissant, ici on entendait le chant des oiseaux, on pouvait regarder le ciel sans qu'il soit encombré de bâtiments trop grands pour les rues dans lesquelles ils s'érigeaient, ni pollué par les pots d'échappement des citadins accrochés à leur confort. Un peu plus tôt dans la matinée il avait plu, quelques flaques offraient leur surface brillante au ciel qui venait s'y refléter, servaient d'abreuvoir à des moineaux assoiffés. Cette vision lui arracha un sourire ému, il aimait tellement la nature ! Un jour, il partirait d'ici et irait s'installer en pleine campagne, dans une maison loin de toute agglomération et autonome où il cultiverait ses propres légumes en permaculture. Et plus jamais il ne s'aventurerait dans la *civilisation*, ne serait-ce que pour aller voir un médecin. Il vivrait comme un animal humain, loin de tout ce qui le polluait aujourd'hui. Bien sûr, dans ses rêves, il ne serait pas tout à fait seul et mènerait cette vie simple avec une femme partageant son idéal. Et si cette femme, c'était Jezebel ?

Avant même de réaliser ce qu'il s'apprêtait à faire, Noé se retrouva face à la porte des Doukouré, le doigt sur la sonnette. L'idée était pourtant de glaner encore quelques informations sur Jezebel avant d'entrer en contact avec elle ! Il pria pour que la porte reste close. Hélas, personne n'entendit ses prières, ou du moins ne s'en soucia.

— Noé ? Mais qu'est-ce que tu fais là ?

Jezebel se tenait sur le seuil et le dévisageait littéralement. Elle était vêtue d'un T-shirt large lui arrivant juste en dessous des fesses et d'une paire de chaussettes hautes. Le garçon ramena prudemment les mains devant lui pour masquer son trouble.

— Je me demandais si ça te dirait de faire un tour... Le temps est chouette.

La jeune fille leva la tête en direction d'un ciel encombré de nuages où le soleil avait du mal à percer et réprima un léger frisson quand le vent frais vint lui chatouiller le cou. Elle fit une petite grimace qu'il trouva charmante.

— T'es sérieux ?

— Il fait assez doux et la lumière est belle.

— C'est vrai. Pourquoi pas... Tu m'attends ici ? Je vais me changer.

Lorsqu'elle reparut, elle avait enfilé un jean et des Dr. Martens, ainsi que son indécrottable Perfecto en cuir, mais ne s'était pas remaquillée, ce qui faisait ressortir ses taches de rousseur. Il la préférait au naturel, la simplicité lui allait bien.

— Tu habites loin ? demanda-t-elle.

— Non, à un quart d'heure de marche, c'est tout.

— Comment tu savais où j'habitais ?

Parce que je t'ai déjà suivie trois fois à la sortie des cours sans que tu le remarques, ma belle.

— C'est une petite ville, tout se sait, éluda-t-il.

La réponse parut satisfaire la jeune fille qui haussa les épaules. Elle lui emboîta le pas à travers le dédale des maisons, de lotissements en voies sans issue et finit par se retrouver dans un petit sous-bois. L'air y était gorgé d'humidité et de cette odeur particulière, le petrichor, qu'exhale la terre après la pluie en un mélange subtil d'essences animales, d'humus et de chlorophylle. Jezebel inspira à pleins poumons, comme assoiffée d'oxygène.

— Ça alors ! J'ignorais qu'il y avait un coin de verdure aussi près de chez moi ! s'anima-t-elle.

— Tu aimes la nature ? se réjouit-il.

— Oui, ça me manque, ici. Avec mes parents, on allait souvent se balader en forêt, le dimanche. Je râlais toujours un peu parce que j'avais envie de rester dans ma chambre à glander, mais au final, ça me faisait un bien fou. C'était un chouette moment à partager ensemble, je ne me rendais pas compte à quel point j'avais de la chance. Et maintenant, c'est trop tard...

La jeune fille se laissa couler le long d'un tronc d'arbre et s'assit en tailleur, l'air désemparée. Elle ressemblait à une petite fille. Ému, Noé vint se placer à côté d'elle sans oser la tenir dans ses bras pour la consoler, bien qu'il en crève d'envie. *Ne la brusque pas, ce n'est pas le moment.* Sentant qu'elle était incapable de parler pour l'instant, il prit l'initiative de lui raconter un peu sa vie, de lui dire ses projets de vie loin du tumulte de la civilisation.

— C'est marrant, dit-elle, vous vous ressemblez beaucoup, avec Jarod.

Le garçon se crispa à l'évocation de son rival. Que pouvaient-ils bien avoir en commun hormis leur attirance pour la même fille ? Noé était un type normal, de corpulence moyenne, voire légèrement enrobé. Il n'avait rien d'un athlète à l'allure de surfeur et faisait tout pour se faire oublier, quand cette grande gueule de Jarod ne ratait jamais une occasion de se mettre en avant ou de jouer les caïds du lycée.

— Vous partagez la même répugnance à côtoyer d'autres personnes, poursuivit-elle. Sauf que Jarod est plus radical que toi. Lui, il voudrait carrément éradiquer l'humanité, rien que ça ! plaisanta-t-elle.

Mais son camarade ne goûta pas la blague. Au contraire, il se rembrunit instantanément.

— Il a dit ça ?

— Ouais, il pense que l'humanité est le cancer de la planète, un truc dans le genre. Et qu'il faudrait tuer tout le monde, que c'est la seule solution...

— Je vois. Et toi, tu en dis quoi ?

— Je ne sais pas trop. Quand je l'écoute parler, je pense qu'il a raison, que de toute façon l'être humain ne sait que piller, torturer, détruire et qu'il faudrait lui faire cesser cela, définitivement.

— Et tu ne crois pas que l'humanité peut évoluer ? Prendre conscience de la fragilité de notre monde et le protéger ?

— Jarod prétend qu'on évolue trop lentement, et puis qu'avec toutes les régressions qu'on vit actuellement, comme le terrorisme, la montée de l'homophobie, tout ça, on n'atteindra pas un niveau de conscience suffisamment élevé à temps pour sauver le monde.

— J'ignorais qu'il avait une âme de justicier, railla-t-il.

— Ne te moque pas ! Ses arguments me touchent.

— Alors quoi ? Vous allez poser des bombes dans les métros ?

— Et pourquoi pas ? Alléger le monde d'une poignée d'individus, c'est toujours ça de pris.

— Ce n'est pas toi qui parlais des régressions du terrorisme ? Et puis qui te dit que, dans le lot, tu ne tuerais pas la personne capable de sauver le monde, justement ?

— En trouvant un vaccin contre la connerie ? rétorqua la jeune fille du tac au tac.

Vexée, elle se releva prestement et rebroussa chemin, sans desserrer les dents. Elle marchait d'un pas vif, comme si la présence de son contradicteur lui était devenue insupportable. Était-elle à ce point amoureuse de Jarod Nolan qu'elle ne tolérait pas qu'on éclaire ses propos d'un point de vue différent? Noé fut déçu. Il avait imaginé qu'elle était plus ouverte d'esprit que cela. Pourtant, incapable de se résigner à la quitter sur cette fausse note, Noé prit sur lui pour rompre la mauvaise ambiance et la rattrapa.

— Tu boudes?

— Non.

— C'est bien imité, alors.

Jezebel esquissa un sourire et marqua un temps d'arrêt. Ils étaient à nouveau dans leur petite ville de banlieue, mais elle n'avait aucune envie de rentrer chez elle. Elle amorça quelques pas dans la direction opposée de sa maison et lui fit signe de la suivre.

— C'est juste que quand tu m'as parlé de tes envies de nature, expliqua-t-elle, j'ai pensé qu'on était sur la même longueur d'onde, que tu me comprendrais.

— Je te comprends, Jezebel. Cependant, non seulement le projet d'éradiquer l'humanité est illusoire, mais il revient à se transformer en un de ces monstres que tu décries. Mieux vaut agir à une autre échelle...

— Et aller se planquer au milieu de nulle part alors que des animaux se font massacrer? Que des enfants sont violés et mis en esclavage pour quelques dollars?

Elle portait en elle une telle colère, une telle révolte que tout son être tremblait à l'évocation des injustices de ce monde. Qu'est-ce qu'elle était belle ! Noé aurait aimé pouvoir arrêter le temps et la contempler pour le reste de sa vie.

— Je te mets juste en garde contre ce genre de discours radicaux. Je sais où cela conduit et ça ne révèle pas ce qu'on a de plus noble.

— Tu sais ? Mais qu'est-ce que tu en sais, toi ? T'es un planqué ! Jamais un mot plus haut que l'autre, jamais une prise de risque !

— Je le sais, parce que j'ai été comme ça, moi aussi. J'ai été révolté, j'ai voulu jouer les justiciers et j'ai dû payer le prix de mon arrogance.

— Ah oui ? T'as dû copier dix lignes ? T'as reçu un avertissement de maman ?

— Non, répondit-il d'une voix atone. J'ai reçu ça.

Joignant le geste à la parole, Noé souleva la longue mèche qui tombait jusqu'à son menton et dévoila ce qu'il ne montrait jamais à personne : une énorme balafre creusant son visage, du front à la mâchoire.

9.

Noé relâcha sa mèche si vite que Jezebel se demanda si elle n'avait pas halluciné. La cicatrice qui lui barrait la moitié du visage lui avait paru assez récente : elle était encore d'un rose vif qui ne s'estomperait que d'ici plusieurs années. Qu'est-ce qui avait bien pu lui couper le visage ainsi ? Quel rapport avec la radicalité qu'il avait dénoncée ? Le jeune homme lui semblait soudain plein de mystère, beaucoup plus sombre qu'elle ne l'avait imaginé de prime abord. Plus séduisant, du coup.

Elle leva la main, dans une timide tentative de dévoiler à nouveau ce qu'il cachait au reste du monde, mais suspendit son geste en apercevant deux silhouettes familières, à quelques mètres. Rowan et Jarod.

— Qu'est-ce que vous faites là? s'enquit Jarod, alors qu'ils se rapprochaient d'eux.

— On a fait un tour dans les bois, répondit Jezebel.

Jarod lança un regard assassin à son rival, qui se contenta de le toiser d'un air narquois, comme s'il avait gagné une bataille secrète.

— La prochaine fois, vas-y accompagnée d'un homme, un vrai. Avec celui-ci tu serais obligée de le défendre toi-même, en cas de problème.

— T'inquiète, on a croisé aucun connard, rétorqua Noé. Normal, tu n'y étais pas.

Irritée par ce combat de coqs au moins autant que par le rapprochement de Jezebel et Noé que sa jalousie lui faisait imaginer, Rowan avait du mal à se contenir. Un seul garçon ne suffisait-il pas à cette intrigante? La jeune fille jeta un coup d'œil à son ami. Pupilles dilatées, torse bombé, il était prêt à en découdre. Elle devait l'empêcher de commettre une bêtise.

— J'ai croisé Esther en venant, lui dit-elle. Elle te cherche partout, No. Il paraît que tu devais l'aider à ranger un placard. Elle avait l'air furax.

— Eh merde! J'avais complètement zappé, se plaignit le jeune homme.

— Tu devrais y aller...

— Pff, de toute façon, je suis à la bourre, alors un peu plus, un peu moins...

— Non ! s'exclama Rowan. Ça avait l'air important. Tu dois y aller, maintenant !

La façon dont elle avait découpé les syllabes de sa dernière phrase firent à Jezebel l'effet d'un claquement de fouet. Qui aurait pu imaginer que la timide Rowan pouvait se transformer en tyran ? Elle coula un regard vers la jeune fille et l'observa attentivement. Derrière les verres de ses grandes lunettes, ses iris bleu glacier avaient pris des reflets argentés, ses pupilles s'étaient étrécies et elle semblait abriter une colère telle qu'on pouvait presque la palper. Noé se figea sur place, manifestement surpris par le ton de son amie.

— T'as sans doute raison. Je vais y aller. On fait la route ensemble ?

— Non, moi, je reste. J'ai des choses à dire à Jezebel.

— Ça peut attendre, non ? insista-t-il.

— Je t'ai dit d'y aller sans moi, putain !

Rowan était montée dans les aigus, signe que ce n'était pas le moment de la contrarier. Noé décida d'obtempérer et d'opérer un repli stratégique, il ne souhaitait pas envenimer la situation.

— OK, c'est bon ! Ça va aller ?

— Mais oui, intervint Jezebel, on ne va tout de même pas s'entretuer.

À moitié rassuré, le garçon hocha la tête et adressa un petit clin d'œil à Jezebel. Une façon subtile de lui demander de garder son secret pour elle... la jeune fille lui sourit en retour, ce qui eut le don d'agacer davantage Jarod et Rowan. Lorsque Noé fut assez loin, cette dernière explosa.

— Qu'est-ce que tu lui veux, à Noé ? aboya-t-elle.

— Ah mais moi je ne veux rien, c'est lui qui est venu taper à ma porte.

— Je ne te crois pas !

— C'est ton problème.

— Écoute, tu fais ce que tu veux avec Jarod, mais Noé est un mec bien, tu le laisses tranquille !

— Merci pour le mec bien, maugréa Jarod.

— Ma parole, tu es jalouse ? s'esclaffa Jezebel.

— N'importe quoi.

— Bien sûr que si. T'es complètement amoureuse de Noé. Ça crève les yeux. Putain, c'est glauque ! C'est quand même ton frère.

— Mon frère adoptif, rectifia Rowan. Et je t'interdis de dire ça.

— Il est au courant que tu craques sur lui ?

Derrière les sarcasmes de Jezebel, Rowan perçut parfaitement la menace sous-jacente. Bien sûr qu'elle était l'amoureuse cantonnée au rôle ingrat de la meilleure amie, même pire ici : de la sœur ! La jeune fille était cependant convaincue qu'un jour Noé saurait la regarder comme une femme, parce qu'ils étaient faits l'un pour l'autre, que leurs destins étaient liés depuis ce jour merveilleux, à l'orphelinat, où leurs regards s'étaient croisés. Et Jezebel n'avait pas le droit de venir gâcher cela.

— T'as pas intérêt à aller lui raconter des histoires, gronda-t-elle. Parce que je te jure que je te le ferais regretter...

Rowan était hors d'elle. Elle en voulait à Jezebel de venir gâcher l'harmonie de sa vie, presque autant qu'elle se maudissait de ne pas avoir su mieux cacher ses sentiments pour Noé.

— Je te déconseille d'aller plus loin, la mit en garde Jarod. Tu ne sais pas à quoi tu t'exposes.

— Quoi ? se rebiffa Rowan. Ta copine va m'en coller une ? Eh bien qu'elle essaie !

La perspective d'assister à un catfight n'était pas pour déplaire au garçon. Il décida de pousser la jeune fille dans ses retranchements.

— Ma copine peut te tuer rien qu'avec sa voix, si elle veut ! fanfaronna-t-il.

Horrifiée par la révélation de son secret qu'il prenait manifestement peu au sérieux, Jezebel lui attrapa le bras violemment pour lui enjoindre de se taire. Incrédule, Rowan tourna la tête vers elle et remarqua que son sang semblait avoir déserté tout son visage. Dans l'écrin de sa pâleur extrême, ses yeux brillaient comme des rubis.

— Qu'est-ce que tu racontes ? demanda la fille aux cheveux roses, plus tout à fait aussi sûre d'elle.

— Je dis que sa voix a un pouv...

— Tais-toi, le coupa Jezebel.

Comme Rowan, elle était capable de dégager une autorité naturelle et sans appel. Sa voix s'était soudainement dénuée de toute chaleur, semblant aspirer la joie de vivre de son interlocuteur. Les épaules du jeune homme s'affaissèrent brutalement et la commissure de ses lèvres se mit à trembler. Il ressentit une telle tristesse monter en lui qu'il dut faire un effort magistral pour ne pas éclater en sanglots. Interloqué par la puissance de ses émotions, il scruta le visage de son amie comme s'il le voyait pour la première fois.

Voilà donc ce qui se cachait derrière le masque de la désinvolture qu'elle arborait constamment ! La facette qu'elle prenait soin de cacher au reste du monde et peut-être aussi à elle-même était dure, violente, impérieuse et intransigeante. C'était un volcan constamment prêt à entrer en éruption et à tout saccager sur son passage. Elle n'avait pas menti. Jezebel possédait un potentiel dont elle ne soupçonnait même pas la portée. Il pouvait le sentir au plus profond de sa chair, bien qu'il ne vienne de goûter qu'à une infime parcelle de ses capacités. Et cela le grisa. Parce qu'il entrevit soudain ce qu'ils pourraient accomplir, à deux contre le reste du monde, contre leurs tortionnaires, contre leurs détracteurs. À eux deux ils dévoreraient la vie, ils seraient des dieux.

— Il n'y a aucune raison de monter dans les tours comme on le fait ou de raconter des histoires abracadabrantes, poursuivit Jezebel dans un effort démesuré pour avoir l'air naturelle.

Mais Rowan vit bien qu'elle tentait de faire bonne figure quand la saillie de son petit copain l'avait prise de court, déstabilisée. Sa... *voix*? avait-il dit. Rowan aurait pu secouer la tête et réfuter l'idée, faire appel à ses connaissances scientifiques, rire nerveusement comme à une mauvaise blague. Pourtant, la jeune fille n'éprouva aucune de ces envies-là. Elle restait debout, interdite, scrutant Jezebel tel un chercheur venant de découvrir une curiosité, un trésor. À aucun moment, et ce malgré les dénégations de Jezebel, elle ne songea à remettre en question les propos de Jarod. Elle-même n'avait-elle pas été envoûtée par son chant, à la fontaine du Châtelet, à l'instar de la vingtaine de personnes présentes ce jour-là ? Et si une voix pouvait transporter au paradis, ne pouvait-elle pas aussi vous conduire en enfer ?

— Non, il n'y a aucune raison de se mentir, approuva Rowan.

Mais elle n'était pas dupe, Jezebel Kern en était convaincue. Une fille aussi intelligente et rationnelle que Rowan qui croyait à l'existence de dons extraordinaires, c'était bien sa veine ! Que se passerait-il si sa camarade décidait de divulguer son petit secret ? Combien d'autres y croiraient ? Suffisamment pour la mettre en danger, la livrer à l'opprobre, au rejet, à la haine... Paniquée, Jezebel se demanda s'il ne valait pas mieux fuguer et disparaître jusqu'à sa majorité, changer de nom, d'identité. Alors quelque chose en elle se tordit, une onde électrique se propagea dans son corps, l'électrisa, lui ôta toute force physique et la cloua sur place. Il lui sembla entendre au loin une voix. Et cette voix hurlait qu'elle devait rester ici, qu'elle aurait bientôt un rendez-vous avec son destin et ne pouvait se permettre de le manquer. Terrassée par la force de cette pensée, Jezebel oublia toute velléité de fuite. Pourtant, elle devait absolument neutraliser Rowan. Prise d'une impulsion inexplicable, Jezebel saisit les mains de la jeune fille et les serra de toutes ses forces afin qu'elle n'échappe pas à son emprise. Alors, elle commença à émettre un son grave, les yeux rivés aux siens. Rowan fut instantanément captivée et n'opposa aucune résistance. Jezebel ouvrit plus grand la bouche, la note se fit grave, profonde et enveloppante, complexe et primitive. Hypnotisante. Rowan ferma les yeux. Elle n'était plus dans cette rue mais sur une plage, seule, avec pour unique compagnie le chant des vagues roulant en une mélodie entêtante. Sur le sable, au loin, il lui sembla que quelqu'un avait tracé un mot. Quel était ce mot? Elle s'en approcha, une vague vint lécher les lettres. Sous l'écume effervescente, le mot n'avait pas tout à fait disparu. En se concentrant, elle pourrait encore le déchiffrer. Mais déjà une nouvelle vague venait éroder le message. Puis vint encore une autre vague, puis une autre, puis une autre encore. Rowan eut le sentiment que ces vagues, impérieuses et apaisantes à la fois, se déversaient en réalité dans son esprit. Et le nom de ces vagues était *oubli.*

— Oubli, répéta-t-elle alors, telle une automate.

Les mains de Rowan s'amollirent dans celles de Jezebel. Rassurée par sa réaction, la jeune fille se relaxa à son tour. Oui, elle convoquerait tout ce qu'elle pourrait de volonté en tenant cette note jusqu'à l'asphyxie s'il le fallait, mais elle effacerait de sa mémoire le souvenir de leur altercation. *Oubli,* prononça-t-elle en son for intérieur. Ce mot lui semblait tellement doux. *Oubli.* Comme une berceuse apaisante. *Oubli.* Comme une litanie invocatoire. *Oubli.* Oubli des autres. *Oubli.* Oubli de soi. *Oubli... Oubli... Oubli... Oubli... Oubli.* Et alors le sol bascula. Pour la première fois, Jezebel ne lutta pas, ne chercha pas à se raccrocher à la réalité. Et plongea dans les entrailles de la terre et du temps...

C'est la voix affolée de Jarod qui l'extirpa du brouillard.

— Jez ! Putain mais tu fais quoi, là ?

Hébétée, Jezebel eut le sentiment qu'on l'arrachait du paradis.

— Hé, arrête ! Pourquoi tu me secoues comme ça ?

— Pour te faire réagir, putain ! Ça fait une demi-heure que t'es en mode zombie !

— N'importe quoi. Je viens juste de fermer les yeux et...

La jeune fille s'interrompit net. Si elle était toujours debout, se tenant au même endroit, dans la même position, que lorsqu'elle avait fermé les yeux, il manquait un élément essentiel du tableau.

— Où est passée Rowan ?

— Elle est partie il y a plus de dix minutes, elle avait l'air en transe. Elle n'arrêtait pas de répéter le mot « oubli ». Putain, qu'est-ce que tu lui as fait ?

— Je... Je ne sais pas.

— Comment ça, tu ne sais pas ? Tu fredonnais quelque chose, t'avais l'air vraiment chelou et elle, elle arrêtait pas de répéter ce mot ! Toi aussi d'ailleurs, comme si tu la télécommandais. Tu lui as fait un lavage de cerveau ou quoi ?

— Je ne sais plus, je te jure. Je me rappelle juste que je lui ai pris les mains pour qu'elle n'ait pas peur, je voulais qu'elle m'aime, qu'on soit amies. Je sais qu'on peut l'être... Je voulais lui faire comprendre...

— Tu voulais qu'elle oublie ce que j'avais dit sur ta voix, c'est ça ?

— Qu'est-ce qui t'a pris de lui raconter ça ?

— Je suis désolé, je sais que j'ai merdé sur ce coup-là, mais l'idée qu'elle te menace m'a mis hors de moi. J'ai voulu lui faire peur.

— Elle m'a menacée ? s'étonna la jeune fille.

Jouait-elle la comédie ? Jarod fronça les sourcils et la scruta un instant. Non, elle était sincère, il en était convaincu. Alors d'où lui venait cette étrange amnésie ? Avait-elle forcé sur son don au point de subir une sorte d'effet rebond ? De se persuader elle-même d'oublier ce qui venait de se passer ?

Jezebel n'avait pas conscience de sa puissance. Seule, elle aurait du mal à la gérer, l'accepter, il en était convaincu. Elle avait besoin d'un compagnon, d'un guide pour l'épauler.

— Je veux être cet homme, lâcha-t-il dans un souffle.

— Pardon ?

Saisi par un élan incontrôlable, Jarod prit le visage de Jezebel entre ses mains et plongea ses yeux noirs dans les siens. Il y brillait une intensité laissant peu de doutes sur ses intentions.

— Je veux te posséder, souffla-t-il d'une voix rauque.

10.

Le cœur battant, Jarod attendait le feu vert de Jezebel, adossé contre un arbre. De là où il était, il avait une vue imprenable sur les fenêtres de sa propre maison. Comme à son habitude, sa mère faisait semblant de s'affairer dans la cuisine pour mieux observer le voisinage. Surveiller les allées et venues des habitants du quartier, consigner la moindre anomalie dans leur ballet quotidien sur un petit calepin pour s'assurer de ne rien oublier, épier la nouvelle protégée des Doukouré afin de confirmer ses allégations à son sujet.

— Tu ne devrais pas t'attacher à elle comme cela, lui avait-elle conseillé.

— C'est bon, maman, je gère.

— Si tu t'attaches à elle, tu souffriras, avait-elle insisté. C'est une manipulatrice.

— Qu'est-ce que t'en sais ? Tu la connais ? Tu lui as parlé ?

— Pas besoin, ça se voit. Et rien n'a de prise sur elle. Toi, pas plus qu'un autre.

— Tu pourrais être étonnée.

— Tu parles. Elle t'a déjà complètement retourné le cerveau, c'est ça ? avait soupiré Laura Nolan. Tu n'as donc rien appris ? Tu ne sais toujours pas quels ravages l'amour peut provoquer ?

— Nous n'avons rien en commun avec papa et toi.

— Tu ne lui plairas qu'un temps, avait-elle poursuivi, obstinément cruelle. Vous n'évoluez pas dans le même monde. Il faut savoir reconnaître sa place et y rester.

Jarod détestait le ton et les attitudes de chien docile de sa mère, sa résignation, sa soumission à l'autorité, quelle qu'elle soit. Il était hors de question qu'il mène sa vie comme elle ou son père, en anonyme, en exécutant qui se fait couleur du mur pour se fondre dans la masse transpirante et insipide des sous-fifres. Si sa mère n'avait d'autre ambition pour son propre enfant que de le voir devenir un gentil mouton attendant de se faire dévorer par les loups, tant pis pour elle ! Laura Nolan était très loin d'imaginer où le portait son ambition et c'était très bien comme ça. Tant que ses parents le croyaient encore suffisamment impressionnable et malléable pour gober leurs principes idiots, il jouissait d'une certaine liberté...

Tout ce qui comptait pour l'instant, c'est ce qu'il s'apprêtait à faire avec Jezebel Kern.

— C'est bon, ils ne sont pas là ! lui annonça-t-elle joyeusement.

Le garçon, qui ne l'avait pas vue arriver, sursauta violemment.

— Je t'ai fait peur ?

— J'étais perdu dans mes pensées.

— Tu pensais à moi, j'espère ?

— Bien sûr.

Les jeunes gens se dirigèrent vers la maison de Jezebel, la jeune fille récupéra le courrier dans la boîte aux lettres et grimaça en découvrant un nombre impressionnant de prospectus.

— Des pubs, des pubs, toujours des pubs... Quand on pense à tous ces arbres coupés pour ces conneries ! pesta-t-elle.

Elle referma la boîte métallique d'un geste rageur, se dirigea vers la poubelle à papier, et jeta le tout en vrac. Elle s'apprêtait à refermer le couvercle quand quelque chose retint son attention.

— Oh c'est marrant, ça ! s'écria-t-elle.

— Quoi ?

Jezebel se pencha et le haut de son corps disparut dans le container. Elle en ressortit en brandissant un prospectus de couleur bleue, un air de triomphe plaqué sur le visage.

— Tadaa !

L'air intrigué, Jarod s'approcha d'elle et attrapa le papier. Il la regarda d'un air interrogateur.

— Bah, c'est une pub pour LCF et alors ?

— LCF ?

— Oui, tu sais, bien ! Le laboratoire canadien qui commercialise des vaccins. Leur spot publicitaire passe tout le temps sur YouTube, en ce moment !

— Ah bon ? Ben, je ne regarde pas trop YouTube...

— Sérieusement ? s'étonna-t-il. À quoi ça sert que je t'envoie des liens ?

— Ils font quoi sur YouTube, au juste ?

— De la vulgarisation scientifique. Et dans la vraie vie, ils organisent régulièrement de grandes campagnes de vaccination pour les plus démunis.

— C'est plutôt cool, lâcha-t-elle en haussant les épaules.

— C'est clair. Ils font aussi plein d'autres trucs, des recherches sur des maladies orphelines, sur les virus mortels. Putain, j'en reviens pas que tu ne connaisses pas !

— Oh ça va...

— Bon, mais qu'est-ce qui t'a fait tilter comme ça, à leur sujet ?

— Leur logo.

Jezebel lui désigna un enchevêtrement de lignes se croisant et se décroisant pour former des triangles et des losanges, les intersections étaient marquées de points noirs.

— Leur logo ? reprit-il d'un ton circonspect.

— Tu vois les points ? Eh bien j'ai des grains de beauté en bas du dos qui forment exactement le même dessin.

— Tu me fais marcher ?

— Non, je te jure.

— Tu sais, t'étais pas obligée de me faire le coup des estampes japonaises pour me faire monter dans ta chambre ! plaisanta-t-il.

— Mais je n'en ai aucunement l'intention !

Contredisant aussitôt ses dernières paroles, la jeune fille l'invita à pénétrer chez elle. Elle jeta la brochure sur la console de l'entrée et s'engagea dans les escaliers, Jarod à sa suite.

Lorsqu'ils furent dans sa chambre, Jezebel prit soin de fermer la porte à clé et de tirer les rideaux, puis alluma quelques bougies parfumées. Elle préférait s'éclairer ainsi qu'avec des lumières électriques et en avait toujours à portée de main.

— Un peu de musique ? suggéra-t-elle.

— Mais tu m'as tendu un piège ! plaisanta-t-il.

La jeune fille afficha un air faussement offusqué et ouvrit son ordinateur. Une musique langoureuse se déversa des enceintes. Elle se mit à onduler en chantonnant, devant un Jarod complètement médusé. Il était incapable de détacher son regard d'elle. Il lui semblait qu'elle captait toute la lumière des bougies, devenait flamme dansante et incandescente, crépitante. Les mouvements lents et harmonieux de son corps, sa voix chaude et profonde, la beauté de ses courbes... c'en était presque trop. Elle était une déesse et lui un vermisseau. Comment osait-il prétendre la posséder ? Pourtant, comment s'imaginer respirer loin d'elle, désormais ? Cette fille était tout ce dont il avait toujours rêvé et elle se tenait là, devant lui, confiante, prête à s'abandonner dans ses bras. Il se sentit intensément ému du cadeau qu'elle lui faisait, impressionné d'avoir su séduire une fille si spéciale, si forte. Comme hypnotisé, il se leva pour la rejoindre dans une danse sensuelle, prélude à leurs ébats amoureux. Jezebel passa ses bras autour de son cou et plaqua son bassin contre celui du jeune homme, accrocha son regard au sien et ne le lâcha plus.

Enhardi par les yeux cuivrés semblant prêts à s'embraser, Jarod laissa courir ses mains sur sa peau brûlante. Son souffle se fit court, son désir impérieux. Il sentit son sexe durcir à lui en faire mal. Jamais il n'avait désiré une fille aussi fort. Oui, il lui fallait la posséder et se laisser posséder par elle, ici et maintenant. Tout de suite. Jarod plaqua sa bouche contre celle de Jezebel et lui donna un baiser si profond qu'il oublia l'espace d'un instant où finissait son propre corps et où commençait celui de la jeune fille. Loin d'être effrayée par son ardeur, elle se colla davantage à lui et gémit de plaisir en frottant son bassin contre le sien, enserrant ses hanches de ses jambes. N'y tenant plus, Jarod la fit pivoter habilement pour la basculer sur le lit et lui ôta son T-shirt.

— Laisse, dit-elle d'une voix rauque.

Elle se délesta elle-même de son jean et de ses sous-vêtements, tandis qu'il faisait de même. Ils se contemplèrent un instant et, fortement excités par la vision du corps de l'autre, se sautèrent littéralement dessus. Leur désir était si intense qu'il se passa de préliminaires. Jezebel voulait sentir Jarod la pénétrer et que ce soit brutal, impossible à retenir. Elle ouvrit les cuisses et plaqua ses mains sur les reins du jeune homme. Il vint en elle d'un coup, l'obligea à l'accueillir tout entier. Il était dur, inflexible dans son envie de la prendre. Elle eut le sentiment d'être fendue en deux et poussa un cri de plaisir, priant pour que jamais il ne s'arrête. Il n'en avait pas l'intention. La bouche plaquée sur ses lèvres, les mains enserrant fermement ses poignets pour qu'elle ne puisse se dérober, Jarod s'était dissous dans son désir de possession. À chaque mouvement, il irait plus loin qu'au précédent. Le sexe de Jezebel était chaud comme l'enfer, il palpitait, l'aspirait, l'enveloppait et le conduisait déjà aux portes de la jouissance. Grisé par les cris de sa partenaire, par la sensation incroyable de n'avoir jamais connu une telle sensation, Jarod ne pourrait tenir longtemps. Il tenta bien de penser à autre chose afin de faire un peu redescendre l'excitation et prolonger l'extase, mais les contractions involontaires de Jezebel et ses cris le rendirent fou. Incapable de se retenir davantage, il s'activa de plus belle, en une danse frénétique faisant encore grossir son sexe, poussant des gémissements annonciateurs de sa jouissance proche, puis explosa en un orgasme si intense qu'il eut le sentiment d'être branché sur secteur. Il poussa un long cri et s'agita en une dizaine de spasmes, avant de retomber sur elle, en sueur, le cœur battant aussi vite que s'il avait parcouru tout Paris en courant.

Il coula sur le dos, à côté de Jezebel et ne bougea plus.

Ils restèrent ainsi de longues minutes, sans pouvoir parler, juste à la recherche de leur souffle, un grand sourire niais plaqué sur le visage. Jezebel reprit ses esprits la première. Elle tourna la tête vers son petit ami et éclata de rire.

— Tu verrais ta tête !

— La tienne ne vaut pas mieux, répondit-il en la regardant à son tour.

Les deux amants rirent de bon cœur.

— Tu es incroyable, lâcha-t-il dans un souffle. Je t'aime.

— Après l'amour, dire je t'aime, ça ne compte pas, décréta-t-elle en s'allongeant sur le ventre.

— Non, c'est pendant que ça ne compte pas...

Jarod posa une main sur le dos, les fesses, les cuisses de la jeune fille et les parcourut de ses doigts, pour en apprécier la moindre courbe.

— Tu as beaucoup de bleus, lui dit-elle subitement... ça te fait mal ?

— Non. Et les coupures sur ton ventre ?

Malgré la faible luminosité, il devina qu'elle rougissait, gênée.

— On a tous nos blessures, l'encouragea-t-il gentiment.

— J'ai moins mal quand elles sont là...

— Je comprends.

Il déposa de petits baisers sur ses épaules, puis le long de sa colonne vertébrale, lentement, méthodiquement... et stoppa en arrivant au niveau des reins.

— Mais c'est vrai ce que tu as dit !

— Quoi ?

— Pour les grains de beauté ! Ce sont les mêmes que ceux du logo de LCF !

— Ben oui, je t'ai pas menti.

— Tu... Tu les as depuis toujours ?

— Évidemment, puisque ce sont des grains de beauté.

Jarod émit un claquement de langue embarrassé et attrapa son téléphone portable dont il braqua la torche sur les reins de Jezebel.

— Eh, qu'est-ce que tu fabriques ?

— Je regarde ça de plus près.

— Ça t'intrigue à ce point ?

— Oui.

La voix de Jarod trahissait qu'il n'était plus aussi calme et détendu que quelques instants auparavant. Pire, il semblait désormais nerveux, hésitant. Angoissée, Jezebel se retourna brusquement.

— Qu'est-ce qu'il y a? Tu me fais flipper, d'un coup. Me dis pas que j'ai chopé un mélanome!

— Je ne sais pas comment te le dire, Jez, mais...

— Me dire quoi, putain?

— Ce ne sont pas des grains de beauté... Ce sont des tatouages.

PARTIE II

Éteindre la flamme

Les adultes finissent toujours par oublier ce que cela fait d'être des enfants. Rares sont ceux qui soupçonnent ce qui se passe dans leur tête, quelle est leur compréhension exacte du monde qui les entoure, de ses mystères, de quel bois sont faits leurs espoirs ou quels cauchemars les traquent jusque dans leur sommeil.

La petite fille avait grandi. À quatre ans, elle avait tout de l'enfant modèle et ravissait les adultes avec ses bonnes manières et ses questions pleines de candeur. « Merci », répondait-elle timidement lorsqu'on la complimentait. Mais au fond d'elle, de façon diffuse, la fillette sentait que tout autre comportement aurait paru suspect ou du moins aurait un peu trop attiré l'attention sur elle. Et bien qu'elle soit trop jeune pour se l'expliquer aussi clairement ou en craindre les conséquences, c'était quelque chose qu'elle préférait éviter. Elle voyait bien qu'elle n'était pas comme les autres enfants de son âge, que ses préoccupations n'étaient pas les leurs, qu'elle était *différente.* Ce constat la rendait malheureuse et s'accompagnait d'une émotion plus triste encore : elle avait l'impression d'être mauvaise, de ne pas mériter qu'on l'aime. Convaincue qu'il lui fallait gagner le cœur des grandes personnes, elle s'appliquait à se conformer à leurs attentes, déployant toute son énergie à être bien sage, ne rien casser, se rendre utile, se montrer serviable et polie, ne pas descendre de sa chaise tant qu'on ne l'y autorisait pas. Il n'y avait que le soir venu, bien au chaud sous sa couette, qu'elle s'autorisait à laisser libre cours à son imagination. Son esprit divaguait ici et là, convoquant les souvenirs agréables d'une balade dans les herbes hautes, d'un cornet de glace à la vanille, ou encore de son dernier Noël. Mais parfois, les images qui s'invitaient dans son cerveau n'avaient rien de doux : des femmes aux corps nus, aux visages déformés par la souffrance, lançaient vers elle des bras tordus, la suppliaient de leur venir en aide. La fillette avait beau crisper les paupières de toutes ses forces pour les chasser, les images persistaient suffisamment longtemps pour la terroriser à son tour, pour lui donner le sentiment que jamais elle ne parviendrait à s'en défaire. Que ces flashes atroces la changeaient, peu à peu.

Bien sûr, elle avait tout oublié de sa vie d'avant, du temps où elle baignait, béate, dans le ventre de sa mère, et où cette dernière lui avait révélé le but de son existence. Pas plus qu'elle ne se remémorait avoir partagé ses premiers mois de vie avec un autre bébé. Pourtant, il y avait cette petite zone froide et creuse logée quelque part dans son esprit, son cœur, son corps, elle ne savait pas bien. Aussi loin qu'elle se souvienne, la petite fille avait toujours eu le sentiment qu'une part d'elle manquait, qu'elle lui avait été arrachée et que sans elle, elle ne pouvait être complète ni accéder à la joie pure qui agitait les gamins de son âge dans la cour de récréation. Elle avait honte de ce sentiment, en tirait une forme de culpabilité, comme si cela était sa faute. Sa faute à elle, l'anormale petite fille aux raisonnements bien trop graves pour son âge. Sa faute, qu'elle avait appris à taire avant même de savoir la nommer, de crainte de se mettre en danger.

Or à sept ans, elle découvrit que c'était elle, le danger.

Ce jour-là était un jour spécial pour elle. Celui de son anniversaire. À la maison, on avait préparé un gâteau pour qu'elle le partage avec ses camarades de classe. C'était un fondant au chocolat et au pralin, son préféré, saupoudré de sucre glace et de quelques perles rose pâle pour l'occasion. Elle l'avait transporté dans un joli moule posé bien à plat sur ses petites mains et était allée le déposer dans la salle de classe, sur le bureau de sa maîtresse. À l'heure du goûter, Mlle Saudet y avait planté sept bougies avant d'inviter les élèves à former un cercle autour de la fillette.

— Allons, les enfants ! Un peu de calme s'il vous plaît !

Elle avait craqué une allumette que la fillette avait humée avec délectation : elle adorait l'odeur que dégageait l'extrémité rouge, lorsqu'elle s'enflammait. La flamme était venue embraser une première mèche, puis une autre... jusqu'à ce qu'elles le soient toutes.

— Y a que sept bougies, madame, vous vous êtes trompée ! avait ricané une autre fille.

Il s'agissait d'Elsa Artaud, une petite pimbêche avec qui elle ne s'entendait pas. Elsa était une enfant gâtée, toujours bien habillée et équipée des derniers gadgets à la mode. Son père était avocat et dès qu'un de ses camarades lui cherchait des noises, elle menaçait de lui faire un procès. « Le métier de mon père, c'est de mettre les gens en prison, alors t'as intérêt à m'obéir ! » aimait-elle à répéter. Bien sûr, personne n'osait lui tenir tête, de peur de finir derrière les barreaux, ce qui faisait qu'elle avait toujours une cour de gamins prêts à accéder à ses quatre volontés pour ne pas lui déplaire. Elle les appelait ses *esclaves*.

— Non, Elsa, lui avait répondu la maîtresse. Ta camarade a un an d'avance, elle vient bien d'avoir sept ans.

— Ça veut dire qu'elle devrait être en CP ? avait demandé Enzo, un petit blondinet un peu potelé.

— Oui, avait confirmé l'institutrice. Mais elle avait le niveau pour suivre les cours du CE1.

— Ça veut dire qu'elle est très intelligente ? avait interrogé une autre gamine.

— Ça veut surtout dire que c'est un bébé, avait décrété la petite Artaud. Oh le gros bébé euh ! Oh le gros bébé !

La moquerie avait aussitôt été reprise en chœur par ses « esclaves ». Une broutille, du point de vue d'un adulte. Un drame, de celui d'une enfant de sept ans. Être moquée équivaut à un violent rejet, aussi la fillette avait-elle senti instantanément sa gorge se serrer au point de l'étouffer, ses yeux s'embuer de larmes menaçant d'éteindre les bougies dans leur chute.

— Ça suffit ! s'était énervée l'institutrice. C'est vous qui vous comportez comme des bébés ! Allez, ma grande, c'est à toi de jouer. La femme avait entonné « Joyeux anniversaire », et avait été imitée timidement par le reste de la classe. La poitrine frêle de la fillette s'était gonflée en plusieurs fois, agitée par des hoquets incontrôlables, puis elle avait retenu un instant son souffle et éteint ses bougies une à une. Le cœur gros, elle avait fixé obstinément les petites mèches noircies et fumantes, tandis que l'institutrice avait distribué les parts. Le moindre regard en direction des autres enfants, et elle savait qu'elle recommencerait à pleurer.

— Tu ne manges pas ta part ? avait demandé gentiment Mlle Saudet lorsque le goûter avait été servi.

La fillette avait enfourné une cuillerée dans sa bouche, l'air toujours grave. Le goût du chocolat lui avait arraché un sourire timide auquel l'institutrice avait répondu par un baiser sur la joue.

— Il est délicieux, tu féliciteras ta maman pour moi !

Lorsque la sonnerie avait annoncé la fin de la journée, tous les élèves de CE1 s'étaient rués vers le portail de l'école. Pères et mères s'y agglutinaient, guettant leur progéniture. Les parents de la fillette étaient souvent en retard et un coup d'œil sur la rue lui avait indiqué que ce serait encore le cas, aujourd'hui. Peut-être était-ce à cause des courses pour son repas d'anniversaire ? Ou pour son cadeau ? Elle avait souri à cette idée, se sentant soudain légère et joyeuse. Mais la voix aigrelette d'Elsa Artaud l'avait ramenée à une réalité bien moins tendre.

— T'es qu'une petite fayote, le bébé !

— C'est pas vrai ! Je ne suis pas une fayote.

— Tu parles, t'es la chouchoute de Mlle Saudet, tout le monde le sait. C'est parce que t'es un bébé. Et puis si t'as un an d'avance, c'est pas parce que t'es plus intelligente que les autres.

— Mes parents ont dit que j'étais spéciale !

— Moi, je suis sûre que c'est parce que t'as une maladie mortelle qu'ils t'ont dit ça. Ils te font croire que t'es spéciale pour te faire plaisir.

— C'est pas vrai ! s'était insurgée la petite. Je suis pas malade !

— Elle est maladeuh ! Elle est maladeuh ! avait scandé la petite Artaud. Quand tu seras morte, on sera bien débarrassés ! Même tes parents !

— T'es qu'une sale peste, s'était alors emportée la fillette ! C'est toi qui mérites pas d'avoir des parents, tu m'entends ? Si j'étais eux, je préférerais mourir que vivre avec un parasite comme toi !

— Non mais ça ne va pas, la tête, de dire ça ? s'était écriée une voix de femme.

La mère d'Elsa venait d'arriver et semblait hors d'elle. Mortifiée, la fillette avait rentré la tête dans ses épaules, tandis que son ennemie avait étiré ses lèvres en un grand sourire pour la narguer.

— T'as entendu, maman, comment elle m'a parlé ? Tu es témoin !

— Mais qu'est-ce que tu lui as dit pour qu'elle te réponde ça ? avait demandé la femme.

— Rien du tout, j'ai juste dit que c'était un bébé parce qu'elle a un an d'avance...

La mère d'Elsa avait contemplé sa fille un instant, l'air absent. La petite tenait de son père une langue acérée, ainsi qu'un goût du pouvoir encore dépourvu de tout vernis, elle était la terreur de sa classe, alors qu'elle avait tout juste huit ans. Qu'en serait-il quand l'adolescence viendrait, et que c'est à ses propres parents qu'elle tiendrait tête ? Karen Artaud avait senti un frisson se diffuser de sa nuque jusqu'à ses reins. Les mots de l'autre gamine résonnaient dans son esprit, comme un écho ininterrompu : « Si j'étais tes parents, je préférerais mourir que continuer à vivre avec un parasite comme toi ! » C'était vrai. À bien y réfléchir, elle avait toujours considéré cet enfant comme un parasite. À cause d'elle, elle avait dû mettre sa carrière en sommeil, tandis que son mari s'échinait à gagner deux fois plus d'argent pour subvenir aux besoins de sa famille. Toute leur vie était centrée sur Elsa. C'était une pompe à fric, une pompe à temps, à énergie.

Avant d'être mère, Karen Artaud sortait le soir avec ses copines, voyageait, claquait une fortune dans des vêtements de luxe. Aujourd'hui, elle ne glissait plus son corps abîmé par la grossesse dans aucun de ses pantalons d'autrefois, elle avait pris une pointure de chaussures, attrapé des vergetures et mouillait un peu sa culotte lorsqu'elle riait ou toussait trop fort. Où était passée la femme séduisante et sûre d'elle qu'elle avait un jour été ? Était-il trop tard pour la ressusciter ?

— Bon, maman, on y va ? J'ai mon cours de danse ce soir !

Oui, il était trop tard. Elle avait dû céder sa place à sa fille et ne pouvait plus que dériver vers la vieillesse et l'oubli, tandis qu'Elsa accéderait bientôt à ce qu'elle l'avait poussée à abandonner. C'était tellement injuste pour elle, pour son mari. Karen Artaud s'était sentie abattue. Elle devait pourtant faire bonne figure, aussi s'était-elle forcée à sourire. Allez, la vie n'était pas si terrible : le soir même son mari et elle iraient au théâtre et dîneraient en amoureux dans leur restaurant préféré.

— On y va, ma chérie. Quant à toi, avait-elle dit en s'adressant à l'autre fillette, j'appellerai ta mère demain pour lui raconter le genre de propos que tu tiens.

Mais Karen Artaud n'avait pas téléphoné. Ni le lendemain, ni les autres jours.

Au retour de sa soirée, pendant que le père d'Elsa se douchait, elle était allée dans la cuisine pour y prendre son couteau le plus tranchant. Puis elle avait rejoint son mari dans la salle de bains, et avait plongé la lame de trente centimètres dans son cœur, avant de le retourner contre elle et de s'ouvrir la gorge.

1.

C'est la gorge serrée que Jezebel frappa à la porte des Le Guen, la peur irrationnelle de se faire rejeter ne la lâchant pas. Enfin, peut-être pas si irrationnelle que cela. Après tout, l'époque où elle était une petite fille modèle inspirant confiance était loin derrière elle. Elle avait ce que les adultes appellent « un mauvais genre » et n'était pas le type de fréquentation que les parents encourageaient chez leurs enfants. Pourtant, elle avait désespérément besoin d'aide. Elle avait longuement réfléchi et Noé lui semblait le plus approprié pour ce qu'elle désirait faire. Il arborait plusieurs tatouages, massifs, à l'intérieur des avant-bras, ainsi que sur le haut du dos, et devait connaître un professionnel de confiance capable de répondre à ses interrogations. Peut-être même accepterait-il de l'accompagner, puisque Jarod ne le ferait pas. Jezebel avait beau se repasser le film de leur fin de soirée, elle ne s'expliquait pas comment les choses avaient pu si mal tourner avec son petit ami. Elle frissonna en se remémorant leur dispute.

— Non mais t'es sûr de toi ? Des tatouages ? C'est pas possible !

— Je t'assure que si, répondit le garçon.

— Putain... Faut que j'en ai le cœur net. Tu connais un tatoueur, dans le coin ?

— Pas besoin. Je suis sûr de moi, je te dis.

— Ouais, ben j'ai quand même besoin de vérifier. C'est trop énorme.

— Merci pour la confiance, se rembrunit-il.

— Mets-toi deux secondes à ma place ! Tu ferais pareil.

Jarod s'était muré quelques secondes dans le silence avant de reconnaître que sa réaction était légitime.

— OK. On ira chez celui qui est en face de la librairie Eljundir. Il paraît qu'il est sympa.

— Jarod...

— Oui ?

La jeune fille se tortilla nerveusement sur le lit, repliant ses jambes contre sa poitrine.

— Je crois que je préfère y aller seule...

— Quoi ? Pourquoi ?

— Je ne sais pas... C'est personnel, intime. J'ai besoin de faire ça sans personne.

— Mais je ne suis pas le premier venu non plus, il me semble ! répondit-il, vexé.

— Non, bien sûr. Mais on n'est pas si proches que ça et...

— Ah non ? Et ce qu'on a fait dans ton plumard, c'est un truc banal peut-être ? Tu fais ça avec tous tes potes de classe ?

— C'est pas ce que je dis. C'est juste que pour moi, c'est pas parce qu'on est en couple qu'on doit tout faire ensemble. Je tiens à mon espace de liberté...

Jarod se leva prestement du lit et commença à se rhabiller, la mine renfrognée.

— Qu'est-ce que tu fais ?

— Je me casse.

— Mais pourquoi ?

— Bah, je ne voudrais pas te priver plus longtemps de ta liberté, cracha-t-il, mauvais.

— Ce n'est pas ce que j'ai voulu dire. Tu fais exprès de le prendre mal...

— Ça va être de ma faute maintenant, je rêve.

Il avait passé ses vêtements et finit de mettre ses chaussures, puis se dirigea vers la porte de la chambre. Jezebel se précipita pour faire barrage de son corps, bras tendu pour l'empêcher de passer.

— Tu t'emportes pour rien ! Je veux seulement faire cette démarche toute seule, c'est pas un crime ! Tu peux comprendre que je sois bouleversée par ce que tu me révèles, non ?

— Je comprends surtout que tu t'es bien servie de moi.

— Servie de toi pour quoi ?

— T'avais envie que je te saute, maintenant que t'as eu ce que tu voulais, tu me jettes comme une merde en me racontant des conneries sur la liberté dans un couple. Tu pourrais avoir les couilles d'assumer au moins.

— Tu délires complètement ! s'écria-t-elle, horrifiée.

— Mais bien sûr... Allez, laisse-moi passer.

— Non ! Je ne peux pas te laisser croire ça. Tu te rends compte que c'est complètement dingue ?

— Je comprends surtout que, sans moi, tu ne saurais même pas que c'est un tatouage !

— Ça, tu n'en sais rien ! C'est moi qui ai trouvé ce prospectus et qui ai fait le lien avec mes grains de beauté. J'aurais fini par les montrer à quelqu'un.

— Donc moi ou un autre, c'est pareil, hein ? CQFD. De toute façon, j'ai bien repéré ton manège avec Noé. Il te les faut tous, c'est ça ?

— Arrête, tu deviens insultant.

— Ma mère avait raison, lâcha-t-il, méprisant.

— Ta mère ? Qu'est-ce qu'elle vient faire là ?

La porte s'ouvrit et extirpa la jeune fille de ses mauvais souvenirs. Sur le seuil une femme, la quarantaine, cheveux bruns coupés court, vêtue simplement, d'un jean usé et d'un débardeur blanc. Son bras gauche était entièrement encré de fleurs rouges et roses, d'inspiration japonaise, et elle avait un piercing à l'arcade sourcilière. D'emblée, elle plut à Jezebel.

— Bonjour madame, je viens voir Noé.

— Esther, pas madame ! Noé est à l'hôpital.

— Il est malade ?

— Non, répondit la femme, évasive. Mais il ne rentrera pas avant ce soir. Tu veux que je lui laisse un message ?

Jezebel hésita un instant, elle se sentait ridicule, soudain. Devait-elle laisser un message laconique et risquer qu'il ne la rappelle pas, ou bien entrer dans les détails devant une parfaite inconnue ? Elle maudit intérieurement le jeune homme de ne pas lui avoir donné son numéro de téléphone. Perdue dans ses réflexions, elle n'entendit pas Rowan arriver derrière elle et sursauta lorsque cette dernière lui tapota l'épaule.

— Salut Jez, désolée de t'avoir fait peur ! Maman, c'est Jezebel, la nouvelle élève...

— Je m'en doutais, répliqua la femme en lui adressant un clin d'œil.

La jeune fille fut soulagée qu'elle n'affiche pas le même air condescendant que les autres adultes quand ils comprenaient qu'elle était la « fameuse » orpheline.

— Ton amie voulait voir Noé, expliqua Esther Le Guen à sa fille.

— Évidemment, rétorqua Rowan, amère.

— Bon, je vais y aller. Désolée de vous avoir dérangées, dit Jezebel.

— Reste avec nous pour le déjeuner ! proposa Rowan. Maman, tu es d'accord ?

— Bien sûr, ça nous ferait très plaisir que tu manges avec nous. Tu aimes la cuisine végane ?

— Euh... je n'ai jamais vraiment essayé, mais j'aime bien l'idée.

— Alors tant mieux ! On va faire tout ce qu'on peut pour te convaincre que la nourriture sans cruauté est la plus délicieuse !

Avant même qu'elle n'ait pu protester, Jezebel se retrouva emportée par la tornade Le Guen jusque dans la cuisine. Attablée entre les mères et la fille, elle se régala en effet d'une belle assiette remplie de mets variés et colorés, tous plus goûteux les uns que les autres. Esther et Marieke Le Guen étaient en quelque sorte les mères idéales. Respectivement journaliste et créatrice de cosmétiques végans, les deux épouses basaient l'éducation de leurs enfants sur le respect mutuel et l'écoute. Chacun d'eux était libre d'exprimer son individualité, son sens artistique, ainsi que de disposer de son corps comme il le souhaitait. C'est ainsi que Rowan se retrouvait avec les cheveux roses et Noé avec plusieurs tatouages sans que cela gêne qui que ce fût. Dans cette famille, on ne se fixait pas d'autre règle que celle de la bienveillance et on ne se prenait pas la tête à propos du qu'en-dira-t-on. Les Le Guen étaient libres et, malgré les apparentes timidité de Rowan ou asociabilité de Noé, Jezebel comprit que cette liberté les avait rendus plus forts que quiconque. La jeune fille se surprit à les envier, elle qui avait toujours dû se conformer aux règles dictées par ses parents.

— Qu'est-ce que tu lui veux, à Noé ? demanda Rowan, une fois ses mères reparties travailler.

— J'aimerais qu'il m'accompagne chez son tatoueur.

— Ah ? Tu as l'intention de te faire tatouer ?

— C'est plus compliqué que ça.

Jezebel se rembrunit un peu, ignorant si elle pouvait lui parler de son *problème.* Semblant lire dans ses pensées, Rowan lui sourit et plongea ses yeux clairs dans les siens.

— Tu peux tout me dire, tu sais, je ne te jugerai pas.

— C'est que, toi et moi... on n'est pas vraiment amies.

— On peut le devenir.

— Tu me détestes.

— C'est faux.

— Tu es jalouse, pour Noé.

— Mais si on devient amies, je sais que tu me le laisseras.

— Peut-être, mais si lui ne veut pas me laisser ?

À son tour, Rowan fit la moue. Bien sûr, Noé était sous le charme de Jezebel, mais elle saurait le ramener à la raison si sa rivale ne l'encourageait pas. Elle balaya l'objection d'un revers de la main.

— J'ai envie qu'on soit amies, Jezebel. Je déteste ressentir de la jalousie à ton égard, je fais en sorte de chasser les émotions négatives de ma vie. Ce n'est pas bon, ça ne correspond pas à la personne que je veux être.

— On n'a pas besoin d'être amies, tu sais. Si vraiment tu veux que je repousse Noé je le ferai.

— Vraiment ?

— Oui.

Rowan prit le temps de réfléchir un instant. Quelque chose au fond d'elle lui dit que Jezebel ne mentait pas, pourtant elle ne pouvait se résoudre à la laisser seule. C'est comme si elle se sentait responsable d'elle, obligée de l'aimer et de l'aider. Que s'était-il passé, entre elles, l'autre jour ? Rowan ne gardait qu'un souvenir confus de leur rencontre, elle se rappelait avoir tenu les mains de Jezebel et un sentiment de bien-être diffus, comme une onde d'amour qui l'aurait inondée en balayant tous ses griefs contre elle. Elle n'avait repris ses esprits que plusieurs minutes plus tard, alors qu'elle rentrait chez elle en quasi-pilotage automatique, avec le sentiment que malgré ses airs de fille émancipée Jezebel avait besoin d'aide, besoin d'une amie qui l'écoute et la comprenne, besoin de quelqu'un qui l'aime en dépit des barricades qu'elle érigeait autour d'elle. Et qui mieux qu'elle, la gentille de la classe que l'on croyait sans surprise, mais dont on ne soupçonnait ni les doutes, ni la force, pourrait jouer ce rôle-là ?

— Et moi je veux vraiment être ton amie, répondit-elle en lui tendant la main.

Il se dégageait de Rowan quelque chose d'indéfinissable, un mélange d'intelligence et de bonté qui s'approchait de ce que devait être l'harmonie. L'espace d'un instant, Jezebel se sentit pleinement acceptée et eut envers elle un élan si fort qu'elle manqua lui broyer les phalanges. Loin de s'en inquiéter, la jeune fille la serra tout aussi fort, sans la lâcher du regard. Un regard troublant, autant par sa couleur – si claire que les iris se confondaient avec le blanc des yeux –, que par son intensité, ce qu'il semblait lui dire en silence. Rowan la regardait comme elle n'osait le faire avec Noé, comme si elle aspirait à se fondre en elle... Que lui arrivait-il ? Était-elle en train de devenir lesbienne ? Ou bien était-ce là le fruit de leur échange, quelques jours auparavant ? Il n'était pas impossible que Rowan soit sous son emprise, depuis lors...

— Tu en es sûre ? demanda-t-elle.

— Oui, affirma Rowan.

Jezebel Kern savait bien, au fond d'elle, que cette amitié avait quelque chose d'artificiel. Avait-elle le droit de l'encourager ? Comment Rowan réagirait-elle quand la magie se diluerait ou, pire, s'intensifierait ?

Jezebel décida qu'elle avait le temps de voir venir, mais que, d'ici là, elle devait d'abord penser à ses intérêts.

— D'accord... Alors je veux bien que tu m'accompagnes chez le tatoueur.

— Super ! s'exclama Rowan en bondissant de sa chaise.

Les deux filles se mirent en route pour la boutique où Noé avait l'habitude de se rendre. Elles parlèrent peu, dans le train de banlieue qui les conduisait à Paris, préférant regarder les paysages tantôt verdoyants, tantôt lugubres avec leurs murs tagués et leurs cités délabrées, qui défilaient comme des tableaux auxquels personne ne fait attention. Arrivées dans la gare parisienne, elles se faufilèrent dans un métro bondé et se retrouvèrent plaquées l'une contre l'autre.

Ce n'est qu'à ce moment-là que Rowan trouva le courage de lui poser la question qui lui brûlait les lèvres.

— Qu'est-ce que tu veux te faire tatouer ?

— Rien... je veux montrer un tatouage à un professionnel, c'est tout.

— J'ignorais que tu l'étais déjà.

— Moi aussi, maugréa Jezebel.

Devant l'air interrogateur de son amie, et consciente que personne autour d'elle ne prêtait attention à leur conversation, elle concéda d'en dire un peu plus et lui expliqua ce que Jarod avait découvert.

— Je veux en avoir le cœur net, conclut-elle, alors qu'elles gagnaient la surface de Paris.

— Je comprends, acquiesça Rowan. Mais pourquoi tu n'y es pas allée avec ton petit ami ?

— Jarod n'est pas mon petit ami. On a couché ensemble, c'est tout.

— Bah quand même...

— Tu verras quand tu coucheras avec quelqu'un, ça ne veut pas forcément dire grand-chose.

— Qu'est-ce que t'en sais que j'ai jamais...

— C'est pas le cas, peut-être ? la coupa Jezebel.

— J'attends d'être prête.

— Tu attends surtout que Noé le soit, je me trompe ?

Pour toute réponse, Jezebel n'obtint que le silence buté de Rowan.

— Je me suis disputée avec Jarod, poursuivit-elle. Je ne tenais pas à ce qu'il m'accompagne, du coup.

— Ah ? Qu'est-ce qui s'est passé ?

— Je ne sais pas bien, il a pété les plombs parce que je voulais faire ça seule, expliqua-t-elle. Après tout, c'est mon corps...

— Pourtant tu es venue chercher Noé et tu y vas avec moi. C'est un peu contradictoire, non ?

— C'est vrai. Alors disons que je n'avais pas envie de partager ça avec lui...

— Pourquoi ?

Jezebel elle-même ignorait pourquoi. Jarod lui plaisait vraiment. Il était séduisant, sensible et, comme elle, il souffrait à cause de ses parents. Cependant, il y avait ce regard aussi noir qu'un puits sans fond, insondable, qu'il lui lançait parfois et qui la mettait mal à l'aise sans qu'elle parvienne à se raisonner. Se mettre en position de faiblesse face à lui paraissait une mauvaise idée.

— Tu lui as fait suffisamment confiance pour l'emmener dans ta chambre, insista Rowan.

— Précisément. Tout cela est arrivé trop vite. C'était juste après notre... entrevue. Sur le coup, ça m'a semblé une bonne idée, il s'inquiétait pour moi, il était protecteur, me disait qu'il voulait être mon homme. Mais...

— Ce n'était pas bien ? Il t'a fait mal ?

— Non. C'était bien. Pourtant après l'amour, j'ai eu l'impression d'être avec une autre personne. C'est comme s'il me désirait trop, comme s'il y avait un enjeu à être avec moi.

— Je crois qu'il n'est pas très heureux, chez lui, risqua Rowan.

— Je crois aussi. Mais je ne suis pas sa sauveuse. Je ne veux sauver personne, j'ai assez de moi-même.

— Je vois.

Oui, Rowan voyait sûrement les grandes lignes du tableau qu'elle lui avait tracé, néanmoins Jezebel s'était bien gardée de lui dire combien Jarod s'était montré paranoïaque, insultant, effrayant même, au point qu'elle avait craint qu'il ne la frappe. Et qu'à ce moment-là, elle était convaincue de le mériter.

2.

Jezebel patientait dans la salle d'attente, sans parvenir à calmer ses craintes : de l'autre côté de la paroi, filtrait le ronronnement de l'appareil à tatouage, semblable à celui d'une roulette de dentiste.

— Ça va? s'enquit Rowan en posant une main chaude sur son bras.

— J'ai connu mieux...

Le bruit s'arrêta. Cinq minutes plus tard le tatoueur raccompagna son client jusqu'à la sortie. Il observa un instant les deux filles et leur adressa un sourire taquin.

— Je ne tatoue pas les mineures.

— On n'est pas mineures, mentit Jezebel. Mais de toute façon, c'est pas pour ça que je suis là.

Jezebel s'était levée. Poings sur les hanches, elle défiait le type du regard. Rowan lui enviait cette assurance, ou du moins ce culot qui la faisait paraître si sûre d'elle. Il y avait des miroirs accrochés un peu partout dans la boutique, la jeune fille lança un regard nerveux à son propre reflet, incapable de ne pas se comparer avec sa nouvelle amie. Rien n'avait grâce à ses yeux, la jeune fille se trouvait toujours trop ceci ou pas assez cela, seule sa couleur de cheveux lui plaisait chez elle, soit un élément non naturel. Ses mères avaient beau la rassurer et dire qu'elles la trouvaient belle, qu'elle deviendrait une femme magnifique, elle n'en croyait rien. Et au lieu d'aimer son corps, ainsi qu'Esther et Marieke l'y encourageaient, de prendre conscience qu'il était un instrument magnifique pour découvrir le monde, se mouvoir, ressentir mille et une délicieuses sensations, elle n'en voyait que les défauts. Sa peau était excessivement pâle, ses iris si translucides qu'ils lui conféraient un regard étrange, que personne ne parvenait à soutenir longtemps, ses joues étaient trop rondes, ses jambes trop courtes et pas assez droites, son ventre et ses cuisses trop rebondis, sa poitrine bien trop opulente... Trop. Tant de choses étaient en trop dans son corps. Elle ne voyait dans le reflet qu'un petit boudin mou et replet. Comment un garçon pourrait-il jamais s'intéresser à elle ? Comment Noé pourrait-il la désirer un jour, lui qui était si beau ? La jeune fille sentit les larmes lui monter aux yeux et elle se fit violence pour les réprimer. Elle n'était pas venue ici pour pleurer sur son sort, mais pour aider sa nouvelle amie à comprendre d'où lui venaient ces marques étranges. Elle se leva à son tour et rejoignit Jezebel dans le cabinet du tatoueur.

Son amie avait ôté son T-shirt et s'était allongée sur la table, à plat ventre. L'homme braqua une loupe géante sur ses reins et émit un petit sifflement.

— Alors ? demanda Jezebel d'une voix nerveuse.

— Alors, c'est bien un tatouage. Tu as ça depuis l'enfance, tu dis ?

— Oui...

— C'est tes parents qui l'ont fait faire ?

— Je... j'en sais rien. Je suppose. J'ai quand même du mal à y croire, ils ne voulaient déjà pas que je me fasse percer les oreilles.

— Si tu veux, je peux le recouvrir.

— Ouais, peut-être. Je vais y réfléchir...

En fait, Jezebel n'en avait pas envie. Elle voulait d'abord comprendre pourquoi ses parents avaient fait ça. Avait-elle une tache de naissance ou une dépigmentation disgracieuse ? Vu la taille des points, cela semblait peu probable : le préjudice physique aurait été anecdotique. Et pourquoi cette forme précise ? Avait-elle une signification particulière ? Rowan lui avait promis de se pencher sur la question et de comparer la photo de son tatouage au logo de LCF. Elle était, semblait-il, imbattable pour les recherches Internet, pour tout ce qui touchait à un ordinateur, d'ailleurs.

Le lendemain, les deux filles décidèrent d'aller au lycée ensemble, comme pour sceller leur nouvelle amitié. Jarod et Noé étaient déjà sur place, occupés à s'ignorer à quelques centimètres l'un de l'autre, quand elles arrivèrent au portail. Jezebel hâta le pas et s'engouffra dans la cour sans un regard pour son petit ami, plantant là sa camarade de classe.

— Qu'est-ce qu'elle a ? demanda Noé.

Pour toute réponse, Rowan haussa les épaules.

— Elle fait sa belle, pour changer, décréta Jarod, péremptoire.

— Si tu le dis, répondit Rowan.

Elle le fixa un instant, l'air narquois, afin de bien lui faire comprendre qu'elle était au courant de leur dispute.

— C'est ta nouvelle meilleure amie ? railla le garçon.

— T'as tout compris.

— Méfie-toi d'elle.

— Ben voyons.

— Non, je suis sérieux. Elle est chelou, tu mérites mieux que ça.

— Ah oui ? Tu sais ce que je mérite ou non, toi ?

— Je sais que t'es une fille bien.

— Jezebel aussi est une fille bien.

— Non, c'est une égoïste qui se sert des gens. Elle les manipule.

— Ah oui ! Avec ses pouvoirs magiques, c'est ça ?

Un instant, Rowan ressentit une sorte de confusion. Ses pouvoirs magiques. Elle avait énoncé cela pour la boutade, pourtant, quelque chose en elle s'était réveillé à l'instant où elle avait prononcé ces mots. Elle se remémora l'incident de la fontaine aux Innocents, ainsi que les mises en garde de Jarod lorsqu'elle s'était disputée avec Jezebel, l'autre jour. Pourquoi ne parvenait-elle pas à se rappeler parfaitement ce qu'elles s'étaient dit, ce jour-là ?

Sentant les certitudes de Rowan vaciller, Jarod en profita pour enfoncer le clou.

— Tu sais très bien de quoi je parle, je me trompe ?

— Je... Je ne sais pas...

— Si tu veux, je te raconterai ce que je sais, après les cours.

Jarod se rapprocha de Rowan et chuchota à son oreille.

— On pourrait aller boire un verre.

La jeune fille se mit à trembler. Saisissant son trouble, il plongea ses yeux noirs dans les siens et lui adressa un de ces sourires charmeurs dont il avait le secret.

— Tu sais, tu me plais beaucoup, dit-il d'une voix suave.

— Vr... vraiment ?

— Oui. Tu ne sais pas à quel point tu es belle, toi.

Malgré elle, Rowan esquissa un sourire et se tourna vers Noé, dans l'espoir qu'il acquiesce ou, mieux, montre des signes de jalousie. Mais son sourire se figea et mourut dans l'instant. Le garçon s'était éclipsé. Il n'en avait rien à faire, qu'on la drague. Était-il parti rejoindre Jezebel ? Même si son amie lui avait promis qu'elle ne sortirait pas avec Noé, la jeune fille sentit à nouveau une bouffée de jalousie l'envahir.

— Non, répondit-elle, dépitée. Pourtant je sais une chose.

— Quoi ?

— Ne compte pas sur moi pour rendre Jezebel jalouse.

— C'est pas le cas.

La jeune fille sentait la colère monter. Pour qui la prenait-il ?

— Ce serait une grave erreur de continuer de me traiter comme une conne, Jarod.

— J'ai envie de te connaître, je te jure !

— Non, répliqua-t-elle d'une voix dure. Tu as envie de rester loin de moi. Tout ce que tu cherches, c'est à reconquérir Jezebel. Vas-y, dis-le !

Elle le défia du regard. Le garçon le soutint quelques secondes, puis capitula, un misérable sourire sur les lèvres.

— Oui, je cherche à la reconquérir, et non, je n'ai aucune envie de traîner avec toi. T'es contente ?

Mais la jeune fille, inquiète, avait déjà tourné les talons.

Elle traversa la cour en quelques secondes et s'engouffra, essoufflée, dans le long couloir du lycée, slalomant entre les petits groupes stationnés au beau milieu du passage et les élèves traînant des pieds pour aller en cours. Lorsqu'elle arriva à hauteur de la salle de classe, elle vit Jezebel adossée contre un mur, seule. Rowan en fut soulagée.

— Noé n'est pas avec toi ? s'enquit-elle.

— On ne s'est pas calculés. Il est déjà à l'intérieur. Ça va, lui ?

— Oui, il est un peu préoccupé en ce moment.

— C'est en rapport avec l'hôpital ? Ta mère m'a dit qu'il y passait la journée l'autre fois. Il y faisait quoi ?

Rowan hésita. Devait-elle lui révéler la vérité ? Non seulement ce n'était pas à elle de le faire, mais elle craignait que cette nouvelle information n'attise la curiosité de son amie.

— C'est personnel, il me tuerait si je te le disais.

— Promis, je ne lui en parlerai pas !

Jezebel sourit et traça, au doigt, une croix sur son cœur en gage de loyauté.

— Parler de quoi ?

La voix de Noé les fit sursauter violemment. Le garçon se tenait sur le seuil de la porte.

— Putain, No, tu nous as fait peur ! protesta Rowan.

— Alors, vous parliez de quoi ?

— Je voulais savoir pourquoi tu étais à l'hôpital, l'autre jour, répondit Jezebel. Et Rowan refusait de me le dire.

— Pourquoi tu veux savoir ça ?

Jezebel se mordilla les lèvres, elle faisait exactement ce qu'elle reprochait aux gens depuis la mort de ses parents : elle se mêlait de ce qui ne la regardait pas.

— T'as raison, c'est nul, reconnut-elle, honteuse. Je suis désolée.

— Ne le sois pas. Je ne cherche pas à le cacher, même si je ne le crie pas sur les toits. J'effectue des travaux d'intérêt général, dans le service des enfants malades.

— Un TIG ? T'as été condamné ? T'as fait une connerie ?

— Oui. J'ai eu du sursis et un TIG, parce que j'étais mineur à l'époque.

— Et si ça n'avait pas été le cas ?

— Je serais en prison pour quelques années.

3.

Germain Piquepaille épongea son front avec la manche de sa veste et traversa le couloir d'un pas décidé. Sourcils froncés, corps bien droit engoncé dans un costume vieillot, regard sévère, il prenait sur lui pour paraître le plus assuré et austère possible. Au lycée il devait constamment réaffirmer son autorité, ne jamais rien montrer de ses doutes, de sa douceur naturelle. Pourtant, il était ce qu'on appelle « un gentil », toujours prêt à rendre service, à se montrer compréhensif avec les élèves, même s'il valait mieux que ces derniers n'en sachent rien. Piquepaille avait saisi dès l'enfance que la bonté est souvent perçue comme une faiblesse à exploiter, à moquer. Il avait été le souffre-douleur de ses camarades d'école, le chevalier servant corvéable à merci de filles qu'il avait aimées sans l'être en retour, le bon gros que l'on prend pour un mou et à qui l'on fait les pires crasses. Avec le temps, il avait appris à se protéger derrière sa fonction, à arborer le masque confortable d'un bureaucrate sans envergure mais détenteur d'un petit pouvoir à respecter. Le proviseur franchit le seuil de la classe et alla se placer sur l'estrade, face aux élèves déjà installés.

— Un peu de silence, maintenant ! tonna-t-il.

Sa voix de stentor lui avait toujours été d'un grand secours dans son métier : il pouvait impressionner le plus rebelle des élèves comme le plus laxiste des parents. Les lycéens se turent et braquèrent leurs yeux sur le corpulent M. Piquepaille. Cela ne l'impressionnait pas, d'ordinaire. Aujourd'hui cependant, un regard se détacha du lot et le mit extrêmement mal à l'aise, celui de Jezebel Kern. Était-ce dû à la couleur inhabituelle de ses iris, un étonnant cuivré pailleté d'or qu'il n'avait encore jamais croisé chez qui que ce fût, ou bien à ce sentiment qui l'avait déjà envahi lors de leur première rencontre et qui s'imposait à nouveau dans son esprit, cette impression de chaos dont elle serait porteuse ? L'homme secoua la tête pour se ressaisir. Même si la petite Kern était perturbée par la mort de ses parents, il avait su canaliser des élèves autrement plus impressionnants qu'elle. Et puis après tout, que pourrait bien faire cette gamine que d'autres avant elle n'avaient déjà tenté ? Il laissa échapper un petit hoquet amusé et sourit mécaniquement.

— Votre professeure de SVT, Mme Lapierre, est souffrante et ne pourra pas assurer le cours d'aujourd'hui.

Déjà l'attention se relâcha, certains commencèrent à ranger leurs affaires, d'autres, qui ne les avaient pas sorties, se levèrent pour quitter la salle, ravis de pouvoir sécher une heure.

— Ne vous emballez pas, les sermonna le proviseur. Il se trouve que je suis tout à fait qualifié pour la remplacer au pied levé et c'est ce que je vais faire ! Je vous demanderai donc d'ouvrir vos livres à la page 72 et de faire silence.

Les lycéens râlèrent un peu et saisirent l'ouvrage de mauvaise grâce. Jezebel retourna à sa place et Jarod, dans un élan de galanterie, tira promptement sa chaise pour lui permettre de s'asseoir.

— C'est bon, je t'ai rien demandé, pesta-t-elle.

— Ça me fait plaisir.

La jeune fille tourna la tête et l'ignora ostensiblement, focalisant son attention non plus sur Piquepaille mais sur Noé.

— Nous allons donc étudier la transmission de l'influx nerveux, commença le proviseur après s'être raclé la gorge.

Noé n'aimait pas cette situation. D'un côté, il y avait ce cours dont il connaissait très bien le sujet : au pire, on allait leur présenter des grenouilles mortes à disséquer, au mieux, le professeur se contenterait de leur montrer un film ou des photos de ces pauvres animaux sacrifiés pour des élèves qui n'en avaient rien à faire. De l'autre, il y avait la curiosité piquée de Jezebel. Le jeune homme sentait parfaitement son regard couler sur lui et pouvait deviner les questions qui l'agitaient. Pourquoi avait-il été condamné ? Ce qu'il avait fait était-il si grave ? Était-il dangereux ? S'il se sentait clairement attiré par elle, Noé ne souhaitait pas qu'elle s'intéresse à lui pour cette unique raison. Ce qu'il avait fait était grave, oui, et aujourd'hui encore il était hanté par le souvenir de son crime. Cela le réveillait en pleine nuit, au terme de cauchemars aussi poisseux que l'enfer où il revivait sans cesse ce moment terrible où tout avait basculé, où il était devenu un meurtrier. Noé aurait voulu être ailleurs, à l'instant présent, pouvoir s'échapper de cette pièce où il commençait à étouffer. Que pourrait-il bien inventer pour quitter les lieux ? Un papier froissé vint s'échouer sur son bureau et le tira de ses pensées. Machinalement, il le déplia et découvrit un texte rédigé au feutre noir, d'une écriture très scolaire. Jezebel ?

STP arrête de faire la gueule. Je suis désolé pour l'autre jour, j'ai pété les plombs. Mais je suis amoureux de toi, je ferais n'importe quoi pour que tu reviennes. Dis-moi ce que tu veux. Jarod ♥

Incrédule, Noé se tourna vers l'auteur du message. Jarod lui lança un regard assassin : non seulement il avait mal dosé son lancer et la boule de papier s'était retrouvée sur le bureau de son rival, mais celui-ci en avait lu le contenu ! En réponse, Noé souffla un baiser dans sa direction et lui adressa un petit sourire ironique.

— Non mais il se fout de ma gueule, en plus ? s'écria Jarod.

— Qu'est-ce qui vous prend, Nolan, vous vous croyez dans la cour de récréation ? assena le proviseur. Taisez-vous !

L'homme pivota vers le tableau pour finir d'y inscrire le plan de la leçon et Noé en profita pour lancer le papier à Jezebel.

— Tiens, je crois que c'est pour toi.

Intriguée, la jeune fille le lut à son tour et se tourna vers son petit ami.

— S'il te plaît, pardonne-moi, chuchota-t-il. J'ai été trop con. Je pense à toi tout le temps.

Jezebel semblait hésiter, elle lança un regard en direction de Noé.

— C'est bon, me dis pas qu'il te plaît, ce bouffon. C'est un taré, ce mec !

— C'est moi que tu traites de taré ? rugit Noé.

— Messieurs, encore un mot et c'est la colle ! menaça le proviseur.

— Ouais, c'est toi que je traite, répondit Jarod en haussant encore le ton. Tout le monde ici le sait, que t'es complètement dérangé, sauf Jezebel qui est nouvelle. Alors je la mets en garde contre ton esprit malsain, c'est tout.

— Nolan, Le Guen ! Vous m'apporterez vos carnets de correspondance, à la fin du cours.

— Et moi, c'est toi, que je mets en garde, gronda Noé.

Tout autour d'eux, le silence s'était fait. Un silence profond, mêlé de peur et d'excitation. Un silence bien plus impérieux que celui imposé par le proviseur. C'était le calme avant la tempête, la fureur. Chaque élève présent le pressentait et quelque chose en Germain Piquepaille s'affola. Il devait absolument faire redescendre la tension avant que cela ne devienne ingérable, mais de quelle manière ? Si seulement il comprenait comment elle était montée aussi vite ! Les protagonistes étaient donc Noé Le Guen et Jarod Nolan, deux garçons à problèmes, deux bombes à retardement. Et au milieu, il y avait la petite Kern, comme par hasard. C'était sur elle qu'il devait focaliser l'attention des deux éléments perturbateurs. Oui, c'était ça, la solution.

— Mademoiselle Kern, passez au tableau, s'il vous plaît.

Surprise par la demande du proviseur, la jeune fille obtempéra néanmoins. Elle se faufila entre les bureaux d'une démarche chaloupée et capta aussitôt les regards de ses prétendants. En arrivant sur l'estrade, elle jeta un regard anxieux à l'adulte.

Il réalisa qu'elle était tout aussi désarmée que lui face à la violence des sentiments des deux garçons.

— Pouvez-vous me dire ce que vous savez à propos du système nerveux, Jezebel ? interrogea-t-il.

La jeune fille rejeta sa courte chevelure auburn en arrière et leva les yeux au ciel, c'était bien sa veine que cela tombe sur elle ! Dans son ancien lycée, cette leçon avait déjà été abordée, mais elle ne l'avait suivie que d'une oreille distraite, comment allait-elle s'en sortir ? Elle savait pertinemment que Piquepaille l'avait à l'œil et imaginait qu'il sauterait sur la moindre occasion pour l'envoyer chez le psy et la cataloguer comme fille perturbée. Et alors que se passerait-il ? Serait-elle encore ballottée de foyers en familles d'accueil, comme après la mort de ses parents ? Serait-elle hospitalisée et gavée de médicaments, immobilisée dans une camisole chimique qui la réduirait à l'état de légume pour le reste de sa vie ? Son cœur se mit à s'accélérer. Elle-même avait du mal à comprendre l'origine de ses craintes, a priori irrationnelles. Pourtant, depuis le décès de ses parents, une voix au fond d'elle semblait lui chuchoter que c'était le sort qui l'attendait si elle n'y prenait garde. Que, dans ce monde, personne n'a jamais apprécié les femmes libres, celles qui soufflent des envies de mutinerie à des hommes qui ne questionnaient rien avant de les rencontrer. D'ailleurs, l'Histoire ne corroborait-elle pas cette thèse ? De tout temps, les femmes qu'on ne pouvait contrôler avaient été traquées, torturées, massacrées. Traitées de sorcières quand elles refusaient de se soumettre aux hommes et à Dieu, de folles quand les psychiatres remplacèrent les curés. À l'évocation de toutes ces souffrances endurées par les femmes, la jeune fille sentit son cœur se serrer encore plus fort, plus vite. Ses mains devinrent moites, ses oreilles se mirent à bourdonner. Que lui arrivait-il ?

— On vous écoute, Jezebel, insista le proviseur.

Elle devait absolument se ressaisir, faire illusion, quitte à ruser et noyer le poisson. Oui, elle devait déployer des trésors de persuasion avec le proviseur, afin qu'il voie en elle une élève parfaite, sans histoire, le genre qui lui plairait.

— Alors, l'influx nerveux...

Jezebel attaqua le sujet à grand renfort de périphrases et de circonvolutions, tout en modulant sa voix de sorte à la rendre aussi séduisante et apaisante que possible. Ce genre de technique, repérable à quinze mètres, avait, d'ordinaire, le don d'agacer le proviseur, or étrangement, alors qu'il s'apprêtait à interrompre son élève pour le lui faire savoir, quelque chose de tout sauf ordinaire se produisit.

4.

Avant qu'elle ne commence à parler, il y avait eu les murs de la classe et leur peinture défraîchie qui s'écaillait en lambeaux verdâtres et blanc sale, sur ces murs il y avait eu des cartes plastifiées d'écorchés avec le nom des muscles et des organes, ainsi qu'un tableau noir faisant face aux bureaux des lycéens. Il y avait eu un lino qui couine à chaque pas et empêche les chaises de glisser quand les uns ou les autres s'y balancent, il y avait eu des fenêtres donnant sur une cour goudronnée hérissée de quelques arbres... Mais tout cela avait progressivement disparu, à mesure que la voix de Jezebel s'était déployée dans la salle, l'occupant jusqu'à son moindre recoin, semblant envelopper chacun des élèves d'un brouillard duveteux dans lequel ils disparurent les uns après les autres.

— Par exemple..., poursuivit-elle.

Personne ne l'écoutait. Plus personne n'avait conscience du lieu où il se trouvait. Pas plus les élèves, que Germain Piquepaille. Seul. Le proviseur se retrouvait seul avec la jeune fille, à la merci de sa voix rauque et chaude à la fois.

— ... si on applique du courant électrique sur le nerf moteur...

D'abord, il ressentit comme un frisson, tout doux, rouler le long de sa colonne vertébrale, une onde de plaisir, de celles qu'on éprouve lorsque la radio passe soudain votre morceau favori. Sans même qu'il s'en aperçoive, ses pupilles se dilatèrent légèrement et sa tête s'inclina en un angle à peine perceptible.

— C'est-à-dire sur la partie dénudée du nerf...

La jeune fille maniait la langue de bois, cherchait à gagner du temps avant qu'il ne remarque la supercherie, mais il ne faisait de toute façon plus attention aux mots qu'elle utilisait. Seule comptait sa voix mélodieuse se déclinant sur des notes graves et profondes, des notes qui venaient directement frapper à la porte de son cerveau reptilien. Germain Piquepaille avait les yeux braqués sur son élève et ondulait doucement, en rythme. Il se rappela le temps où, jeune étudiant, il était convié à des soirées et imaginait que le monde lui appartiendrait. Il se sentait alors cultivé, érudit, pensant faire partie d'une élite éclairée, prête à révolutionner un monde que sa génération comprenait mieux que les précédentes. Il croyait en la puissance de ses mots pour séduire les filles, se plaisait à rêver de celle, forcément belle et subtile, qui succomberait à son charme et lui donnerait des enfants robustes au terme d'étreintes passionnées. Oui, à l'époque sa sensualité était à fleur de peau, un rien suffisait à l'émoustiller : un regard un peu appuyé, un frôlement, et il était en transe, à l'étroit dans son jean, prêt à s'adonner aux ébats les plus torrides. Et puis le temps avait passé et dompté sa fougue, érodé ses espoirs. Il était resté célibataire, « vieux garçon », comme l'aurait dit sa mère. Bien sûr, il avait connu quelques femmes, mais aucune qui ne lui avait donné en même temps le plaisir des sens et celui de l'esprit. De leur côté, ses conquêtes l'avaient très certainement trouvé ennuyeux et sans envergure. À mesure qu'il avait vieilli et s'était installé dans une vie sans surprise, les occasions de rencontres s'étaient réduites comme peau de chagrin. Les femmes qui lui plaisaient étaient mariées, ou bien divorcées sans autre ambition que celle de se payer un peu de bon temps. Et il ne se sentait pas l'étoffe d'un amant. Pourtant, il avait tellement à donner. Pourtant, il était encore jeune.

— ... Si on l'applique sur le nerf d'une grenouille morte, sa patte se contracte...

Environ trente années le séparaient de Jezebel Kern, mais ce temps qui lui avait marqué le front et blanchi les cheveux n'était rien, ne comptait pas. Il était toujours cet étudiant un peu fou, un peu poète.

Si romantique. Et plus il regardait la jeune fille et laissait sa voix pénétrer son esprit, plus il se sentait rajeunir, plus il était ému.

Du haut de ses quarante-sept ans, malgré les décennies passées à user le lino des couloirs de ce lycée et les milliers de visages qu'il y avait croisés au point de se mélanger pour ne plus former qu'un portrait-robot un peu flou du lycéen moyen... il était *ému.* Germain Piquepaille sentit ses yeux s'embuer et son souffle devint court. Quel était donc cet élan, cette liesse infinie qui le transportait soudain ? La réponse sonna en lui tel le glas de sa raison : il était amoureux de cette sirène. Ivre de bonheur, il lui semblait devoir le crier au monde entier, la prendre dans ses bras.

Le proviseur se jeta hors de sa chaise et se précipita vers la jeune fille, un sourire extatique aux lèvres. Il était prêt à lui déclarer sa flamme, à l'emmener loin de ce monde qui ne les méritait pas plus qu'il ne comprendrait leur amour !

Quand un projectile vint le heurter violemment pile au milieu du front.

Le souriant Germain Piquepaille tomba net et la blessure provoquée par le téléphone portable qu'on lui avait lancé se mit à saigner abondamment. Légèrement sonné, il lui fallut un certain temps pour comprendre ce qui lui était arrivé, et surtout prendre la mesure du chaos qui régnait dans la classe.

— Connard, je vais te tuer, tu m'entends ! T'aurais pas dû regarder ma copine !

— Ta copine, elle veut plus de toi, pauvre con !

Jarod Nolan et Noé Le Guen s'était jetés l'un sur l'autre et se battaient comme des bêtes féroces, se frappant à coups de poing, de pied, sans que l'un n'ait jamais le dessus sur l'autre, car ils étaient animés d'une rage équivalente. Leurs camarades de classe, hystériques, les encourageaient de leurs cris. Tous semblaient en transe, de même qu'il l'avait lui-même été quelques secondes auparavant quand il était entouré de brouillard. Tous, à l'exception de Jezebel qui demeurait figée sur l'estrade, comme incapable d'amorcer le moindre geste. Elle avait cessé de parler et pourtant, il sembla à l'homme que sa voix résonnait encore dans sa tête, le suppliait d'intervenir.

— Mais arrêtez, vous êtes devenus complètement dingues ! hurlait Rowan.

La jeune fille tentait désespérément de raisonner les deux rivaux, sans oser s'approcher d'eux, de crainte de recevoir un coup.

— Monsieur Piquepaille, faites quelque chose, par pitié ! Ils vont s'entretuer !

Le proviseur fit une première tentative pour se relever, lorsqu'un vertige le saisit si fort qu'il manqua rendre tout ce que son estomac contenait.

Il porta la main à son front, il était recouvert d'un liquide poisseux. Incrédule, il réalisa qu'il saignait abondamment et faillit perdre connaissance pour de bon. Mais un regard vers Jezebel Kern, si fragile au milieu de cette frénésie, suffit à lui donner l'énergie nécessaire. Il planta ses paumes sur l'estrade en bois, prit appui sur ses genoux tremblants, et parvint à se redresser sur ses deux pieds. Il fallait en finir avec cette histoire pathétique et remettre ces sales gamins sur les rails. Il tituba en direction de la jeune fille et agrippa sa taille.

— C'est fini, votre comédie ! Jezebel est avec moi, maintenant !

Interdits, les deux garçons le dévisagèrent, oubliant momentanément leur bagarre, et éclatèrent de rire.

— Ouais, c'est ça, elle préfère les vieux bedonnants aux jeunes sportifs ! ironisa Jarod.

— Je vous interdis de vous moquer ! cria le proviseur.

Sa main droite fouilla la poche de son pantalon tandis que de son bras gauche il serrait toujours une Jezebel tétanisée, et en sortit un petit cran d'arrêt, celui qui lui servait habituellement à découper ses casse-croûte.

— Et le premier qui s'approche d'elle, je le saigne ! continua-t-il.

— Mais, monsieur, vous n'êtes pas sérieux ? risqua Noé.

— Je suis très sérieux, on va partir ensemble, tous les deux. Hein, ma chérie ?

L'homme se tourna vers la jeune fille terrifiée. Elle lança un regard impuissant à ses camarades de classe, ce fut Rowan qui réagit la première.

— Vous êtes complètement détraqué ! Vous êtes malade, monsieur ! s'exclama-t-elle.

Encouragée par les paroles de son amie, Jezebel se dégagea légèrement de l'étreinte de l'homme, mais celui-ci n'entendait pas la laisser filer. En dépit du vertige qui semblait l'envahir à nouveau, il se rapprocha d'elle et la saisit plus fermement.

— Reste avec moi, ma chérie, tu ne crains rien !

— LAISSEZ-MOI !

Jezebel n'avait pas crié. Elle avait hurlé. Si fort qu'il sembla à l'homme que sa voix venait de perforer ses tympans. Il lâcha immédiatement sa prise pour se plaquer les paumes sur les oreilles, autant pour les protéger de ce son strident que pour s'assurer qu'elles ne saignaient pas. Germain Piquepaille hurla à son tour. C'était un hurlement d'effroi : le cri qui était entré dans son crâne paraissait ne plus pouvoir en sortir, il s'y cognait et rebondissait en un écho assourdissant, venait écraser la moindre de ses tentatives de penser, de fuir. Il eut envie de s'arracher les oreilles, de plonger ses mains à travers leurs vestiges sanglants pour se broyer le cerveau lui-même, le presser assez fort pour en extraire tout le jus, pour le purger de ce son épouvantable qui venait de ruiner ses espoirs et de lui briser le cœur.

C'était plus qu'il ne pouvait en supporter. L'homme tournoya un instant sur lui-même et s'effondra à nouveau sur le sol.

Personne ne vint le secourir. Pourtant, le bruit de son corps lourd percutant le sol fit l'effet d'un électrochoc aux élèves et leur fit prendre conscience de la situation. Une nouvelle plage de silence s'instaura dans la classe, la gêne était palpable. Que fallait-il faire ? Porter assistance au proviseur en dépit des propos qu'il avait tenus ? Aller chercher de l'aide auprès d'un enseignant ? Appeler les urgences ? Rowan coula un regard noir à Noé.

— Tu te rends compte que tu es passé à ça de recommencer ? s'écria-t-elle, les larmes aux yeux.

Elle tremblait de tout son être, prise dans un état de tension extrême, mais ne lâchait pas Noé du regard.

— Tu veux faire de la taule, cette fois, c'est ça ?

— C'est bon, Ro...

— Non, c'est pas bon, regarde dans quel état tu as mis Jarod !

Noé scruta un instant son rival. Son visage était boursouflé et il saignait abondamment au niveau de l'arcade sourcilière. Jarod sourit, par miracle aucune de ses dents ne semblait manquer.

— C'est bon, Rowan, intervint Jarod, il est dans le même état que moi, ton chéri. Et je ne vais pas porter plainte. C'est pas lui le problème.

— Ah bon, et c'est qui le problème? s'agaça Rowan.

— Le problème, c'est elle, répondit-il en montrant Jezebel du doigt. Tu vois pas qu'elle nous rend tous dingues? Même Piquepaille a pété les plombs! C'est une sorcière.

Rowan lança un regard nerveux à son amie. Jezebel avait pris appui contre le tableau noir, épaules affaissées, tête baissée. Ainsi recroquevillée sur elle-même, elle paraissait épuisée et minuscule. Rowan pouvait presque ressentir la peur qu'elle avait éprouvée lorsque le proviseur l'avait agrippée. Jezebel avait été dépassée par les événements, elle aussi, mais les accusations de Jarod semblaient la terroriser davantage encore. De grosses larmes se mirent à couler sur ses joues.

— Comment tu peux rejeter la faute sur elle? s'emporta Rowan. C'est vous qui jouez aux petits coqs en sa présence, elle ne vous a rien demandé!

— Non, y a pas que ça, gronda Jarod d'une voix sourde. Depuis que je l'ai rencontrée, je suis obsédé par l'idée qu'il faut qu'on soit ensemble. Ce n'est pas normal. Tu vois, par exemple, je n'ai aucun souvenir de la façon dont je suis arrivé dans cette salle, il n'y a qu'elle dans ma tête. Les seules pensées qui me traversent me questionnent sur le meilleur moyen de la récupérer, d'être à nouveau avec elle. Je n'ai jamais ressenti ça auparavant. Je sais que c'est la même chose pour Noé. Elle nous rend dingues.

— Noé, tu ne vas quand même pas me servir la même excuse ?

— Non, bien sûr, répliqua Noé. Mais...

Noé ne trouvait quoi répondre. Lui qui ne s'était jamais battu de son plein gré, encore moins pour une fille, s'était retrouvé comme possédé, fou de rage à l'idée que Jarod se rapproche à nouveau de Jezebel. Comment cela était-il possible ? Force était de constater que les mots de Jarod faisaient sens. Il y avait quelque chose d'anormal chez cette fille qui les rendait fous.

— Mais quoi ? interrogea Rowan.

La jeune fille plongea son regard dans celui de son ami, à la recherche d'une explication rationnelle, de la confirmation qu'il n'était pas obnubilé par Jezebel, lui aussi. Mais elle qui lisait si facilement dans le cœur de Noé n'y trouva rien d'autre qu'un grand désarroi qu'elle ne sut pas interpréter. Et si lui aussi était sous le charme de Jezebel ? « Charme », ce mot convenait aussi bien à une jolie fille qu'aux maléfices d'une sorcière. Une sorcière. Était-ce là la nature de Jezebel Kern ? Bien sûr, une élève aussi douée que Rowan l'était, scientifique de surcroît, aurait dû rire de bon cœur à l'évocation de ce mot, pourtant quelque chose en elle frissonna. Il y avait toutes ces manifestations curieuses qui se produisaient lorsque Jezebel parlait, ou chantait. Elle-même en avait fait l'expérience et s'était sentie sous le *charme.* Or les sorcières n'existaient pas ! *Si*, lui répondit une voix intérieure. *Mais elles ne sont pas coupables de ce dont on les a accusées, ce sont des victimes, des pépites à protéger, coûte que coûte. Elles sont l'avenir de l'humanité*... Décontenancée par ces mots qui venaient de s'imprimer en elle sans qu'elle les convoque, Rowan releva la tête en direction de Jezebel. Son amie la fixait intensément, c'était comme un appel à l'aide, une prière, pour qu'elle vole à son secours. Alors, prise d'une pulsion inexplicable, Rowan Le Guen sauta sur l'estrade, attrapa Jezebel Kern par la main et, sans un regard pour le proviseur inconscient ni l'amour de sa vie, elle l'entraîna hors de la classe. Et déjà elle oubliait ce message étrange qu'elle avait cru intercepter.

5.

— Ça va aller, tu es sûre ?

— Oui, merci de m'avoir raccompagnée, Rowan. Tu t'es comportée comme une vraie amie...

Rowan Le Guen avait esquissé un léger sourire avant de la prendre dans ses bras. Si Jezebel lui avait rendu son étreinte, elle n'avait pu s'empêcher de s'interroger sur l'authenticité de leur amitié. La petite geekette éprouvait-elle des sentiments sincères à son égard ou bien était-elle envoûtée, elle aussi ? Semblant saisir ses craintes, la jeune fille avait détaché son corps du sien et l'avait fixée avec bienveillance.

— Je suis une vraie amie, avait-elle dit. Et tu peux compter sur moi, OK ?

— OK.

Artificielle ou non, cette sollicitude lui faisait du bien, aussi Jezebel avait-elle choisi d'y croire. Elle avait pris une grande inspiration et franchi le seuil de la maison des Doukouré. Fanta l'avait accueillie avec sa bonne humeur habituelle, un sourire radieux barrant la moitié de son visage.

— Tu rentres tôt, ma belle ! Tu n'es pas malade au moins ?

— Non, Fanta. Il y a eu un problème en cours : deux garçons se sont battus et le proviseur, qui nous faisait cours, a reçu un téléphone en pleine tête. Il a perdu connaissance.

— Seigneur Jésus ! Le pauvre homme ! Comment va-t-il ?

— Je n'en sais rien, comme l'ambiance ne se calmait pas, mon amie Rowan et moi on a quitté le lycée. On avait peur.

Cette version, dépouillée de ses éléments étranges, paraissait parfaitement vraisemblable. C'était certainement ce qu'en retiendraient les élèves ainsi que le proviseur. Jezebel avait déjà pu constater que la plupart des gens oubliaient avoir été en transe à cause de sa voix dans les minutes qui suivaient le retour à la normale. Jusqu'à présent, seuls ses parents s'en étaient rappelé chaque fois. Rowan s'en souviendrait-elle, une fois éloignée d'elle ?

— Oh ma pauvre chérie, vous avez bien fait ! C'est la jeune fille que j'ai vue par la fenêtre ? Tu aurais dû lui dire de venir boire un thé, ça l'aurait réconfortée...

Fanta et Issa Doukouré étaient les personnes les plus accueillantes qu'il lui ait jamais été donné de rencontrer, toujours prêts à aider leur prochain, ils impressionnaient Jezebel par leur gentillesse. La jeune fille avait promis à Fanta qu'elle inviterait bientôt sa camarade de classe et était allée se reposer un peu dans sa chambre. Du moins, c'est ce qu'elle avait prétendu quand, en réalité, elle s'était saisie d'un cutter et s'était fait six nouvelles entailles sur le corps. Deux sur le ventre, et deux par cuisse. Des belles. Selon son rituel habituel, Jezebel avait enfin pu laisser sortir la pression et avait pleuré longuement, sans un bruit, à mesure que le sang coulait.

Ses coupures avaient coagulé depuis plusieurs heures lorsqu'elle rejoignit Issa et Fanta pour le dîner.

— Tu es bien pâlichonne, commenta l'homme en l'aidant à mettre le couvert. Tu ne couverais pas quelque chose, par hasard ?

— Il y a eu une bagarre dans sa classe aujourd'hui, répondit son épouse, et notre petite Jezebel a été un peu secouée. Laisse faire, ma biche, ordonna-t-elle à la jeune fille, assieds-toi, on va mettre la table tous les deux.

Jezebel obtempéra en lui adressant un faible sourire. Les époux prirent place autour de la table et dirent les grâces, comme à leur habitude. Cela la mettait toujours mal à l'aise, elle considérait cela comme un folklore un peu idiot, et ne savait jamais comment se positionner par rapport à ça. Pourtant, ce soir, elle eut envie de témoigner sa gratitude au couple qui faisait de son mieux pour qu'elle se sente chez elle, pour l'entourer d'affection et la consoler de la perte de ses parents. Alors, elle joignit les mains à son tour et baissa la tête tandis que les Doukouré remerciaient leur Dieu.

— Merci pour votre générosité, Fanta, Issa, compléta-t-elle à son tour. Je ne pouvais espérer meilleur foyer après ce que j'ai traversé.

Surpris par son intervention, mais hautement émus, l'homme et la femme lui attrapèrent chacun une main et la serrèrent avec amour.

— Amen, dit-il.

— Amen, dit-elle.

— Amen, répéta Jezebel.

Un vertige la saisit brutalement, associé à une migraine foudroyante qui lui donna le sentiment qu'on enfonçait des aiguilles chauffées à blanc dans ses yeux. Elle s'agrippa à la table, craignant de chuter.

— Jezebel ? Ça ne va pas ?

Fanta resserra son étreinte, inquiète. Mais la douleur et le vertige repartirent aussi brusquement qu'ils étaient venus. En l'espace d'une seconde, ils ne furent plus qu'un désagréable souvenir.

— Ce n'est rien, juste un étourdissement.

— Mange, décréta l'homme en plaçant une belle portion de purée dans son assiette.

C'est en portant la première fourchetée à sa bouche que la jeune fille réalisa qu'elle était affamée, elle dévora son assiette en moins de deux. En effet, son malaise avait dû être causé par l'hypoglycémie ! Tandis qu'elle se resservait généreusement, des cris vinrent troubler la paix de son repas. Ils parvenaient, atténués, de la maison de Jarod, pourtant on pouvait distinguer clairement les cris suraigus de sa mère et les jurons de son père. Sidérée, Jezebel suspendit son geste et lança un regard interrogateur aux Doukouré.

— Ce sont les voisins, expliqua Fanta. C'est assez fréquent, hélas !

— Vas-y, mange, l'encouragea Issa.

C'est alors que des bruits sourds succédèrent à la dispute, suivis par les hurlements de Jarod.

— *Arrête, s'il te plaît, arrête !*

Affolée, Jezebel crispa ses doigts sur ses couverts. Elle avait compris depuis un moment que le père de Jarod le battait, mais à présent, ce n'était plus une simple intuition. Elle pouvait saisir la violence des coups, la panique du garçon. Tout son corps se tendit. Comprenant qu'elle allait se lever pour intervenir, Issa Doukouré posa une main sur son bras pour la maintenir assise.

— Il n'y a rien à faire. Je suis déjà allé parler à son père. Je n'ai pas pu lui faire entendre raison. Il se contente de tout nier en bloc.

Les bruits de coups redoublèrent, ainsi que les cris de Jarod. Jezebel allait devenir dingue si cela ne cessait pas immédiatement.

— Et la police ? Vous avez appelé la police ?

— La police s'est déplacée une fois, depuis, plus personne ne vient quand on les appelle, répondit Issa.

— Et j'ai aussi proposé à Jarod et sa mère de les héberger le temps de trouver une solution, poursuivit Fanta, mais ils ont refusé.

— Pourquoi ?

— Je ne sais pas, je ne les connais pas bien... J'aimerais les aider, mais ils ne sont pas prêts.

— Eh bien il faut les forcer ! C'est qu'ils n'osent pas, j'en suis sûre.

— Peut-être, mais on ne peut pas aider les gens malgré eux.

Comme pour clore la discussion, Issa Doukouré alla fermer la fenêtre laissée entrouverte, en poussant un long soupir.

C'est hautement écœurée que Jezebel alla se coucher, ce soir-là. Elle contempla longuement son téléphone portable, dans la pénombre de sa chambre, hésitant sur la suite à donner à tout cela. Devait-elle contacter Jarod, lui proposer son écoute, son aide, malgré leur dispute et les accusations qu'il avait proférées ? Certes, il n'avait pas été tendre avec elle, mais peut-être était-elle sa seule bulle d'oxygène entre un lycée où il se sentait à l'étroit, une société qui ne lui convenait pas et un père violent.

La jeune fille commença à culpabiliser. Pourquoi l'avait-elle écarté ainsi, quand il avait souhaité l'accompagner chez le tatoueur ? Pourquoi avait-elle considéré ses marques d'affection comme une forme d'abus contre lequel elle devait lutter de toutes ses forces ? Pourquoi avait-elle cherché à le rendre jaloux avec Noé ? Qu'est-ce qui ne tournait pas rond chez elle ? Jezebel avait le sentiment que, quoi qu'il arrive, elle ne semait que désolation autour d'elle. Elle avait été si dure avec ses parents, et ce, jusqu'aux derniers instants précédant leur mort. Et, plus récemment, elle avait joué avec les sentiments de Jarod, un garçon à fleur de peau, juste parce qu'elle en avait le pouvoir. Elle devait absolument le tenir à l'écart, afin d'éviter de lui faire encore plus de mal. Oui, elle était mauvaise et portait malheur à quiconque l'approchait. Jezebel ne lui enverrait aucun message, ne le relancerait plus. Elle reposa son appareil et ferma les yeux, appelant le sommeil de toutes ses forces.

Quelque chose cogna à sa fenêtre et la fit violemment sursauter. Elle bondit hors de son lit et s'approcha prudemment de la vitre. Une silhouette se découpait dans la nuit, et se tenait là, immobile, la jeune fille plissa les yeux pour en distinguer les détails.

— Jarod ! s'exclama-t-elle en actionnant la poignée. Qu'est-ce que tu fais là ?

— Je ne savais pas où aller, dit-il pour toute réponse.

Elle l'aida à enjamber le cadre en lui saisissant les mains. Le jeune homme grimaça en se tenant les côtes. À la lumière de la lune, Jezebel pouvait distinguer les blessures que Noé lui avait faites au visage, ainsi que des contusions sur ses bras, son cou... Son corps tout entier ne semblait être qu'une vaste ecchymose.

— Installe-toi sur le lit, je reviens, chuchota-t-elle.

Jezebel s'éclipsa sur la pointe des pieds jusque dans la salle de bains, s'éclairant à l'aide de son téléphone portable. Elle ne voulait pas prendre le risque de réveiller Fanta et Issa en allumant les lumières. Elle en revint avec du coton, de l'alcool et une pommade à base d'arnica.

— Vas-y, ôte ton T-shirt.

— Non, protesta-t-il, ça va aller, j'ai l'habitude.

— Et moi je n'ai pas l'habitude de laisser les gens dans cet état sans rien faire.

— Les gens ? C'est tout ce que je suis pour toi ?

— Tu sais bien que non, ne dis pas de bêtise. Allez, enlève-moi ça, Jarod.

Las, le garçon abdiqua. Il attrapa l'étoffe de ses mains tremblantes et la passa en gémissant par-dessus sa tête, puis fixa la jeune fille sans ciller, comme pour la défier de montrer la moindre pitié, comme pour lui prouver que rien de tout cela ne le touchait vraiment. Cependant, des larmes impossibles à contenir faisaient briller ses yeux. Émue, Jezebel lui adressa un petit sourire et commença à masser ses contusions en veillant à ne pas presser trop fort afin de ne pas le faire souffrir davantage.

Jarod n'était pas coutumier de ce genre de soin. Il savait faire face à la violence, aux cris, au rejet. Il savait y répondre par la dureté, la colère. Mais confronté à la douceur, il se retrouvait désarmé. La jeune fille était si belle, à peine éclairée par la lune décroissante, à genoux sur son lit, affairée à le soigner lui, qui ne valait pourtant rien. Ses doigts veloutés comme des pétales de rose venaient se poser avec d'infinies précautions sur son corps douloureux, comme autant de baisers délicats. Pouvait-il seulement prétendre à ces attentions quand il lui avait parlé si durement, quand il avait tout fait pour la blesser, l'isoler du groupe en l'accusant d'être une sorcière ? Jarod se sentit bien minable face à elle et laissa échapper ses larmes. Des larmes qu'il n'avait jamais montrées auparavant à qui que ce fût, des larmes de découragement, les larmes du petit garçon qu'il avait été et qui ne méritait pas tous ces coups qu'il avait reçus. Jezebel termina d'appliquer la pommade et lui sourit à nouveau, puis caressa son visage avec une extrême bienveillance. Alors il laissa échapper des sanglots qu'il pensait impossibles.

Cette nuit-là, ils firent l'amour lentement, en se regardant dans les yeux, sans dire un mot. Ils jouirent ensemble en un long soupir qui finit de raconter leurs blessures et leur soif d'amour. Au terme de cette étreinte, quand la tension fut retombée, alors ils parlèrent et Jarod voulut demander pardon. Mais Jezebel posa un doigt sur sa bouche.

— Chut, murmura-t-elle : C'est moi qui te dois des excuses. J'avais tout compris depuis longtemps et je n'ai rien dit.

— Tu avais compris quoi ?

— J'avais vu tes bleus, poursuivit-elle, misérable. Je savais que ton père te battait.

Jarod laissa alors échapper un petit rire désabusé, un rire au bord des larmes. Il se replia sur lui-même, en position fœtale. La jeune fille posa une main sur son épaule et fit pivoter son corps, tout doucement. Elle plongea les yeux dans les siens, à la recherche d'une explication.

— Qu'est-ce qui t'amuse ? J'ai dit une bêtise ?

Le garçon joua un instant avec une mèche de cheveux auburn, comme pour différer au maximum sa réponse. Et quand il n'eut plus le cœur de faire diversion, les traits de son visage se crispèrent en une grimace douloureuse. Ses yeux s'emplirent à nouveau de larmes, les commissures de ses lèvres se mirent à trembler. Mais il ne détourna pas le regard. Pour la première fois de sa vie, il allait révéler son secret le plus honteux.

— Ce n'est pas mon père qui me frappe, rétorqua-t-il d'une voix brisée. C'est ma mère.

6.

Un sifflement insistant. Cinq notes, toujours les mêmes, répétées en boucle, s'invitèrent dans son rêve.

— *Brûlez la sorcière !*

Elle était sur un bûcher prêt à être mis à feu, vêtue d'une tunique en jute qui irritait sa peau, peau qui connaîtrait bientôt la pire des douleurs, elle devait donc considérer le frottement de l'étoffe comme son dernier instant de grâce... Pourtant, malgré les cordes qui la plaquaient contre le pieu massif planté dans le sol, elle conservait l'espoir qu'on la sauve. La croyance que tous ces fous qui criaient et sifflaient autour d'elle finiraient par recouvrer la raison et la détacheraient, se confondraient en excuses, comprendraient qu'elle n'avait rien fait de mal. D'ailleurs, de quoi l'accusait-on ? Ce commerce avec Satan qu'on avait exposé tout au long d'un simulacre de procès n'était qu'une vaste farce. Oui, elle connaissait les herbes qui soulagent, faisait passer les enfants non désirés qui auraient éreinté les femmes et appauvri leur foyer, oui, elle questionnait parfois les enseignements du clergé. Pour autant elle craignait Dieu, et tous avaient loué sa bonté naguère. Aujourd'hui cependant on l'avait condamnée à la pire des morts, on lui avait craché au visage, on la sifflait comme un animal indigne.

— *Brûlez la sorcière !*

Elle aurait voulu hurler une fois encore son innocence, démentir des aveux qu'elle n'avait lâchés que sous la torture, implorer qu'on ne la tue pas. Mais on l'avait bâillonnée. Plus personne ne voulait entendre sa voix qu'on avait décrétée démoniaque, charmeuse, menteuse, voleuse d'âmes et de consciences. Elle n'avait que ses larmes acides pour exprimer son effroi, tenter d'attendrir l'assemblée déchaînée, pour prier Dieu de défaire ses liens, d'abattre une pluie diluvienne sur la mer de flammes qui l'engloutirait bientôt. Or Dieu restait sourd à ses suppliques. Un homme alluma une torche et enflamma le bois sec de son bûcher, une étincelle vint embraser sa chemise et les sifflements redoublèrent quand la brûlure la fit hurler.

— *Brûlez la sorcière !*

Ce fut son propre cri, strident, qui la réveilla. Désorientée, il lui fallut quelques secondes avant de comprendre qu'elle avait fait un cauchemar. Cela lui avait semblé si réel ! Elle se rappelait la chaleur insupportable, la douleur atroce...

Par réflexe, elle passa une main sur son bras, pour s'assurer qu'elle était sauve.

— Jez ! Je n'arrivais pas à te réveiller !

Jarod était assis à côté d'elle, dans le lit, et la fixait d'un air inquiet.

— Je... j'ai fait un mauvais rêve.

— Je sais, tu hurlais ! Les Doukouré vont sûrement débarquer, je ferais mieux de filer.

— Non, on est samedi, ils avaient quelque chose avec leur paroisse, une vente de bienfaisance, un truc comme ça, ils sont partis tôt.

La jeune fille réprima un frisson. Elle était en nage et le contact de l'air contrastait avec la chaleur de sa peau – *de sa peau brûlée.* Elle secoua la tête pour chasser cette étrange pensée de son esprit. Elle n'avait pas brûlé, elle n'était pas une sorcière et vivait à une époque où ces foutaises-là n'avaient plus cours. *En es-tu bien sûre ?* lui souffla une voix qu'elle choisit d'ignorer. Si elle avait fait ce cauchemar, c'était à cause des accusations que Jarod avait lancées la veille, sans vraiment les penser.

— Ton téléphone n'arrête pas de sonner. C'est insupportable ce sifflement, tu ne pouvais pas choisir une vraie sonnerie ?

C'était donc cela, qu'elle entendait dans son rêve... la jeune fille saisit l'appareil et vit que Noé avait tenté de la joindre à plusieurs reprises avant de se résoudre à lui envoyer un SMS. Jarod se pencha par-dessus son épaule et se rembrunit en voyant le nom de son rival s'afficher.

— Putain, qu'est-ce qu'il te veut ?

— S'excuser, peut-être...

— Tu devrais te méfier de lui.

— Tu étais plus prompt à le défendre, hier.

— Hier, c'était hier. Il est dangereux ce mec.

Jezebel se remémora les paroles de Rowan lors de l'altercation, elle avait parlé de prison, de mort... Qui était réellement Noé ? Quel sombre secret cachait-il ?

— Pourquoi tu dis ça ?

— Parce qu'il n'a pas de limite.

— Toi oui ?

— Dis-moi que tu te tiendras loin de lui, Jez.

— Écoute, je l'aime bien, Noé, mais c'est juste un copain.

— Sauf qu'il n'a pas l'air au courant que tu l'as friendzoné...

Noé poussa un long soupir et manqua exploser la vitre de son téléphone en le reposant rageusement sur la table de chevet.

— Elle décrochera quand elle le pourra, dit Rowan.

La jeune fille était installée à son bureau, les yeux rivés sur son écran. Ses doigts graciles s'agitaient sur son clavier, faisant onduler ses épaules sous la longue chevelure rose. Elle avait replié ses jambes en tailleur et semblait minuscule sur sa chaise de travail. Noé avait toujours connu Rowan ainsi, dans des postures de repli, courbée en deux sur un livre, un écran. Elle avait accumulé une quantité impressionnante de connaissances depuis l'enfance et était devenue une sorte de petit génie de l'informatique, comme ça, sans que quiconque s'en aperçoive réellement. Sauf lui.

Peu de personnes remarquaient vraiment Rowan, malgré ses tenues excentriques, elle avait toujours conservé une personnalité réservée et s'arrangeait pour se fondre dans le décor. Tout ce qu'elle autorisait les autres à noter chez elle, outre son originalité, c'était sa gentillesse. Certains en abusaient d'ailleurs, mais Rowan ne supportait pas de ne pas rendre service quand elle le pouvait. Elle était ainsi, avec le cœur sur la main. C'est d'ailleurs grâce à sa générosité qu'il était encore en vie... Le jeune homme se palpa machinalement le milieu du dos et esquissa un sourire.

— Tu trouves quelque chose ?

— Rien du tout, soupira-t-elle. C'est à désespérer.

— Même avec les photos ?

Jezebel avait confié quelques clichés à son amie, sur l'un d'eux elle avait environ trois ans et sur les autres, entre cinq et dix.

— Je les ai agrandies et j'ai obtenu une image suffisamment nette pour être sûre qu'elle a ces tatouages depuis toujours.

— C'est le cas ?
— À trois ans elle les avait déjà.
— C'est dingue, ça...
— Oui, mais ce n'est pas le problème.

Rowan avait proposé à Jezebel d'interroger les proches de ses parents afin d'obtenir une explication sur la raison de ce tatouage, mais les Kern n'avaient aucune famille à sa connaissance et la seule amie qu'ils aient jamais eue, Marion Arsac, ne l'était que depuis quelques années. Elle ne leur serait donc d'aucune aide à ce sujet. Rowan avait donc suggéré à Jezebel qu'il fallait commencer par sa naissance et dérouler le fil depuis la maternité jusqu'à leur dernier lieu de résidence, en passant par les écoles qu'elle avait fréquentées. Jezebel avait forcément eu des camarades de classe dont les parents avaient connu les siens, des enseignants qu'elle avait marqués, des voisins un peu curieux.

Pour commencer, le lieu où elle était venue au monde constituerait un bon point de départ. La jeune fille avait imaginé qu'il lui suffirait de téléphoner à la maternité pour qu'on la mette sur la piste des personnes qui avaient rendu visite à la jeune accouchée. Rowan avait donc recopié les informations contenues sur la carte d'identité de son amie et Jezebel lui avait confié les portefeuilles de ses parents, qu'elle avait récupérés après leur décès. Puis la jeune fille avait contacté les hôpitaux de la ville, du département, de la région. Mais voilà, elle avait fait chou blanc.

— Jezebel n'est pas née dans une maternité de la ville où elle a été déclarée, expliqua-t-elle prudemment.

— Ah ? Sa mère a accouché à domicile ?

— Non...

— Ben, elle a accouché où, alors ?

C'est précisément ici que les choses se compliquaient nettement. Poussée par la curiosité, Rowan ne s'était pas contentée de vérifier les cartes d'identité et permis de conduire de Johann et Hannah Kern. Elle les avait fouillés de fond en comble, s'était émue de voir une photo de son amie enfant, de trouver un papier de bonbon par-ci, une mèche de cheveux par-là, leur petite famille se livrant à un concours de grimaces immortalisé par un photomaton. Mais surtout, elle était tombée sur quelque chose qu'elle n'aurait pas dû voir, dont elle n'aurait pas dû avoir connaissance avant son amie, et que pourtant elle allait devoir lui révéler.

Rowan se leva lentement de son siège et lança un regard grave à Noé. Elle saisit son téléphone, la boule au ventre, et composa de nouveau le numéro de Jezebel. Trois sonneries retentirent avant que la jeune fille ne décroche. Au son de sa voix, Rowan sut qu'elle n'était pas seule.

— Jarod est avec toi, c'est ça ?

Rowan vit Noé se décomposer. Elle en éprouva une certaine joie.

— Non, mentit Jezebel.

— Il faut que je te parle.

— C'est à propos du tatouage ?

Rowan pouvait percevoir une note d'espoir dans sa voix et se sentit d'autant plus mal à l'aise.

— Oui et non...

— Bah vas-y, je t'écoute.

— Je préférerais te le dire en face. Seule à seule.

— Pourquoi ? s'inquiéta la jeune fille.

— Dis-moi juste quand on peut se voir, répondit Rowan.

7.

Mais Jezebel se fit porter pâle tout le début de semaine et ne retourna au lycée que le jeudi suivant. Elle n'avait donné de nouvelles à personne sauf à Jarod, et n'avait jamais rappelé Rowan. En réalité, si elle avait prétendu se sentir patraque, Jezebel avait surtout très peur. Elle redoutait de se retrouver face aux autres après l'incident en cours de SVT, même si elle devinait qu'ils n'en conservaient qu'un vague souvenir, et appréhendait plus encore les révélations de Rowan. La jeune fille semblait avoir fait une découverte édifiante, mais loin d'être excitée à l'idée de comprendre l'origine de son tatouage, Jezebel avait le mauvais pressentiment que la découvrir allait faire basculer sa vie pour toujours. Avait-elle seulement envie que sa vie change davantage ? Ces derniers mois avaient été si intenses émotionnellement, tellement emplis de tristesse, de colère, qu'elle n'aspirait qu'à un peu de paix, à ce nirvana que visent les bouddhistes et qui vous met à l'abri des tempêtes de la vie.

Elle serra machinalement son blouson de cuir contre son corps et se dirigea, tête baissée et bras croisés, vers l'enceinte de l'établissement.

— Bonjour mademoiselle Kern !

Jezebel releva la tête et sursauta violemment en croisant le regard du proviseur. Il était posté à l'entrée du lycée et s'appuyait contre le mur légèrement décrépi du hall. Un frisson parcourut la colonne de Jezebel. Piquepaille avait tenu des propos absurdes, des propos déplacés et les avait ponctués d'une menace à l'arme blanche, par sa faute, à cause de sa voix. Sans elle, il ne se serait jamais laissé aller à de telles divagations, n'aurait jamais été assommé par ce téléphone... Surprenant le regard de son élève sur son pansement, Germain Piquepaille se frotta le front en souriant.

— Vous scrutez ma blessure de guerre ?

— Désolée...

— Ne le soyez pas, ce n'est pas de votre faute. Il semblerait que j'aie glissé et sois tombé de l'estrade, l'autre jour. Rien de bien méchant, mais j'ai été suffisamment sonné pour avoir oublié comment c'était arrivé. Manifestement, mon amnésie est contagieuse, puisque aucun élève n'a été en mesure de me l'expliquer... Peut-être que vous... ?

— Euh... non, je ne sais pas, je me souviens juste d'être rentrée plus tôt chez moi, ce jour-là, parce que je ne me sentais pas bien...

— Bien sûr... encore un nouveau cas d'amnésie. On pourrait presque entrer dans le Guinness !

— Vous... vous allez mieux ? risqua-t-elle.

Le proviseur n'avait pas l'air au top de sa forme. Des cernes violacés creusaient son visage jusqu'aux joues et il semblait amaigri. Si Jezebel se rappelait parfaitement ce qui s'était passé ce vendredi, elle craignait ce qu'avait pu provoquer sa voix chez Piquepaille. Elle avait hurlé et il avait grimacé tel un dément, cherchant à s'arracher les oreilles – il en portait d'ailleurs encore les stigmates, des griffures sombres de sang coagulé. Elle avait hurlé et quelque chose en lui avait dû se rompre parce qu'il s'était effondré brusquement, comme si son cerveau était en surchauffe. Pourquoi avait-elle demandé de ses nouvelles, alors qu'elle en redoutait la réponse ? Aimait-elle à ce point se faire souffrir ? Espérait-elle malgré tout qu'il prétendrait se porter comme un charme ? Elle braqua un regard angoissé sur le proviseur, en se mordillant la lèvre inférieure.

— Ma tête ? répondit-il. Oui, oui, ça va, ça va...

— Jezebel, putain, t'étais passée où ?

Rowan se planta devant elle, furieuse. Poings sur les hanches, ses yeux translucides aux pupilles étrécies lançaient des éclairs. Jezebel se détourna du proviseur et bafouilla de vagues excuses qu'il n'entendit pas.

Germain Piquepaille resta un instant hébété, avant de réaliser que les deux lycéennes s'étaient éloignées de plusieurs mètres et l'avaient planté là, avant même qu'il n'ait suffisamment rassemblé ses esprits pour répondre correctement à la question de la petite Kern. Oui, sa blessure au front était relativement superficielle et cicatrisait déjà, et ce n'est pas ce qui le perturbait. Car en réalité, il n'allait pas bien du tout. Pour commencer, il sentait en lui une espèce de malaise indéfinissable, une culpabilité, une honte, même, qu'il ne parvenait pas à s'expliquer. Le genre que l'on ressent un lendemain de cuite, quand on pressent avoir dépassé les bornes sans se souvenir de ses faits d'armes. Et cette honte, diffuse depuis vendredi, venait de connaître un pic, en présence de Jezebel Kern. Germain Piquepaille plissa les paupières pour faire le focus sur la silhouette élancée de la jeune fille. Il aurait aimé lui demander s'il avait fait quoi que ce fût d'inconvenant, mais en prétendant ne se rappeler de rien, elle l'en avait dissuadé. Pourtant, une voix au fond de lui hurlait qu'elle mentait, qu'il devait la fuir, la craindre, qu'elle n'était pas porteuse que de chaos mais aussi de folie. Du plus profond de sa sidération, sans réussir à rationaliser ses pensées aberrantes, il se surprit à prononcer un mot qu'il n'aurait jamais imaginé sortir de sa bouche.

Sorcière...

Et ce mot lui sembla familier. Avait-il été lancé lors de l'incident de vendredi ? À l'encontre de la jeune fille ? Ce n'était pas impossible. Après tout, la seule chose qui lui revenait en mémoire était la vision de Jezebel au tableau... De Jezebel qu'il avait interrogée dans l'espoir de calmer les esprits échauffés de Jarod Nolan et Noé Le Guen. Il se rappelait sa voix, rauque et envoûtante. Après cela, rien. Le trou noir. La douleur. La peur. Car ce qu'il n'avait pas eu le temps d'expliquer à la jeune fille, c'est à quel point il souffrait depuis ce jour-là. Son corps semblait complètement détraqué. Incapable d'avaler quoi que ce soit, il se vidait plusieurs fois par jour et vomissait longuement, était pris de diarrhées tellement incontrôlables qu'il avait dû acheter un paquet de protections pour incontinents, de crainte de n'avoir le temps de courir aux toilettes lors de la prochaine salve. Il ne pouvait risquer de devenir la risée du lycée, en cas d'accident. Qu'est-ce qu'il avait ? Avait-il attrapé un sale virus, une gastro récalcitrante ? Son médecin avait beau lui avoir prescrit un remède de cheval, rien ne paraissait pouvoir endiguer les flots de merde liquide qui s'échappaient de son anus endolori à force de le frotter. Sans parler de la nausée permanente qui lui mettait l'estomac au bord des lèvres...

Piquepaille soupira, serra la bouche et les fesses, puis longea le couloir, une main sur le mur pour garder l'équilibre, pour aller se cloîtrer dans son bureau, avec sa honte. Sa honte. Sa colère. Une colère irrationnelle dont il pressentait confusément la cause sans se l'expliquer : Jezebel Kern.

Rowan non plus ne décolérait pas. Non seulement Jezebel lui avait quasiment raccroché au nez, l'autre jour, alors qu'elle s'était coltiné des heures de recherche sur son enfance, mais en plus elle avait fait la morte depuis, et ne semblait pas voir où était le problème !

— Tu en fais tout un plat, j'avais juste besoin de prendre un peu de recul...

— Du recul ? Tu te fous de ma gueule ? Vendredi tu me serres dans tes bras et on se jure une amitié indéfectible et après c'est le silence radio ? En fait tu n'en as rien à faire, de moi.

— Bien sûr que si, Rowan, tu es ma seule amie. Je suis désolée si je t'ai blessée.

— Oui, tu m'as blessée, se radoucit la jeune fille. Je me suis inquiétée pour toi, en plus.

Comme chaque fois qu'elle se sentait nerveuse, Rowan se dirigea instinctivement vers les toilettes. Jezebel lui emboîta le pas, suivie directement par Noé.

— Salut, Jez.

— Salut... Il fallait que je reste un peu seule, tenta-t-elle de se justifier en s'appuyant sur un lavabo.

Rowan avait entrepris de se laver les mains, elle se savonna consciencieusement les paumes, les doigts, les poignets. Elle lança un regard las à son amie.

— Te fatigue pas, répondit Noé. On sait très bien avec qui tu as passé le week-end, on vous a vus...

— Quoi ? Vous m'avez suivie ?

— Rowan avait peur que tu sois en bad. On est venus te proposer un ciné, lundi soir.

— Et en arrivant dans ta rue, continua Rowan, on t'a aperçue avec Jarod. Putain, Jez, pourquoi tu es encore avec lui ?

— C'est compliqué à expliquer... Je ne peux pas vous raconter, mais on a beaucoup parlé avec Jarod, et on s'est réconciliés. Il n'est pas celui que vous croyez.

Noé serra la mâchoire, excédé, et fusilla Jezebel du regard. Ne voyait-elle pas que ce mec était un parasite, un manipulateur qui l'utilisait pour servir ses intérêts ? Son âme, Noé en était convaincu, était aussi sombre que ses yeux. Il lui avait d'ailleurs paru évident de le croquer sous forme de démon... Mais bien entendu, il ne pouvait rien en dire, on l'aurait accusé d'être de mauvaise foi.

JAROD

Noé se contenta de serrer les poings en rêvant de les enfoncer profondément dans le visage de Nolan.

— OK, tu vis une grande histoire d'amour, répondit Rowan en coulant un regard triomphant à son ami. Mais je pensais que tu serais curieuse de savoir ce que j'ai trouvé.

— Je le suis.

— Ça crève les yeux, persifla Noé.

— Oh ça va. Vous êtes là pour me faire un procès ? Vous ne voulez pas me dire ce que vous savez ? Comme vous voudrez !

Joignant le geste à la parole, Jezebel tourna les talons et ouvrit la porte des toilettes.

— Non, attends ! s'écria Rowan. C'est trop important pour qu'on se dispute, reviens.

Jezebel marqua un temps d'arrêt. À l'autre bout du couloir, elle vit Jarod, adossé contre le mur. Il avait dû les suivre de loin et l'attendait. Elle lui fit signe de la rejoindre. Jarod ne se fit pas prier.

— Non, c'est vraiment personnel ce que j'ai à te dire, précisa Rowan en apercevant le garçon.

— Je n'ai rien à cacher à Jarod.

— Et puis ton frangin est bien là, répondit l'intéressé en pénétrant dans la pièce.

— Noé n'est pas mon frère ! protesta la jeune fille. Et j'ai une confiance aveugle en lui, ce qui n'est pas ton cas.

— Bon alors, c'est quoi cette révélation ? s'impatienta Jezebel.

— Comme tu voudras...

Rowan prit une grande inspiration. Elle avait eu beau tourner et retourner ça dans sa tête, chercher le meilleur moyen de l'annoncer à Jezebel, elle ne savait toujours pas comment s'y prendre et devrait improviser. Elle se racla la gorge nerveusement et entreprit de se laver les mains pour la troisième fois. Les yeux rivés sur le filet d'eau s'échappant du robinet, elle commença son explication d'une voix étouffée.

— Dans les portefeuilles de tes parents, il y avait plein de choses... des photos, des souvenirs, des cartes bancaires, des papiers d'identité et... des cartes de groupe sanguin.

— Oui ?

— De type A négatif chacun.

— Oui, et alors ?

— Et alors, Jez... tu es B positif.

Jezebel fronça les sourcils. Elle ne comprenait pas où son amie voulait en venir, ses yeux sautaient aléatoirement de Rowan à Noé, tandis qu'elle attendait la suite, l'estomac serré. Pourquoi se sentait-elle si effrayée à l'idée que Rowan poursuive son explication ? Pourquoi avait-elle tellement envie qu'elle se taise à partir de maintenant ?

— Jezebel, reprit Rowan d'une voix douce. Je suis désolée, mais un homme et une femme A au rhésus négatif ne peuvent pas avoir un enfant B au rhésus positif. C'est scientifiquement impossible.

— La preuve que si !

— Non, Jezebel...

— Qu'est-ce que t'en sais, toi, d'abord ? T'es pas médecin !

— Pas besoin de l'être pour comprendre l'évidence.

L'évidence ? Jezebel se demanda l'espace d'une seconde de quelle évidence parlait son amie quand elle comprit où elle voulait en venir. Elle eut soudain le sentiment que tout son corps venait d'être vidé de sa substance. Plus de sang, plus de sueur, de salive, de larmes. Plus d'os, ni de chair, ni de cœur ou de cerveau. Plus rien. Elle n'était plus qu'un pantin de peau vrillé sur lui-même et tenant à peine debout. Que Rowan la ferme, maintenant ! Elle aurait voulu la réduire au silence comme elle s'en savait capable, avec la seule force de sa voix, mais rien ne sortit de sa bouche paralysée. Jezebel resta là, lèvres entrouvertes, minuscule et perdue, attendant la suite de la sentence.

— Et l'évidence, lui confirma Rowan, c'est que tu ne peux pas être la fille de Johann et Hannah Kern.

8.

C'est comme si son univers venait de s'effondrer, de se rétracter sur lui-même. Jezebel comprenait les mots que Rowan articulait, pourtant ils lui paraissaient dénués de sens.

— C'est impossible, parvint-elle à articuler au terme de longues secondes de silence.

— C'est impossible qu'ils soient tes parents, insista Rowan. J'imagine le choc que...

— Tu imagines? Tu n'imagines rien du tout! s'emporta Jezebel. Je ne vois pas comment ils auraient pu me cacher ça! Ils étaient incapables de mensonge, mes parents étaient l'honnêteté incarnée!

— Ce sont vos groupes sanguins qui ne mentent pas, corrigea Noé. La question n'est pas de savoir comment ils ont pu te le cacher mais pourquoi.

Abasourdie, la jeune fille lança un regard désespéré à son petit ami. Jarod lui prit la main et l'embrassa.

— Tu m'as souvent dit que vous n'aviez rien en commun, risqua-t-il.

— Est-ce que l'un d'entre eux arborait les mêmes « grains de beauté » que toi ? interrogea Rowan.

— Euh, je n'ai jamais fait attention... Pourquoi ?

— Parce qu'ils auraient pu se faire tatouer aussi, comme une fausse marque de naissance que vous auriez partagée, afin que tu ne poses jamais de question.

— Ce serait tordu.

— Oui, mais pas impossible, répondit Rowan, gênée. Écoute, je ne t'ai pas encore tout dit...

— Parce qu'il y a autre chose, encore ? s'écria Jarod.

— Oui. Tu veux bien que je poursuive, Jez ?

— Au point où j'en suis !

Jezebel haussa les épaules dans une attitude désinvolte qui ne trompa personne. Elle se laissa couler le long du mur et s'assit à même le carrelage, puis sortit un paquet de cigarettes de son blouson et s'en alluma une, sans que quiconque songe à l'en empêcher. Elle exhala la fumée de sa première taffe avec un plaisir infini. Le léger vertige qui accompagnait cet instant lui procurait toujours un shoot d'endorphines, mais là, les émotions à vif, la sensation était décuplée.

— Je ne vous en propose pas..., ironisa-t-elle.

— Pas la peine, répondit Rowan en s'asseyant en tailleur, face à elle. J'ai arrêté il y a longtemps.

La sonnerie de reprise retentit jusque dans les toilettes. Et Rowan Le Guen, la bonne élève qui ne manquait jamais un cours, ne culpabilisa pas une seconde de sécher. Ce qui se passait ici, avec Jezebel, était une des choses les plus intrigantes et excitantes qu'elle ait jamais connues. Dans cette affaire, elle se sentait pleinement utile, nécessaire. Elle se considérait comme la messagère d'un événement crucial et entendait mener sa mission à son terme avec tout le tact et la bienveillance dont elle était capable. La jeune fille saisit les mains de son amie. Ses paumes étaient fraîches et moites à la fois, sans doute à cause de la vive émotion qu'elle ressentait. Rowan resserra ses doigts sur ceux de Jezebel pour les réchauffer.

— Quand j'ai compris que tu ne pouvais pas être leur fille, j'ai pris la liberté d'aller consulter les registres d'état civil, puis d'entrer en contact avec les ASE[1] régionales pour en savoir plus.

— Tu as dû te faire recevoir ! ironisa Jezebel. Elles ne transmettent pas leurs informations comme ça !

— J'ai dit que j'étais entrée en contact, pas que je les avais contactées, corrigea Rowan, un sourire mystérieux aux lèvres !

1. *Cf.* note p. 25.

Devant l'air interrogateur de Jezebel, Noé prit à son tour la parole.

— Disons que Ro a un certain talent pour faire parler les ordinateurs à distance...

Jarod laissa échapper un petit sifflement admiratif.

— Tu veux dire que tu as piraté l'ASE ?

— Moi ? Je n'ai rien dit, répondit Rowan. Quoi qu'il en soit, ce que j'ai découvert ne va pas te plaire, Jez.

— Dis toujours...

— Tu n'es inscrite sur aucun registre d'État civil et il n'y a aucune trace de ton adoption nulle part.

Cette fois-ci, c'en était trop ! Au lieu de se liquéfier, comme à l'annonce des incompatibilités de groupes sanguins, Jezebel partit dans un éclat de rire qui dérouta ses camarades. Un rire nerveux et impossible à réprimer. Tous se regardèrent, déconcertés, mais, gagnés par la contagion, ils se mirent à rire avec elle. À les voir comme ça, assis à même le sol des toilettes du lycée, nimbés de la fumée de cigarette de Jezebel, on aurait pu les imaginer bien laxistes, voire défoncés. Pourtant, derrière les hoquets joviaux, se bousculaient des questions toutes plus angoissantes les unes que les autres. C'est Jezebel qui mit fin à l'hilarité générale.

— Ils m'ont peut-être adoptée à l'étranger ? proposa-t-elle d'une voix enrouée.

— Non, ce serait enregistré, répliqua Rowan.

— On pense à une théorie moins glorieuse, Jez, intervint Noé.

Il planta ses grands yeux verts dans ceux de Jezebel. Il se dégageait de lui une douceur telle qu'elle se détendit légèrement.

— Quoi ? Vous pensez qu'ils m'ont enlevée ? plaisanta-t-elle.

— Eh bien... Oui, répondit Rowan d'une voix blanche.

Jezebel manqua s'étrangler. Elle lança des regards amusés aux garçons, comme si elle était l'objet d'une mauvaise blague.

— T'es pas sérieuse, là !

— Malheureusement si. Réfléchis : tu ne peux pas être leur fille, et il n'y a aucune trace de ton adoption nulle part.

— Il y a certainement une autre explication. Peut-être que ma vraie mère est morte et qu'elle m'a confiée à eux ? Ou bien qu'ils ont fait appel à un donneur et une mère porteuse. Ou encore qu'ils ont oublié de me déclarer ? Tu y as pensé, à ça ?

— Dans ce cas ils t'en auraient parlé, tu ne crois pas ?

— Il y a aussi ce tatouage, Jez, intervint prudemment Jarod. C'est pas commun de faire tatouer un bébé. Vous avez trouvé la signification de ce dessin ?

— Je n'ai pas eu le temps de chercher, répondit Rowan... je...

— Pas la peine, la coupa Noé. Moi, je sais ce que c'est.

Surprise qu'il n'ait pas partagé l'information avec elle, Rowan ne put s'empêcher de laisser échapper un soupir d'agacement. Elle s'apprêtait à lui lancer une pique, quand Jarod l'interrompit, débordant d'un enthousiasme inhabituel.

— Ben moi aussi ! dit-il. C'est le logo d'un labo, LCF.

— Oui, mais pas seulement... Et c'est là que ça devient vraiment flippant, déclara Noé.

9.

Le ton sur lequel Noé avait parlé laissait peu de doutes quant à la gravité de ce qu'il s'apprêtait à énoncer. Aussi avaient-ils tous décidé de quitter l'enceinte de l'établissement, afin de se préserver d'oreilles indiscrètes. En outre, le carrelage des toilettes du lycée n'était pas des plus confortables.

— Qu'est-ce qu'on répondra si un surveillant nous demande où on va ? s'inquiéta Rowan.

— Y a pas de raison, rétorqua Jezebel. J'ai fait ça un paquet de fois dans mon autre lycée.

— Oui, mais si jamais...

— Oh, ça va, s'agaça Jarod. Si tu as peur de te faire gronder, retourne en classe et arrête de nous faire chier.

— Je te conseille de baisser d'un ton, menaça Noé d'une voix sourde.

Les deux garçons s'affrontèrent du regard. La tension entre eux était palpable, ils finiraient par se battre, s'entretuer si on n'y prenait garde. Rowan frissonna. Elle aurait mieux fait de se taire.

— T'inquiète, lui expliqua Jezebel. Tout est dans l'attitude, plus tu as l'air sûre de toi – sans paraître arrogante évidemment –, moins les gens songent à te demander des comptes, crois-moi.

Pour finir de convaincre son amie, Jezebel Kern prit sa main dans la sienne et l'entraîna d'un pas déterminé vers la sortie. Le contact de sa paume fraîche et ferme rassura la jeune fille et la troubla à la fois, sa peau était si douce, si vibrante ! Rowan se surprit à souhaiter ne jamais devoir la lâcher, à vouloir fusionner totalement avec cette fille étrange qu'elle ne pouvait s'empêcher d'admirer. Que lui arrivait-il ? Lorsqu'elles s'étaient rendues chez le tatoueur, elle avait déjà ressenti ce trouble, mais il lui semblait qu'il était encore plus fort aujourd'hui, qu'il ne cesserait de gagner en intensité, jusqu'à... Jusqu'à quoi ? Rowan ne parvenait pas à formuler la suite de son raisonnement, de son intuition. Son estomac s'était serré, comme à la perspective d'un drame terrible, d'une menace d'annihilation de son être, de perte de son intégrité. Était-ce cela, la passion ? Éprouvait-elle une sorte d'attachement aussi disproportionné qu'irrationnel pour Jezebel ? Non, c'était ridicule, impossible. Elle n'avait jamais été attirée de sa vie par une autre fille, elle était totalement et irrémédiablement amoureuse de Noé ! Alors d'où lui venait ce désir déroutant ? Comment Jezebel avait-elle réussi à provoquer cela en elle ?

— Tu vois, c'est passé crème !

Tirée de ses réflexions par la voix de Jezebel, Rowan sursauta violemment. Comme à la sortie d'un épisode de somnambulisme, elle s'aperçut qu'elle avait franchi le portail sans même s'en rendre compte. L'espace d'un instant, elle avait été une sorte de zombie téléguidé par une volonté extérieure, celle de Jezebel. Le cœur battant à tout rompre, Rowan acquiesça en silence.

— Tu trembles comme une feuille ! remarqua son amie. Ça va ?

— Ou... oui, je crois. C'est juste que c'est la première fois que je fais ça.

— L'école buissonnière ?

— Oui.

Rowan préférait garder ses véritables craintes pour elle-même. D'ailleurs, ce n'était pas tout à fait faux : elle qui s'était toujours fixé une ligne de conduite dont elle s'efforçait de ne jamais dévier faisait, depuis quelques jours, voler en éclats chacun de ses principes. Pourtant, les garde-fous qu'elle s'imposait étaient là pour une raison, ils étaient les garants de sa sécurité, de celle de ses proches. Qu'adviendrait-il si elle ne parvenait plus à se discipliner ? Si elle cessait d'être cette élève modèle qui faisait la joie de ses mères et fournissait un repère stable à Noé ? Si elle se laissait aller à la colère et la révolte, comme tous ces jeunes qui finissent par se perdre ? La jeune fille savait, pour l'avoir constaté trop souvent, qu'il suffit d'un rien pour qu'une vie bascule. Voulait-elle vraiment bouleverser la sienne ? Une part d'elle avait beau lui souffler qu'elle ferait mieux de retourner à sa routine, de se rendre au cours qu'elle était en train de manquer, le frisson de l'interdit qu'elle bravait et la décharge d'adrénaline qui l'accompagnait la rendirent sourde à la raison.

Elle suivit le groupe dans un café non loin de là – un autre lieu où elle n'avait jamais mis les pieds – et se sentit forte et libre pour la première fois de sa vie. Oui, il y avait cela aussi et c'était tout à fait nouveau, chez elle. Parfaitement excitant. Oh, elle se garderait bien d'évoquer ce sentiment de victoire qui l'étreignait et paraissait lui faire pousser des ailes dans le dos, de peur qu'on se moque d'elle, néanmoins, il lui sembla que quelque chose en elle avait commencé à changer, que la petite geekette mal dans sa peau et prête à s'accuser de tous les maux de la terre pourrait bien céder la place à une autre Rowan, plus assurée, plus audacieuse, plus vivante.

Elle avait rejeté ses épaules en arrière, redressé son buste, son cou. Le devait-elle aussi à la présence de Jezebel ? Comme attirés par un aimant, les deux garçons notèrent inconsciemment le changement dans sa posture, elle avait la taille bien dessinée, la poitrine haut perchée, une nuque gracieuse. Ils se rapprochèrent d'elle.

Instinctivement, Jezebel se sentit menacée. Elle fit voler son pull par-dessus sa chevelure auburn et découvrit un débardeur ample et court, dévoilant un soutien-gorge noir, en dentelle, ainsi qu'un ventre parfaitement musclé. Elle aimait bien la petite Rowan, tant qu'elle n'était que son faire-valoir complexé et asexué...

Les jeunes gens pénétrèrent dans un bar PMU et s'installèrent tout au fond.

— Vas-y, on t'écoute, attaqua Jezebel, impatiente que Noé lui raconte ce qu'il savait de LCF.

Le garçon lança plusieurs coups d'œil suspicieux en direction de la salle. Les murs, peints du même vert et blanc crasseux que ceux du lycée étaient recouverts de publicités pour des jeux de hasard et de miroirs jaunis par le temps. Il flottait dans l'air les effluves indélogeables d'anis et de tabac froid, datant sans doute de l'époque où l'on pouvait encore fumer dans les bars. Une époque qu'aucun d'eux n'avait connue. Les rares clients présents étaient accoudés au zinc, le cul vissé sur des sièges hauts littéralement encastrés dans le lino collant, et bien trop occupés à siroter leur petit jaune ou leur ballon de rouge pour prêter attention aux quatre gamins planqués derrière le baby-foot. Ils avaient choisi ce lieu pour sa clientèle, afin de ne pas risquer de tomber sur des élèves du lycée. Rassuré par la tranquillité de leur repaire, Noé prit une grande inspiration et se lança.

— C'était il y a deux ans, débuta-t-il d'une voix légèrement tremblante. À l'époque, tout ce qui m'intéressait, c'était d'écouter du metal et de jouer à Magic The Gathering.

— Parce que ça a changé ? le taquina Rowan.

Le garçon laissa échapper un petit rire complice et poursuivit son récit.

— J'avais commencé à traîner avec un groupe de militants pour la cause animale, ça me paraissait cohérent, puisque j'ai été élevé par des mères véganes. On refaisait le monde, on était convaincus de pouvoir changer les mentalités, on avait envie d'agir, sans trop savoir quoi faire. Comme tout le monde, j'étais constamment connecté sur les réseaux sociaux et comme je me suis toujours intéressé aux problèmes sanitaires, j'ai fini par tomber sur des vidéos de LCF. Enfin, quand je dis LCF... je devrais plutôt dire Lily Witt, la présidente du groupe.

— Vous buvez quoi ?

Le taulier venait de se camper devant la table et les regardait d'un air peu amène. Tous commandèrent une bière, bien qu'il fût un peu tôt, pour se donner du courage. L'homme haussa un sourcil dubitatif et se lissa la moustache. Il avait l'air peu convaincu de leur majorité, mais il haussa les épaules et alla chercher les demis.

— Lily Witt, reprit Noé, alimentait une chaîne YouTube à destination d'un large public, pour expliquer l'importance des vaccins. Le ton était souvent décalé, parfois hyper sérieux. À d'autres moments elle partageait des coups de gueule lors desquels elle ridiculisait les antivax[1]. Elle avait quelque chose qui me fascinait, comme beaucoup d'ados de mon âge. Elle avait un côté milf[2] super excitant, avec ses tailleurs ajustés, son carré brun impeccable et ses grands yeux bleu marine, je ne parle même pas des escarpins vertigineux sur lesquels elle était juchée. Bref. Tu ajoutes à ça son langage hyper cash et bourré de jurons, sa mâchoire carrée et son assurance, et je peux te dire qu'on est plus d'un à s'être imaginé à sa merci, transformé en objet sexuel parfaitement soumis...

— Ouais ça va, on a compris, le coupa Jarod, paraissant gêné. Pas la peine de rentrer dans les détails.

— Il a raison, dit Rowan. Viens-en au fait, parce que moi je la connais ton histoire, et je ne vois toujours pas le rapport avec Jezebel.

— Ça a pourtant son importance. Parce que si tu ne t'intéresses pas à la personnalité de Lily Witt, tu ne peux pas saisir la dangerosité de son laboratoire. Cette femme est une véritable surdouée.

1. Surnom donné aux personnes anti-vaccins.

2. Catégorisation utilisée dans la pornographie : *Mother I'd like to fuck.*

Docteur en virologie et en génie génétique, elle a monté son propre laboratoire à l'âge de vingt-sept ans.

— Pourquoi les vaccins ? demanda Jezebel. Il n'y a pas de rapport avec sa formation initiale.

— C'est une excellente question, que trop peu de gens se posent. Non seulement c'est une tronche, mais comme elle est très belle et excellente communicante, elle parvient à endormir les soupçons de tout le monde. Elle est dans les bonnes grâces de tous les influenceurs du moment, elle tourne des spots de pub géniaux, et on chuchote même qu'elle a été la maîtresse de Jared Leto, Katy Perry, Ryan Gosling... C'est la rockstar des scientifiques, son aura s'étend bien au-delà de sa communauté et c'est ce qu'elle cherche : attirer les jeunes, les internautes, les convaincre du bien-fondé de ses actions sans passer par les médias traditionnels pour éviter de se faire dézinguer par ceux qui auraient des arguments solides. Les rares qui se sont risqués à pointer sa personnalité trouble ou à la prendre à partie frontalement ont mystérieusement disparu de la circulation.

— J'avais oublié que t'étais un complotiste ! soupira Jarod.

— Je ne suis pas un complotiste, mais je ne suis pas un mouton non plus. C'est Imré, un pote militant, qui m'a fait réaliser que mes actes étaient en parfaite contradiction avec mes idéaux. J'étais attiré par une femme à l'éthique plus que discutable, qui a bâti sa fortune sur la peur et la souffrance.

— Comment ça ? interrogea Jezebel.

— Elle est à l'origine d'une fausse campagne antivax, que tu as certainement vue. Ça commence par des scènes idylliques où des parents un peu bobos expliquent pourquoi ils ont choisi de ne pas faire vacciner leur enfant en exposant les risques – minimes – qu'il supporte mal la dose infime d'aluminium qui accompagne le produit, la musique est douce, les enfants gambadent dans l'herbe et ont l'air en parfaite santé... et ça se termine par des scènes gore, dignes d'un film d'horreur, où on voit les gamins mourir de la variole ou estropiés à vie à cause de la polio.

— Ah oui ! C'était dégueu, je m'en souviens !

— Suite à la diffusion des spots, LCF a augmenté son chiffre d'affaires de trente pour cent.

— Et alors ? opposa Jarod. Elle a raison sur le fond. Les antivax sont complètement inconscients.

— Peut-être, mais jouer avec la peur des gens pour vendre sa came est plus que discutable. Vendre sa came et se procurer du matériel humain, d'ailleurs.

— Comment ça ? demanda Jezebel.

— Une rumeur a circulé suite à une grande vague de vaccination qu'elle a organisée dans une vingtaine de pays. On chuchotait qu'en réalité, elle prélevait de l'ADN à ses patients, sans leur accord.

— Dans quel but ?

— On ne sait pas. Peut-être pour faire des expériences. Suite à cela, elle a ouvert une annexe dédiée à la génétique, LCF23, et a fait taire les rumeurs.

— Tu parlais de souffrance, aussi...

— Oui. Il existe une autre facette de LCF. La découvrir m'a conduit en enfer. Normal, articula-t-il d'un air particulièrement grave, quand on sait que LCF, c'est pour Lucifer.

10.

Lucifer ? Rowan émit un petit hoquet à l'écoute des propos de Noé, comme si elle les découvrait. Il lui avait pourtant déjà parlé de la signification qu'il donnait au mystérieux acronyme LCF, mais elle l'avait complètement occultée. Peut-être parce qu'elle avait jugé l'explication fantasque, peut-être parce qu'elle était trop en colère contre lui, à l'époque, pour accorder la moindre importance à ce qu'il racontait. Cependant, à l'évocation de ce triste épisode de leur vie, la jeune fille se mit à trembler. C'est à cause de ce laboratoire qu'elle avait failli le perdre pour toujours, lui, son ami, son âme sœur, le garçon qu'elle aimait depuis l'instant où elle avait croisé son regard. À l'époque, elle s'en était terriblement voulu de ne pas avoir remarqué les signes avant-coureurs, le moindre indice qui aurait pu l'empêcher de commettre la pire erreur de sa vie. Mais elle n'avait rien vu. Elle avait failli au serment qu'elle lui avait fait de toujours veiller sur lui et le protéger, comme il le faisait avec elle. Rowan se rapprocha de Noé et posa une main sur les siennes, comme pour lui demander pardon pour la millième fois. Le garçon lui sourit en retour et déposa un baiser léger sur sa joue, ce qui la fit rougir jusqu'aux oreilles.

— Mes amis et moi, reprit-il, savions que LCF avait une succursale à Saint-Denis, dans un hangar aménagé loin des regards pour se livrer aux pires actes de torture qui soient, sur des animaux hurlant de terreur et de douleur. La vivisection est une des choses les plus monstrueuses qu'il m'ait été donné de voir, que ce soit sur Internet ou en vrai. Il se trouve que j'ai toujours eu une admiration sans borne pour l'ALF.

— L'ALF ? demanda Jezebel.

— L'Animal Liberation Front. Des activistes de la cause animale qui organisent des sauvetages sauvages dans les laboratoires.

— Ce sont des terroristes ! s'écria Jarod.

— Des éco-terroristes, si tu veux...

— Pas si je veux, des terroristes selon le département de Sécurité intérieure des États-Unis.

— T'es vachement bien renseigné, toi ! Ils s'en prennent juste aux juteux lobbies pharmaceutiques, c'est pour ça qu'il sont fichés. Ils ne s'attaquent pas aux gens, ils sauvent des animaux, c'est différent.

— Sauf quand ça dérape...

— Et alors ? Ça peut arriver, en effet, mais ce n'est pas l'objectif. En revanche, ce que font ces pseudo-scientifiques à ces malheureuses créatures est bel et bien intentionnel. Ils les brûlent à l'acide, les noient, les frappent contre les murs, leur provoquent des tumeurs cancéreuses à hurler de douleur, leur ouvrent le crâne pour y enfoncer des électrodes et les laissent le cerveau à l'air, les ouvrent sans anesthésie et s'amusent de leurs pleurs et de leur agonie ! Et il faudrait avoir pitié d'eux ? Laisse-moi rigoler. Ces gens-là sont des sadiques, la honte de l'humanité !

— Arrête, lui intima doucement Rowan. Ne t'emballe pas comme ça.

La jeune fille exerça une pression ferme sur la main de son ami et plongea ses yeux dans les siens. Il stoppa net et prit une grande inspiration pour recouvrer son calme. Rowan avait le don de l'apaiser, quel que soit son état de nervosité. En effet, il s'était encore emporté. Mais la cruauté et l'injustice de ces tortures sur des êtres innocents, incapables de se défendre le mettaient hors de lui. Il rêvait d'une humanité dépouillée de ses pulsions sadiques, enrichie de compassion, et si pour l'obtenir il devait devenir hors la loi, il n'hésiterait pas plus aujourd'hui qu'il ne l'avait fait deux ans auparavant. À quelques détails près...

— Désolé, reprit-il. Peut se revendiquer ALF quiconque agit pour libérer des animaux et c'est précisément ce que nous avons décidé de faire.

Noé marqua une courte pause. Aujourd'hui encore il avait du mal à évoquer les événements sans que les larmes lui montent aux yeux.

— Nous étions cinq. Trois garçons : Imré, mon meilleur pote, Enzo, un militant rencontré sur le Net et moi. Deux filles : Marianne, étudiante en lettres de vingt-deux ans et Anaïs, fille à papa en recherche de frisson. On était tous très différents mais animés par les mêmes idéaux, et le plan était simple : Marianne conduirait le van qu'on avait emprunté à un ami d'Enzo, Anaïs ferait le guet, Imré forcerait les serrures, et on irait chercher les animaux, tous les trois, pour les mettre dans le véhicule. De là, on les conduirait jusqu'à une association, en pleine campagne, où ils seraient soignés et choyés, parfois proposés à l'adoption.

— Tu parles, ils s'en procurent comme ils veulent, des cobayes, railla Jarod. Ils ont des élevages entiers juste pour ça. Vous n'avez rien changé du tout...

Touchée par les paroles de Noé, Jezebel se remémora une petite histoire qu'elle affectionnait particulièrement. Elle avala quelques gorgées de bière et prit la parole.

— Il était une fois, un vieux monsieur qui marchait seul, sur une plage quasiment déserte. C'était marée basse et, sur le sable, gisaient des centaines d'étoiles de mer, peut-être des milliers. Incapables de rejoindre l'eau à temps, elles étaient condamnées à se dessécher et mourir au terme d'une lente agonie. Le vieux marchait, tâchant d'éviter d'écraser une de ces malheureuses créatures. Quand quelque chose retint soudain son attention : un petit garçon, qui ne devait pas avoir plus de huit ans, avait roulé son jean au-dessus de ses genoux et s'appliquait à ramasser les étoiles de mer pour les rejeter au large. Amusé, l'homme s'approcha de lui. Le gamin était essoufflé, ses joues rougies par l'effort, pourtant son rythme ne faiblissait pas. « Que fais-tu donc ? l'interpella le vieux. — Ben, je sauve les étoiles de mer, m'sieur ! » L'homme embrassa la plage du regard et fit un large mouvement de bras. « Tu en rejetteras une cinquantaine, peut-être même cent. Mais les autres mourront, ça ne changera pas grand-chose. — Je sais, répondit l'enfant en attrapant une nouvelle étoile de mer avant de la remettre à l'eau, mais pour elle, je change tout. »

— C'est exactement ça, approuva Noé. Pour eux, ça devait tout changer. On avait terminé de charger, tout roulait parfaitement, poursuivit-il. Il était six heures et quart du matin et on était prêts à partir quand on a vu arriver la femme de ménage.

— Et alors ? demanda Jezebel.

— Alors, pour s'assurer qu'ils ne tortureraient pas d'animaux de sitôt, on avait décidé de tout faire sauter. C'était l'idée d'Imré, et c'est moi qui avais fabriqué la bombe.

— Tu sais faire ça ?

— On apprend ce qu'on veut en cherchant correctement sur Internet. La bombe devait sauter à six heures trente, soit bien avant que les employés n'arrivent, mais, bien sûr, on n'avait pas pensé à la femme de ménage. Il était hors de question de la laisser entrer là-dedans, j'ai voulu m'élancer vers elle pour la retenir, lorsque Imré m'a saisi par la manche. Il m'a dit qu'on n'avait pas le temps d'y retourner, qu'elle était complice à sa façon en acceptant leur argent, que c'était tant pis pour elle. Moi, je ne pouvais pas accepter ça. On a commencé à se disputer, il m'a mis le premier coup, un direct dans l'estomac et a crié aux autres de partir avec les animaux, qu'ils étaient la priorité et qu'on se débrouillerait. On s'est donc retrouvés tous les deux. Imré qui m'agrippait, moi qui cherchais à lui faire entendre raison. Or il était dans un état second, il y avait cette lueur, dans ses yeux, qui disait que voir mourir cette femme l'excitait.

— Comment est-ce possible ? Je croyais qu'il avait de la compassion...

— On rencontre parfois cela, dans la protection animale, coupa Rowan. Tu sais, ceux qui partagent le plus de vidéos atroces d'animaux torturés sont ceux qui se battent contre ça. Pour certains d'entre eux, on peut se demander si ce n'est pas une façon de sublimer leur propre sadisme, si au fond, ça ne vient pas satisfaire quelque chose, chez eux, qu'ils ne s'avouent pas...

— Et là je me suis pris un crochet en pleine tempe, expliqua Noé. J'ai été sonné. Je me souviens de mes oreilles qui se sont mises à bourdonner, de cette impression que le sol se dérobait sous mes pieds, que l'horizon basculait... Et puis plus rien. Le black-out absolu. Quand je me suis réveillé, j'étais sur une civière, il y avait des bruits de sirènes qui me parvenaient, comme étouffés, je pouvais à peine bouger, j'avais une migraine épouvantable et la nausée... ainsi qu'un immense bandage sur le visage.

Noé se palpa machinalement la joue, à la recherche de sa cicatrice. Rowan et Jarod détournèrent pudiquement le regard. Seule Jezebel scruta la balafre encore boursouflée.

— Je suis tombé sur un morceau de tôle qui se trouvait là. Ça m'a tranché net, en profondeur.

— Il aurait pu perdre un œil, ajouta Rowan d'une voix blanche.

— Mais la femme de ménage a perdu la vie, compléta-t-il. Je n'ai rien pu faire pour la sauver... elle est morte à cause de moi.

— Non ! s'écria Rowan. À cause d'Imré ! C'est lui qui t'a empêché de la prévenir.

— Mais c'est moi qui ai fabriqué la bombe.

— C'est pour ça, le TIG ? comprit Jezebel.

— Oui. Imré a été arrêté à trente kilomètres de là. Il a tout avoué et a revendiqué la mort de cette femme, il a dit que j'avais cherché à la sauver. Je dois tout de même payer pour ce que j'ai fait.

— Et les animaux ? risqua Jezebel.

— En sécurité. On n'a pas fait tout ça pour rien, c'est une consolation.

— Je ne vois toujours pas le rapport entre LCF et Lucifer, railla Jarod.

— Le rapport, c'est que leur logo reprend point par point le symbole de Lucifer.

— Lucifer est le porteur de lumière, d'un point de vue étymologique, répondit Rowan. C'est un peu comme Prométhée qui veut donner le feu aux hommes. Je pense que Lily Witt a choisi ce logo pour cela.

— Je pense surtout qu'elle annonce la couleur, dit Noé, que c'est une façon de mettre en garde quiconque s'attaquerait à elle : on ne sort jamais gagnant d'un combat contre le diable.

— À moins d'être Dieu, objecta Rowan.

— Nous ne sommes que des hommes.

— Tu exagères ! s'exclama Jarod. C'est toi qui t'es comporté tel un démon en posant cette bombe qui a tué une personne !

— Ne parle pas de ce que tu ne connais pas. Les démons n'ont pas de remords, et il ne se passe pas un jour sans que je pense à cette femme. Je suis convaincu que LCF a des activités bien plus sulfureuses que sa dirigeante ne le prétend.

— En tout cas, répondit Jarod, moi, je vois dans ce labo la solution aux problèmes de Jezebel. Je connais la filiale spécialisée en génie génétique dont tu parles. Ils proposent aux gens d'analyser leur ADN afin de déterminer quelles sont leurs origines ethniques et aussi pour réunir des cousins éloignés. Jezebel devrait tenter sa chance.

— Pour filer son ADN à ces gens-là ? Tu ne comprends pas que c'est un moyen de se procurer davantage de patrimoines génétiques ?

— Je crois surtout que la couleur de ses yeux est assez rare pour constituer une particularité génétique remarquable, intervint Rowan, Jarod a raison. Qu'est-ce que t'en penses, Jez ? Ça pourrait être un moyen de retrouver ta famille biologique.

— Je... Oui, pourquoi pas. Enfin je ne sais pas, tout ça va tellement vite, c'est flippant. Tu as déjà songé à le faire, toi ?

— Oui, répondit la jeune fille, le nom et les coordonnées de ma mère figuraient dans mon dossier, mais je n'ai jamais souhaité la rencontrer. Elle a fait le choix de me confier à d'autres et j'ai décidé de respecter sa décision. Et puis... je suis tombée sur une famille adoptive tellement formidable que rencontrer ma vraie mère risquerait d'être plus décevant qu'autre chose...

— Tu t'es bien déniché un frère décevant, ironisa Jarod.

— Oh ça va avec tes remarques, toi ! répondit-elle, excédée. Va te perdre ! Bon, Jez, ça se tente, non ?

Jezebel réfléchit un instant, les yeux dans le vague. En effet, que craignait-elle à présent que ses parents – ses soi-disant parents – étaient décédés ? Bien sûr, elle courait, elle aussi, le risque d'être déçue en découvrant l'identité de ses géniteurs, mais elle n'aurait qu'à leur tourner le dos et à les oublier, le cas échéant. Et puis il fallait qu'elle comprenne la signification de ce tatouage, car même s'il n'avait rien à voir avec LCF, il était bel et bien le symbole de Lucifer. Quel genre d'enfant marquait-on d'un tel signe, et pourquoi ? Y avait-il un lien avec son don ? Et pourquoi se posait-elle des questions dont elle devinait pourtant déjà la réponse ? Jezebel secoua la tête pour chasser les pensées confuses qui s'agitaient au risque de la rendre chèvre et plongea ses yeux étranges dans ceux, limpides, de sa seule alliée.

— Ça se tente.

11.

Les deux jeunes filles se regardaient sans parvenir à briser le silence. Toutes deux assises en tailleur sur le lit de Rowan, elles se sourirent. L'une pour soutenir son amie, l'autre pour feindre le courage. Néanmoins, Jezebel n'en menait pas large. Elle avait reçu son kit LCF23 le jour même et s'était précipitée chez Rowan pour être sûre de prélever l'échantillon sans le souiller. Le paquet qu'elle avait reçu contenait un long tube qu'elle devrait remplir de salive, un bouchon contenant un produit qui stabiliserait son ADN durant le transport, un sac en plastique pour envelopper le tout avant de refermer la boîte affranchie. Ce fut Rowan qui parla la première.

— Vas-y, enregistre-toi sur le site de LCF23, dit-elle en lui tendant son ordinateur portable.

— Tu ne veux pas le faire, toi ? répondit Jezebel d'une voix tremblante. J'ai peur de me tromper ou d'oublier mon mot de passe.

— Disons que c'est personnel... logiquement tu es la seule qui doit y avoir accès.

— J'ai confiance en toi. Fais-le, s'il te plaît.

— OK. Je mets quel e-mail ?

— asdepique@jez.com.

Rowan lui lança un regard interloqué, à la recherche d'une esquisse de sourire prouvant que son amie la taquinait.

— T'es sérieuse, là ?

— Je trouve que ça me va bien finalement.

— Comme tu voudras, mais j'espère que tu n'accordes aucun crédit aux propos de cette vieille folle... Ton mot de passe ?

— Lucifer.

Rowan soupira d'un air excédé, mais tapa docilement les sept lettres.

— C'est bon, t'es enregistrée. Tu n'as plus qu'à faire ton petit cadeau, dit-elle en lui tendant l'éprouvette.

Jezebel grimaça légèrement et saisit le tube, puis elle le porta à sa bouche et laissa couler sa salive jusqu'au trait indiquant la quantité à fournir, le reboucha avec la capsule fournie, secoua doucement l'objet et le tendit à Rowan qui le glissa dans le petit sac en plastique destiné à cet effet.

— Je le posterai en allant à la fête, répondit Jezebel. T'es sûre que tu ne veux pas venir ?

— Je n'aime pas ce genre de soirées, c'est trop bruyant à mon goût et je ne sais pas quoi dire aux gens. Je finis toujours dans un coin avec une migraine épouvantable.

— Pourtant, ça te ferait du bien, ça te ressourcerait ! Et puis il y aura Noé !

— Noé, je le vois tous les jours et dans de bien meilleures conditions, répondit Rowan. Et puis tu sais, moi, ce genre d'ambiance, ça ne me ressource pas, ça m'épuise.

C'était son sort d'introvertie. Quand le commun des mortels normalement extravertis prenait plaisir à se mélanger à ses contemporains, à rire, parler de choses futiles, danser, boire, écouter de la musique forte... Rowan, elle, y rencontrait sa kryptonite. Elle se sentait à côté de la plaque, ne trouvait jamais rien d'intéressant à dire – ou du moins qui le soit pour les gens présents – et se sentait encore plus anormale que le reste du temps. Au mieux, elle s'ennuyait à mourir et finissait par battre en retraite rapidement, au pire, elle s'oubliait dans des cocktails trop sucrés et rentrait ivre morte. Dans les deux cas, les jours qui suivaient, elle se traînait, épuisée, incapable d'avoir des interactions avec qui que ce soit.

— Ça me dépasse, dit Jezebel en haussant les épaules. Comment pouvons-nous être amies en étant aussi différentes ?

— On se complète, j'imagine...

— Non, ça ne peut pas être juste ça. Pourquoi tu m'aides ainsi, Rowan ?

— Parce que je t'aime bien.

— Tu m'aimes bien...

— Quoi ? Tu imagines que j'ai des vues sur toi ? plaisanta la jeune fille. Tu n'es pas vraiment mon genre, tu sais. Je préfère les grands roux, je pensais que c'était évident.

— Non, ce n'est pas ce que je veux dire, mais parfois je me demande si je ne t'ai pas forcé la main.

— Je suis une grande fille, protesta Rowan. Si je t'aide, c'est parce que je te sens perdue et que j'ai le sentiment de pouvoir te guider.

— Si tu me connaissais vraiment, si tu voyais à quel point je suis perdue justement, tu aurais peur, Rowan. Tu fuirais. Et puis, on ne sait pas où cette analyse d'ADN nous conduira. J'ai pas envie de t'embarquer dans un truc glauque.

Depuis que Noé avait révélé que son tatouage représentait le symbole de Lucifer, Jezebel avait la conviction que les révélations qui s'ensuivraient seraient terribles et auraient un impact irrémédiable sur sa vie. Trop d'éléments concordaient à conforter son mauvais pressentiment pour qu'il ne se concrétise pas : les effets presque magiques de sa voix sur son entourage, ses cauchemars, de plus en plus fréquents, où on la brûlait comme sorcière, cette relation d'interdépendance avec Rowan...

— Ne crois pas que je ne me pose pas de questions sur toi, sur ce qui est arrivé depuis que tu as débarqué dans nos vies, ou sur notre relation, répondit la jeune fille. J'ai cette impression étrange que tu es potentiellement dangereuse. Alors oui, j'ai peur de toi, autant que de moi quand je suis en ta présence, mais...

La sonnerie du portable de Jezebel vint interrompre leur conversation, ce qu'elles accueillirent toutes deux avec une forme de soulagement. Cette discussion était bien trop pesante et chargée de sous-entendus pour être sereine. Rowan profita que son amie s'éclipse dans le couloir pour ranger le sachet dans la boîte destinée à être expédiée à LCF23. Elle ôta la bande de papier recouvrant l'autocollant où elle rabattrait le couvercle pour sceller le paquet, manqua s'arracher une mèche venue se plaquer sur la surface adhésive, la retira d'un coup sec pour se dégager, poussa un petit cri quand elle y laissa tout de même un cheveu et referma le tout. Jezebel apparut dans l'encadrement de la porte.

— Ça va ? Je t'ai entendue crier.

— Ouais, ouais. C'était qui ?

— Jarod.

— Vous allez à la soirée ensemble ?

— C'est ce que je pensais, mais manifestement il arrivera plus tard.

— Ah bon ? Pourquoi ?

— Il prétend qu'il s'est paumé en prenant le RER, tout à l'heure. Il est à Orly.

— Qu'est-ce qu'il est allé faire là-bas ?

— Il dit qu'il n'en sait rien, qu'il a cru prendre le RER pour venir ici et qu'il s'est planté.

— Ça lui arrive souvent ?

— Depuis quelques jours, il me fait régulièrement le coup. Je crois qu'il veut mettre un peu de distance entre nous. Il pourrait quand même s'y prendre autrement et me le dire en face, non ?

— Je suppose...

Vingt-trois heures. Rowan regarda l'heure et soupira. Elle se maudissait pour ce qu'elle était en train de faire, mais c'était plus fort qu'elle, elle préférait s'infliger une immersion dans le monde de la nuit, plutôt que rester en proie à ses doutes. Elle était toujours la première à conseiller aux autres d'être acteurs de leur vie, de ne pas laisser des événements fâcheux se produire quand ils pouvaient les contrôler. Alors il était plus que temps qu'elle applique ses bonnes idées à elle-même. Elle avait pourtant prévu de regarder la nouvelle saison de *Game of Thrones* en s'empiffrant de sucreries, confortablement vêtue de son pyjama licorne... la soirée idéale de son point de vue, mais elle n'avait pas réussi à rentrer dans l'histoire : un mauvais pressentiment lui avait gâché sa soirée. Même ses petits gâteaux préférés lui avaient paru insipides. Trop de questions insoutenables trottaient dans sa tête : l'alcool et l'ambiance festive aidant, Noé et Jezebel ne risquaient-ils pas de se rapprocher ? La jeune fille avait bien tenté de se raisonner, en se remémorant les promesses de Jezebel. Son amie s'était engagée à ne pas approcher le garçon... Cependant Noé n'était pas indifférent à son charme et elle avait bien senti, lorsqu'ils étaient tous dans ce bar, l'autre fois, que Jezebel aimait qu'on la désire. Rowan lança un dernier coup d'œil à son reflet : elle n'avait rien changé à son look habituel à l'exception d'une légère touche de maquillage : du mascara, un peu de gloss et de blush. Elle ne voulait pas paraître trop fade à côté des autres filles. À côté de Jezebel. La jeune fille s'élança dans les escaliers et salua ses mères, toutes deux affairées sur leur ordinateur.

— Tu t'en vas ? s'étonna Esther.

— Oui, j'ai décidé d'aller à cette soirée, finalement !

— On dirait que notre petite sauvageonne sort doucement de sa tanière...

— Et de sa chrysalide ! enchérit Marieke. Tu t'es maquillée ?

— Oui... un peu.

— Ça te va bien.

— Tu ne rentres pas trop tard, OK ?

— Je rentrerai avec Noé, ne vous inquiétez pas.

En réalité, c'était elle, qui était anxieuse.

Rowan fut rassurée dès qu'elle eut mis un pied dans la maison où se déroulait la fête. Noé et Jezebel étaient bel et bien ensemble, mais ils discutaient en respectant une distance plus que raisonnable, sur le canapé. Elle les observa un temps, à la recherche d'un indice pouvant confirmer sa paranoïa, or rien ne trahissait un quelconque rapprochement.

— Rowan ! Toi ici ?

Amaury Sentou se précipita vers elle, et lui tendit un verre de punch. La jeune fille le renifla prudemment avant d'y tremper ses lèvres.

— Comme tu vois, répondit-elle.

Amaury était parfaitement positionné, pile dans l'axe du canapé. Discuter avec lui permettrait à Rowan d'espionner ses deux amis sans en avoir l'air.

— C'est rare de te voir à une fête.

— Les gens changent...

— Ah oui ? Et toi, tu changes de quelle façon ?

— Je crois que j'apprends à m'ouvrir un peu aux autres.

— Ça tombe bien, j'adore les filles ouvertes ! plaisanta-t-il.

La jeune fille lui frappa l'épaule en rougissant.

— Tu n'es qu'un gros dégueulasse !

Loin d'imaginer qu'ils étaient surveillés, Noé et Jezebel poursuivaient leur conversation. L'alcool aidant, Jezebel se sentait plus encline à se confier au jeune homme qu'à son habitude. Elle lui raconta ses tensions avec sa mère, ses désirs de gloire, sa peur de l'avenir.

— Et tu ne te rappelles vraiment rien qui pourrait nous aider dans nos recherches ? insista-t-il.

— Non, je te l'ai dit : je n'ai que très peu de souvenirs d'enfance, et jamais avec quelqu'un d'autre que mes parents. On vivait en circuit fermé.

— C'est louche, ça. Même pas un voisin, un concierge, un médecin ?

— Non.

— Tu allais à l'école, tu ne te rappelles aucun parent d'élève, aucun enseignant ?

— Si, bien sûr... je me souviens de mes institutrices, même si je ne sais plus leur nom, et puis j'étais une élève sans histoire, le genre petite fille modèle. Alors je ne crois pas que ce soit d'une grande aide.

— Tout le monde t'appréciait ?

— Ben évidemment, quelle quest...

Jezebel s'interrompit subitement. Il y avait bien, enfoui au plus profond de ses souvenirs, l'épisode d'une altercation, mais c'était plus une impression fugace qu'un véritable souvenir. Elle voyait des bribes d'images au loin, cependant elle avait beau essayer de les ramener à elle, comme on tire sur un morceau de laine dans l'espoir d'attraper la pelote, elles n'affleuraient pas à la surface de son esprit.

— Tu t'es souvenue de quelque chose ? demanda le garçon, surexcité.

— Oui, je crois... mais c'est flou...

— Ça se passait où ?

— À l'école je crois... Je suis dans la cour de

récréation et j'attends ma mère... tous les autres enfants sont partis... J'ai mal à l'oreille.

Joignant le geste à la parole, la jeune fille se frotta le lobe gauche.

— Il y a un adulte avec toi ?

— Oui... un homme, je crois. M. Pierre !

— M. Pierre ?

— Oui ! L'homme de ménage de la maternelle ! Je m'en souviens ! Les enfants l'aimaient bien, il nous donnait des bonbons...

— Et qu'est-ce qui s'est passé ?

— Quand ma mère est arrivée, il a crié très fort et m'a tiré l'oreille. Je pleurais, maman aussi. Je ne me souviens pas de ce qu'il disait, je crois qu'il accusait ma mère de quelque chose...

— Elle était où, cette école ?

— En maternelle, j'étais en Bourgogne, dans une petite ville qui s'appelle Montbard.

— Ça vaudrait le coup de contacter l'école pour savoir si ce M. Pierre existe toujours, non ?

— Oh oui ! Carrément ! J'avais complètement oublié cette histoire ! D'ailleurs je ne sais pas s'il y a une histoire, mais juste le fait de me souvenir de quelque chose, de quelqu'un d'autre que mes parents... tu ne peux pas imaginer comme je suis contente !

La jeune fille vida son gobelet d'un trait et sauta dans les bras de Noé. Le garçon l'accueillit de bonne grâce et éclata de rire avec elle, la serra contre lui pour la féliciter. Jezebel ne s'arrêta pas là. Elle plongea son regard étrange dans celui, subjugué, du garçon, pressa ses lèvres contre les siennes et ferma les paupières, le laissant incapable de réagir autrement qu'en lui rendant son baiser.

L'étreinte dura quelques secondes avant que l'image de Rowan vienne s'incruster derrière les paupières de Noé et qu'il repousse Jezebel, aussi honteux que s'il avait trompé son amie. Que lui arrivait-il ? Il n'avait jamais eu ce genre de pensées pour Rowan, elle était comme sa sœur. Pourtant, ces dernières semaines, elle paraissait avoir changé, être devenue plus féminine, plus sûre d'elle. Il avait commencé à la percevoir différemment et avait tenté de l'éviter au maximum, honteux de réagir ainsi. Bien qu'elle lui ait fait comprendre à plusieurs reprises qu'il ne la laissait pas indifférente. Mieux : qu'elle était amoureuse de lui. Et lui, que ressentait-il ? Du désir, peut-être... Mais y avait-il autre chose ?

Il rouvrit les yeux, à la recherche d'une réponse, et songea au rire de Rowan, à leurs moments de complicité, à sa frimousse charmante...

Et la réponse lui apparut.

Je... l'aime ?

En même temps que Rowan.

Rowan à quelques mètres de là.

Rowan les yeux rivés sur lui.

Rowan en larmes.

12.

Seul le bruit du pain qu'on tartine de confiture et que l'on croque trahissait la présence des jeunes Le Guen dans la cuisine. En ce samedi matin, tous deux demeuraient muets comme des carpes et évitaient soigneusement de croiser leurs regards. Esther et Marieke Le Guen avaient beau tenter de détendre l'atmosphère, il n'y avait pas grand-chose à tirer de ces deux-là lorsqu'ils se mettaient dans de tels états. Ils ne se faisaient pas la tête à proprement parler, non. Ils étaient seulement dans l'incapacité de communiquer. L'une parce qu'elle était profondément blessée. L'autre parce qu'il avait terriblement honte. Cela faisait une semaine que cette ambiance glaciale régnait dans la maison, Noé et Rowan ne s'étaient jamais boudés aussi longtemps. Les deux femmes espéraient que cela soit un mal pour un bien, et qu'ils finissent par se dévoiler leurs sentiments réciproques – elles n'en avaient jamais douté – ou bien qu'ils décident de rester amis.

— Vous faites quoi, ce week-end ? risqua Esther.

— ...

— Rowan ?

— Je vais regarder des séries.

— Tout le week-end ? Il fait beau, ma puce, tu devrais peut-être sortir un peu, pour t'aérer...

Pour unique réponse, Rowan haussa les épaules. Noé fixa obstinément son bol de chocolat, espérant sans doute esquiver la question. Mais il n'y couperait pas.

— Et toi, Noé ?

— Je fais un aller-retour en Bourgogne, dans la journée.

— En Bourgogne ? s'exclama Marieke. Qu'est-ce que tu vas faire là-bas ?

— J'aide une amie dans des recherches... généalogiques, bredouilla-t-il en rougissant.

Rowan reposa son bol si fort sur la table qu'elle manqua le fracasser. Sans un regard pour Noé elle se leva, mit sa vaisselle dans l'évier et quitta la pièce, la mine renfrognée. Des larmes montèrent aux yeux du garçon.

— L'amie en question, c'est Jezebel ? demanda Esther.

— Oui, répondit-il, piteux.

— Tu sors avec elle ?

— Non, c'était une connerie...

— Alors tu pourrais peut-être rester ici, plutôt, non ?

— Non, je ne peux pas. Jezebel n'a personne pour l'accompagner, elle a besoin d'aide.

— Mais tu comprends que Rowan soit dévastée, n'est-ce pas ? Tu sais ce qu'elle ressent pour toi ?

Oui, il le savait. Noé se sentait terriblement mal à l'idée de lui avoir fait du mal et ne put que hocher la tête, avant de s'enfuir de la cuisine à son tour. Les deux épouses soupirèrent. Marieke posa sa main sur celle d'Esther.

— Petits enfants, petits soucis...

— Grands enfants, grands soucis, compléta sa compagne.

Rowan avait tout juste cinq ans lorsqu'elles l'avaient officiellement adoptée, du moins, quand Esther était devenue la mère adoptive officielle de la fillette. Les choses étaient plus compliquées, pour les couples homosexuels, à l'époque. Depuis que le mariage pour tous était apparu, les deux femmes avaient pu se marier et prétendre aux mêmes droits parentaux qu'un couple hétéro. Du coup, lorsqu'une femme *officiellement* célibataire souhaitait adopter, ses « choix » étaient limités. Certains pays refusent obstinément de confier leurs orphelins à des personnes non mariées ou de la communauté LGBT, et la France a tendance à leur confier plus facilement les cas difficiles. Rowan en était un. C'était une gamine timide et étrange. Entre sa précocité intellectuelle et son aspect physique, elle intimidait les couples qui venaient la voir.

— Vous allez voir, c'est une petite fille exceptionnelle, ne laissez pas votre première impression prendre le dessus, les avait mises en garde la directrice de l'établissement.

— Mais elle est en bonne santé ? s'était inquiétée Marieke.

— Excellente. À part son petit *problème,* elle se porte comme un charme !

Son « petit problème ». Les deux femmes avaient été prévenues : la gamine souffrait probablement d'une maladie orpheline qui n'avait d'autre conséquence qu'une absence totale de pigmentation de son système pileux. Rien de grave en somme, tout juste un élément perturbant. La directrice avait conduit les deux femmes à la petite fille. C'était une petite poupette potelée dont les bouclettes blanches tombaient en cascade sur ses épaules. Ses sourcils étaient si clairs et si fins qu'elle en paraissait dénuée et donnaient un air étrange à son regard bleu glacier. Elle serrait une poupée contre sa poitrine tout en tenant la main d'un gamin maigrichon à la chevelure flamboyante.

— *Noé tu veux bien venir t'amuser avec moi ?* avait demandé la directrice au petit garçon. *Rowan a de la visite.*

Les deux enfants s'étaient fixés sans dire un mot, mais on pouvait lire dans leurs yeux l'angoisse d'être séparés. Le garçon avait fait une bise sur la joue de la petite et suivi docilement la directrice.

— Bonjour Rowan, elle est jolie ta poupée, dis donc ! Comment s'appelle-t-elle ?

— C'est Barbie scientifique, avait-elle répondu d'une petite voix charmante.

— Oh ! Elle doit être drôlement intelligente alors ! Qu'est-ce qu'elle sait faire ?

— Elle sait compter jusqu'à l'infini, elle a la connaissance absolue de tout et elle peut faire des transplantations d'organes !

Les deux femmes avaient échangé un regard interloqué : comment une gamine de cinq ans pouvait-elle maîtriser ce vocabulaire ?

— Plus tard, quand je serai grande, je saurai faire tout ça, moi aussi.

— Ah bon ? Pourquoi tu veux savoir faire des greffes ?

— Pour sauver Noé. Je lui ai promis que je le sauverais.

La directrice avait confié l'enfant à une assistante maternelle et s'était rapprochée du petit groupe. Elle avait expliqué en quelques mots que le garçon souffrait d'une grave insuffisance rénale et aurait bientôt besoin d'une greffe.

— Ces deux-là sont inséparables..., avait-elle précisé. Ils sont arrivés le même jour et ne se sont jamais quittés. Ils sont comme frères et sœurs. On aurait aimé qu'ils soient adoptés ensemble, mais un enfant malade et une autre aux cheveux blancs, avait-elle chuchoté... c'est mission impossible.

— C'est pas vrai ! s'était écriée la gamine.

La petite n'avait rien perdu de ses paroles, tout son petit corps était tendu dans une colère d'enfant, de celles qui les habitent tout entiers et les font trembler et devenir écarlates. La directrice, gênée, s'était raclé la gorge.

— Allons, Rowan. Ne fais pas croire à ces dames que tu es une petite fille colérique. Toi et moi on sait que c'est faux.... Tu as compris pourquoi Esther et Marieke sont venues te voir ?

— Parce qu'elles veulent m'adopter, avait répondu la fillette, les larmes aux yeux.

— Et ça ne te rend pas heureuse ? Tu m'as pourtant dit que tu aimerais bien avoir une maman, non ? Tu vas en avoir deux !

La petite était restée un instant bouche bée et avait scruté les deux femmes, à l'affût du moindre doute dans leur regard. Elles n'étaient pas les premières à venir la voir pour l'adopter, mais, jusqu'à présent, toutes les mamans étaient reparties sans elle. Marieke et Esther avaient eu l'impression d'être totalement mises à nu, mais elles n'avaient opposé aucune résistance à l'inspection de la petite. Elles s'étaient accroupies pour être à sa hauteur et lui avaient souri avec bienveillance. Quelque chose s'était alors débloqué dans le corps de la fillette, un relâchement s'était opéré et, l'espace d'une seconde, elle avait esquissé un sourire radieux. Mais très vite, il avait fait place à une grimace de douleur. Les yeux clairs de la fillette s'étaient emplis de larmes si grosses qu'elles avaient débordé bientôt sur ses joues.

— Pourquoi tu pleures, ma jolie ? avait demandé Esther.

La jeune femme avait hésité à prendre la petite dans ses bras pour la consoler. Il était certainement trop tôt pour les effusions, elle ne voulait pas l'effaroucher. Aussi, avait-elle avancé prudemment la main vers elle pour caresser sa petite joue humide et rebondie.

— P... parce... que... je... veux pas... lais... ser... Noé ! avait-elle hoqueté.

— Ma chérie, avait répondu la directrice, tu sais bien que ce n'est pas possible de vous adopter ensemble !

— Pourquoi ? On aurait chacun une maman avec vous ! avait-elle dit aux deux femmes. J'aime Noé, je lui ai promis de pas le laisser tout seul.

— Tu sais bien qu'on ne peut pas toujours tenir ses promesses, avait dit la directrice.

— Si ! Sinon c'est mentir ! Pourquoi vous voulez pas de lui ?

— Bah, euh... on n'a jamais parlé d'un deuxième enfant... on savait pas que c'était possible, avait répondu Esther, embarrassée, on n'en a jamais parlé entre nous pour tout avouer, mais... euh...

— Mais, reprit Marieke, vous croyez que si jamais on était d'accord, les démarches seraient facilitées ? Parce que pour l'agrément on a attendu cinq ans et encore deux avant d'arriver jusqu'ici.

— Vraiment ? s'était étonnée la directrice. Oui, je suppose que ça pourrait être accéléré, mais c'est une décision importante, vous ne pouvez pas la prendre comme ça, il faut que je vous parle de Noé. Comme je vous l'ai expliqué, il a besoin de soins particuliers et onéreux... et bien sûr, d'ici quelques années il y aura cette nécessité d'une greffe, sinon... Vous allez avoir besoin de temps pour y réfléchir.

— Bien sûr, avaient répondu les femmes en chœur.

La petite Rowan avait cessé de pleurer. Elle avait regardé tour à tour ses deux nouvelles mamans et leur avait souri en attrapant leurs mains : elle avait compris que leur décision était déjà prise.

Noé était arrivé dans leur foyer un an plus tard. Durant les douze mois qui avaient suivi leur séparation, les deux enfants avaient correspondu quotidiennement, par téléphone ou courrier, et Rowan était allée voir son ami tous les week-ends. Rien n'avait jamais pu les séparer. Pas même la maladie de Noé. Alors, ce n'était pas cette fille, aussi jolie soit-elle, qui allait semer la discorde entre eux.

Montbard était à peine à une heure de train de Paris, pourtant le trajet leur avait paru interminable. Chacun des deux voyageurs était rongé par la culpabilité, par la crainte d'avoir gâché leur amitié avec Rowan. Ils avaient bien essayé de discuter un peu, mais chacune de leurs tentatives avait échoué.

— Jarod ne voulait pas venir ?

— Non, il a appris ce qui s'était passé, à la fête. Il ne me parle plus, depuis. Et avec Rowan, ça se passe comment ?

— Elle ne m'adresse pas la parole.

— Tu regrettes ?

— Je donnerais tout ce que j'ai pour que ce ne soit pas arrivé.

Jezebel s'en voulait aussi de ce qu'elle avait fait, pourtant les mots de Noé lui firent mal. Elle décida de se concentrer sur la raison de leur déplacement. En contactant l'école maternelle de Montbard, elle avait retrouvé la trace de M. Pierre, comme elle l'appelait, enfant. En réalité, il se nommait Pierre Couton et était âgé de soixante-cinq ans. Il avait été l'homme à tout faire de l'école, devenant tour à tour homme de ménage, surveillant de la garderie, électricien ou même plombier. Aujourd'hui, il vivait dans une petite maison en bordure de la ville. Jezebel avait trouvé son adresse en cherchant tout bêtement dans l'annuaire. Elle ne l'avait pas prévenu de sa visite, du moins, elle n'avait pas réussi à le joindre par téléphone. Lorsqu'elle posa un pied sur le quai de la gare, l'angoisse l'étreignit.

— Et s'il n'est pas là ?

— On verra bien. Allez, on y va, la rassura Noé.

Ils parcoururent trois kilomètres qui lui en parurent vingt, tant elle était impatiente, avant de trouver la demeure du vieil homme. La jeune fille appuya d'un doigt tremblant sur la sonnette. Aucun son n'en sortit. Elle lança un regard anxieux à son ami et appuya à nouveau. Les aboiements rauques d'un chien retentirent derrière la porte, l'animal grattait, sautait et retombait si lourdement sur le sol qu'on pouvait l'entendre de l'extérieur. Au bout d'interminables minutes, la porte s'ouvrit enfin sur un vieux chien obèse et court sur pattes ainsi que sur un homme âgé, tremblant comme une feuille. Il ressemblait aux grands-pères d'autrefois, avec sa casquette à carreaux et ses bretelles, sa canne en bois. Il les dévisagea d'un air curieux, cherchant sans doute de qui ils étaient les fils ou les petits-enfants, tout en leur souriant de sa bouche édentée. Il plongea ses iris délavés par l'âge dans ceux de la jeune fille et soudain son regard changea. La reconnaissait-il ?

— Toi ? s'écria-t-il.

— Vous me reconnaissez ? demanda-t-elle timidement.

Une mobylette, certainement trafiquée, pétarada violemment à quelques mètres d'eux. Les deux jeunes gens sursautèrent, mais pas le vieux. Il restait concentré sur le visage de la jeune fille, visage crispé, bouche tordue.

— Si je te reconnais ? répondit-il d'une voix éraillée. Comment oses-tu venir jusqu'ici après ce que tu m'as fait ?

— Ce que je vous ai fait ? Je... je ne comprends pas, bafouilla Jezebel.

— Tu ne comprends pas ? Moi, à cause de toi, je ne comprends plus rien. Tu m'as rendu sourd, sale petite sorcière !

PARTIE III

Se regarder en face

Entrer dans l'adolescence, c'est entrer dans un monde fait de violence, d'humiliations et d'espoirs un peu fous. Seule, face au miroir des toilettes, elle constatait, impuissante, les marques de son passage à ce nouvel âge. Elle avait de l'acné sur le nez, le front et le menton, des petits boutons blancs, ici et là, des points noirs, et quelques bubons improbables qui choisissaient toujours le pire moment pour éclore douloureusement sur son visage. Elle remua le nez, sa peau tirait : le coupable ne tarderait pas à être suffisamment mûr pour qu'elle le presse entre ses deux doigts et le précipite contre la glace en un petit geyser de pus jaunâtre. En attendant, il enflait, rougissait sur les pourtours, et sa croûte blanche prenait des proportions inquiétantes. Pile le jour où elle devait présenter un exposé et où tous les regards seraient braqués sur elle.

Elle songea à le percer, dès maintenant, mais se dit que le résultat serait encore plus redoutable : elle se retrouverait avec un cratère gonflé et sanguinolent sur le nez : de quoi se payer une honte monumentale. Si seulement elle avait songé à emporter des pansements, elle aurait pu le camoufler ! Quelle idiote ! Elle savait bien que ça finirait par passer, pourtant elle ne pouvait s'empêcher de craindre de faire partie de ces malheureux qui ont de l'acné toute leur vie. Non, pas elle. Elle serait belle, plus tard. Il fallait qu'elle soit belle.

Il restait une dizaine de minutes avant que la sonnerie retentisse. Elle entreprit de se scruter davantage, comme pour apprivoiser son nouveau reflet. Ses règles, tant attendues, étaient arrivées cet été. Avec son année d'avance, elle était en retard sur toutes ses camarades de classe qui ne se privaient pas de lui faire sentir le décalage. Or c'en était terminé avec ça ! Cette année, elle avait attaqué sa quatrième, non pas en tant que petite fille, mais comme jeune fille. Oui, elle était une femme à présent, elle saignait tous les mois et elle avait des poils sous les aisselles, sur les jambes et le pubis. Lorsque ses menstruations étaient apparues, elle avait réalisé que, désormais, si un homme la violait, elle pourrait tomber enceinte. C'était une idée saugrenue, aucun homme de son entourage n'avait jamais eu un comportement de sauvage et elle ne désirait pas particulièrement donner la vie pour l'instant.

Pourtant, c'était bien la première chose qu'elle s'était dite, ce jour-là.

Depuis sa puberté, beaucoup de pensées étranges la traversaient. Elle se sentait tantôt invincible et puissante, tantôt fragile et apeurée. Un jour elle se trouvait belle, le lendemain elle se percevait comme une immonde...

— Espèce de sale thon ! Qu'est-ce que tu fous là ?

La fille qui venait d'éructer ces injures était bien connue des collégiens. Âgée de seize ans, redoublante, elle était la terreur des « petits » de sixième et cinquième. Elle s'appelait Alice, mais tout le monde la surnommait « Supplice ».

— Les toilettes sont à tout le monde, que je sache, répondit la jeune fille !

— Ah ouais ? riposta Supplice en se rapprochant d'elle. Eh ben tu t'es gourée. Les thons comme toi, ils ont pas le droit d'utiliser les chiottes. Alors tu dégages ou bien je te refais le portrait. Remarque...

Supplice se rapprocha davantage, l'adolescente pouvait sentir son haleine mentholée et, en arrière-fond, l'odeur de la cigarette. Bien sûr, une fille comme elle fumait forcément. Elle n'en avait rien à faire des convenances, d'obéir aux adultes, de faire ce qu'il faut. Le monde adolescent lui appartenait. Supplice était une jolie fille, brune avec de belles formes, toujours vêtue de tenues moulantes et de décolletés indécents qui la mettaient en valeur.

La fille cool que tous les garçons rêvaient de séduire, celle à qui toutes les filles souhaitaient secrètement de ressembler... la jeune fille se promit de se mettre à la cigarette, un de ces jours.

— Ça te ferait pas de mal, poursuivit Supplice, vu la gueule que t'as.

— Fous-moi la paix, protesta-t-elle en tentant de reculer d'un pas.

Mais la jeune fille était acculée contre le lavabo sans aucun moyen de s'échapper. Elle commençait à avoir peur, sa voix tremblait, les larmes n'étaient pas loin.

— Fous-moi la paix ? Eh, d'où tu me donnes des ordres, le thon ? Non mais sérieux, tu t'es vue avec tous tes chtards sur la gueule, hein ? Tiens, vas-y, regarde-toi !

Supplice l'attrapa par les cheveux et fit pivoter sa tête vers le miroir.

— Arrête, tu me fais mal ! Au secours ! s'écria-t-elle.

Mais personne ne vint à son secours.

— Au secours ! Au secours ! singea son agresseuse en forçant le trait. Bah alors, la moche, tu supportes pas ton reflet, toi non plus ?

— C'est bon, arrête, s'il te plaît...

— Supplie-moi !

La fille resserra la prise sur ses cheveux et lui arracha un petit cri.

— Je... t'en supplie, arrête !

Supplice relâcha son étreinte et ricana comme si elle lui avait fait une bonne blague. Elle ôta son blouson et le déposa sur le rebord du lavabo, se pencha vers le miroir et entreprit de se remettre du rouge à lèvres. Un petit bruit métallique résonna dans la pièce : Supplice pencha la tête en direction de l'objet tombé de sa poche et le ramassa. C'était un cutter. Terrorisée à l'idée que Supplice décide de s'en servir contre elle, la jeune fille se dirigea prudemment vers la sortie.

Dans le couloir, il n'y avait plus personne. La sonnerie avait dû retentir sans qu'elle l'entende, pendant l'altercation. Elle aurait dû se dépêcher de rejoindre sa salle de cours, pourtant, elle n'en fit rien. La jeune fille marqua un temps d'arrêt, resta ainsi, sans bouger, pendant quelques secondes. Tout d'abord elle ne ressentit rien, à peine un léger dépit mêlé à des résidus de peur, puis il lui sembla percevoir un subtil craquement au niveau de ses cervicales, comme une sorte de déclic court-circuitant son angoisse, générant une onde se propageant jusque dans son cerveau. Elle fut soudain très calme, avec la sensation de respirer plus profondément, son sang circulait mieux, lui transmettait une force nouvelle.

Alors, elle retourna dans les toilettes et dévisagea son bourreau.

— Tu veux ma photo ?

— Non, dit-elle d'une voix grave. Je veux que tu prennes ce cutter.

— Quoi ?

— Prends ton cutter.

Intriguée, Supplice le saisit et l'interrogea du regard. *Et maintenant ?*

— Coupe-toi.

— Quoi ?

— Sors la lame et taillade-toi le visage.

— T'es pas sérieuse ? répondit la fille, incrédule.

Mais, malgré elle, Supplice avait déjà levé sa main armée en direction de son visage.

— Non ! protesta-t-elle.

— Tranche-toi la gueule. Maintenant.

— Non, s'il te plaît...

Supplice était redevenue Alice. Une pauvre petite Alice désemparée et effrayée, comme l'étaient ses victimes habituelles. Jouissif. Aurait-elle pitié de cette pourriture qui semblait au bord des larmes ?

— Supplie-moi.

— Je t'en supplie ! Je t'en supplie ! Pitié ! Je sais pas comment tu fais ça, mais je te jure que si tu arrêtes, plus jamais t'entendras parler de moi...

Alice paraissait sincère et tremblait comme une feuille. Cela la fit sourire. Pour la première fois de sa vie, elle se sentit plus forte que quiconque sur terre, puissante, même. Le nœud qui comprimait son estomac depuis l'arrivée de son bourreau dans les toilettes s'était transformé en boule de feu, en une colère qui l'irradiait et la grisait à la fois.

— Vas-y, tranche, ordonna-t-elle d'une voix glaciale, presque métallique.

La fille posa la lame sur son visage et de grosses larmes vinrent brouiller son regard. Elle supplia encore, tenta de résister à son emprise, tapa des pieds, émit de petits couinements ridicules. Pourtant, elle se balafra du front jusqu'au menton, d'une vilaine entaille irrégulière à cause des tremblements.

— Non ! hurla-t-elle en sanglotant.

— Regarde-toi, maintenant.

Alice obéit et leva les yeux vers le miroir. Elle poussa un cri de terreur à la vue du sang qui maculait son visage.

— Recommence.

— Pi... pitié !

— Pi... pitié ! Pi... pitié ! se moqua la jeune fille comme l'autre l'avait fait auparavant. Tu te tais. Et tu recommences jusqu'à ce que je te dise stop, c'est compris ?

Alors Alice se tut et coupa son visage encore et encore, et descendit jusqu'au décolleté lorsque sa tortionnaire lui en donna l'ordre. En tout, elle s'infligea une dizaine de blessures profondes.

Quand elle fut satisfaite du résultat, l'adolescente l'attrapa à son tour par les cheveux et approcha son visage du miroir avec un regard mauvais.

— Alors, le steak haché ? Tu crois que tu vas supporter le tien, de reflet, maintenant ?

1.

Les tremblements du vieux s'étaient accrus sous l'effet de la colère.

— Et dis-moi ? cracha-t-il. Tu oses encore te regarder dans la glace ?

Jezebel sentit son estomac se remplir d'acide. Elle était loin de s'attendre à recevoir une telle haine en pleine face, surtout de la part d'un grand-père. La jeune fille se mit à trembler aussi fort que lui, de tristesse et de peur à la fois. Elle ressentait un profond sentiment d'injustice, mais ne parvenait pas à émettre le moindre son pour plaider sa cause. Décontenancée, elle lança un regard de détresse à Noé.

— On ne rend pas les gens sourds comme ça, à quoi, quatre, cinq ans ? intervint le jeune homme.

— Elle, si.

— Je... je ne comprends pas, geignit-elle.

Les yeux de l'homme sautaient des lèvres de l'un à celles de l'autre avec une célérité surprenante et déchiffrait parfaitement les paroles prononcées.

— Eh bien, je vais t'expliquer. Entre. De toute façon je savais que tu viendrais.

Sa voix s'était radoucie, elle s'était légèrement voilée, et avait quelque chose de... fataliste. Jezebel n'aimait pas ça. Elle avait un sale pressentiment, l'envie irrépressible de prendre ses jambes à son cou et de mettre un maximum de distance entre elle et lui. Mais elle était venue pour obtenir des réponses, elle devait entendre ce qu'il avait à dire.

Noé précéda la jeune fille, si Pierre Couton cherchait à les attaquer, il n'hésiterait pas à riposter. L'intérieur était sombre à cause des volets restés fermés et, bien que les fenêtres soient entrouvertes, ça sentait le renfermé, une odeur entre café réchauffé, naphtaline et chaussettes sales. Le vieux traversa le salon d'un pas traînant, son vieux chien collé à ses jambes, et se laissa tomber dans un canapé élimé en velours de couleur marron.

— Allez, monte, Jean-Paul.

Le chien brun et blanc vint se rouler en boule à côté de son maître et remua la queue. Les visiteurs prirent place sur les chaises disposées en face, tous deux restèrent assis sur le rebord du siège, afin de pouvoir s'enfuir plus rapidement si les choses tournaient mal. Pierre Couton se pencha légèrement en avant et tira le tiroir de la table basse pour attraper un étui noir, fermé par une cordelette dorée. Il alluma une bougie, ouvrit la petite bourse, en sortit une statuette de la Vierge Marie qu'il déposa devant lui.

— Ça ne vous dérange pas, j'espère ?

— Je ne suis pas fan, répondit Jezebel, mais...

— Tu m'étonnes ! la coupa le vieux.

Il attrapa un jeu de cartes à jouer et commença à les battre, sans lâcher la jeune fille du regard, d'un air de défi, presque. Maintenant que leurs yeux s'étaient accommodés à l'obscurité, les deux visiteurs pouvaient distinguer toutes sortes de bondieuseries disposées ici et là dans le salon. L'homme portait une médaille religieuse au cou et avait une collection impressionnante de pattes de lapin et autres fers à cheval. C'était sûrement un illuminé dont les propos haineux n'étaient qu'un symptôme parmi d'autres. Jezebel se détendit légèrement. Cela n'échappa pas à l'œil acéré de Pierre Couton.

— Ça t'amuse, de voir tout ça ? dit-il en montrant ses gris-gris. Tu me prends pour un vieux fou ?

— Non...

La jeune fille se tortilla sur sa chaise, gênée qu'il ait lu si facilement en elle.

— Pourtant, rétorqua Noé, il y aurait de quoi, vu les propos que vous tenez !

— Et t'es qui, toi ? interrogea l'homme. Son chevalier servant ?

— Noé. Un ami.

— Ah ? Elle a donc réussi à se faire des amis... Ce n'était pas le cas quand elle était gamine. Elle était toujours toute seule. Les enfants ont plus d'instinct qu'on ne l'imagine, ils ne détestent jamais un de leurs camarades sans raison.

— Vous savez, elle est juste là, devant vous, répliqua Noé, vous pouvez lui parler directement !

Ignorant sa dernière remarque, l'homme posa les cartes qu'il avait battues sur la table et braqua son regard clair sur le garçon.

— Coupe.

Le garçon coupa la pile, intrigué.

— Je suis le rebouteux du village depuis plus de quarante ans, poursuivit le vieux. Et voyant, à mes heures.

Il étala les cartes devant lui, en retira une qu'il posa, face cachée, devant Jezebel, puis invita Noé à piocher, d'un geste de la main.

— Prends-en sept.

Le garçon obtempéra, et les disposa devant lui, sans les retourner.

— C'est bien, mon garçon.

— Écoutez, s'impatienta la jeune fille, on n'est pas venus pour se faire insulter ni se faire tirer les cartes. Vous êtes la seule personne dont je me souvienne, de toute mon enfance, même si j'ai manifestement oublié que je vous ai fait du mal. J'ai perdu mes parents, récemment, et je me pose des questions sur eux, sur moi...

Pierre Couton suspendit son geste et renonça pour l'heure à tirer les cartes à Noé. Il scruta la jeune fille. Si ses tremblements s'étaient légèrement calmés, Jezebel était toujours fébrile, au bord des larmes.

— C'est toi qui les as tués ? demanda-t-il enfin.

— Ça ne va pas, la tête ? s'insurgea Noé.

— C'est toi, hein ? poursuivit-il sans prêter attention aux protestations du jeune homme. Je les avais pourtant prévenus de ce qui se passerait... Mais ils t'aimaient. Ils étaient sous ton charme, comme ton gars, là.

Noé voulut lui répondre d'aller se faire voir, pourtant, il savait au fond de lui que le vieux n'avait pas tout à fait tort. L'attraction que Jezebel exerçait sur lui avait quelque chose de surnaturel.

— Ta mère est venue me voir, quand tu avais quatre ans. Ça faisait à peine dix mois qu'ils avaient emménagé dans le village, mais j'appréciais beaucoup tes parents : toujours polis, discrets, sans histoire. Ta mère était une très belle femme et j'avoue que j'avais un petit béguin pour elle, même si ce n'était pas ce genre-là...

L'homme s'évada un instant dans ses pensées, sourire aux lèvres, bercé par les ronflements de son corniaud. Son sourire se crispa alors et il continua son récit.

— Hannah se plaignait de terribles maux de tête dont aucun médicament ne venait à bout. Elle n'avait jamais été migraineuse avant cela et ça la rendait dingue : quand elle était en crise, elle ne supportait pas le moindre bruit, la plus faible lumière. Elle s'en tapait la tête contre les murs, vomissait parfois. Elle était à bout de forces et à court d'idées pour les éviter, ou du moins les soulager.

— Et elle est allée voir le guérisseur du village, commenta Noé.

— Exactement. Je lui ai demandé de s'asseoir ici, sur le canapé où je me tiens, et je me suis posté derrière elle, j'ai posé mes mains autour de son crâne et j'ai cherché la douleur. Et pour la première fois de ma vie, je n'ai rien trouvé. Ta mère était en parfaite santé, il n'y avait pas ces petits déraillements, ces ondes brisées que je perçois chez les migraineux.

— De quoi souffrait-elle, alors ? interrogea Jezebel.

— C'est ce qu'elle m'a demandé. Comme je n'avais pas de réponse, je lui ai tiré les cartes afin d'en avoir le cœur net. Les cartes ne mentent jamais.

— Qu'est-ce qu'elles ont dit ?

— Elles ont dit que le mal n'était pas en elle, mais qu'elle le côtoyait. Hannah Kern était exposée à une source malveillante qui perforait régulièrement son esprit, le vidait de sa substance. Je me souviens de son tirage comme si c'était hier...

— Et c'était quoi ? demanda Jezebel d'une voix blanche.

La jeune fille sortit une cigarette de sa poche et l'alluma nerveusement. C'était une sale habitude, qu'elle avait prise beaucoup trop jeune et pour de mauvaises raisons. Cette année-là, bien des choses avaient changé. Son corps s'était transformé à l'apparition de ses premières règles, mais ce sang-là ne lui avait pas suffi. Il lui en avait fallu plus. Ses scarifications dataient de cette époque, elles l'aidaient à se sentir meilleure, à se faire payer le fait d'être une mauvaise fille.

L'homme s'alluma une gitane, sourit de façon énigmatique et retourna la carte de Jezebel sans la regarder.

— Il y avait un sept de cœur, qui symbolisait un enfant de son entourage... directement suivi d'un as de pique, répondit-il en dévoilant la même carte.

Jezebel eut un mouvement de recul. Cette carte semblait véritablement la poursuivre. Quelle était donc sa signification ?

— C'est le signe de la mort, expliqua l'homme. Le mal venait de son enfant, de toi, Jezebel. J'ignorais encore comment, mais pour moi il était évident que tu étais la source de ses souffrances.

— Et vous lui avez dit ça, vraiment ? s'étonna Noé.

— Je pensais y mettre les formes, évidemment. On n'annonce pas ce genre de choses à une mère comme cela. Mais avant même que je ne formule un début d'interprétation, Hannah a pris les devants. Je la vois encore, les larmes aux yeux, me dire « C'est elle, n'est-ce pas ? C'est Jezebel ? » Je n'ai pu qu'acquiescer et, au lieu de s'effondrer ou même de m'insulter, elle est restée étonnamment calme. Soulagée, presque. « On peut faire quelque chose ? Y remédier ? » Elle insistait avec tant de force que j'ai vite compris que j'étais son dernier recours, son seul espoir. Elle se doutait que tu étais à la cause de son trouble, elle était juste venue chercher une confirmation auprès de moi, ainsi qu'une aide qu'aucun autre n'aurait pu lui apporter.

Jezebel eut un flash. Des bribes d'images, de sons, paraissaient vouloir remonter à la surface de sa mémoire, mais elles étaient trop fugaces, trop éthérées pour que Jezebel parvienne à les attraper, à leur trouver une logique, un lien. Il lui sembla qu'il y avait de la peur, du bruit, d'autres femmes hurlant à ses côtés, se tordant dans les flammes comme des allumettes calcinées... Tout se mélangeait dans sa tête, présent, passé, rêves.

— Qu'est-ce que vous avez fait ?

Son cœur accéléra encore un peu sa course. Tenait-elle vraiment à le découvrir ?

— Je lui ai demandé de t'amener chez moi. Et ça a été la pire décision de toute ma vie. J'en suis ressorti handicapé, privé de musique, du chant des oiseaux, de la voix des femmes, des rires d'enfants... Tout ça à cause de toi.

— Qu'est-ce que vous *m'avez* fait ? insista la jeune fille.

— Tu es certaine de vouloir le savoir ?

— J'en ai besoin... s'il vous plaît...

Pierre Couton haussa les épaules et secoua la tête. Plus que jamais il eut l'air d'un vieillard épuisé par la vie, portant tout le poids du monde sur ses épaules. Ses yeux s'emplirent de larmes et les sillons profonds autour de sa bouche se creusèrent davantage.

Il prit une grande inspiration et lâcha enfin :

— Je t'ai exorcisée.

2.

Noé se leva d'un bond, fou de rage. Un mince rai de soleil filtrant à travers les persiennes vint enflammer sa chevelure rousse, ses yeux verts lançaient des éclairs en direction du vieil homme.

— C'en est assez, j'ai entendu suffisamment de conneries pour aujourd'hui. Viens, Jezebel, on se casse, ce type est taré !

Le garçon tendit la main en direction de son amie afin qu'elle la saisisse. Loin d'être impressionné, le voyant éclata d'un rire franc.

— Quel beau et naïf jeune homme nous avons là ! Tu l'as complètement mesmérisé, hein, petite sorcière ! Allons mon garçon, tu n'es pas curieux de connaître ton avenir ? dit-il en commençant à retourner les cartes.

— Mon passé me suffit.

— Ah oui... Un passé fait de solitude et de souffrance. Tu as été très malade, n'est-ce pas ?

— Comment vous le savez ?

— Je le vois. Une jeune fille t'a sauvée... et pourtant tu vas la trahir, continua-t-il d'une voix monocorde, les yeux dans le vague... Tu t'es égaré, la mauvaise sorcière t'a fait perdre les pédales... Si la jeune fille ne pardonne pas... un grand malheur arrivera... tout autour de toi je ne vois que désolation... Tu vas te retrouver seul, Noé. Tout seul... Il y a la mort, partout. Et toi...

— Fermez-la, vieux fou ! Je n'écouterai pas vos conneries une minute de plus ! Jez, tu viens ?

Jezebel se mordit les lèvres et lui fit signe qu'elle désirait rester encore un peu. Elle avait fait le voyage jusqu'ici pour se réapproprier une partie de son enfance et en savoir plus sur ses parents, il était donc hors de question que Pierre Couton n'aille pas au bout de son histoire. Évidemment, Noé ne sachant pas ce qu'elle pouvait faire avec sa voix, il ne pouvait accorder le moindre crédit aux propos du voyant. Mais elle, elle devinait qu'il y avait une part de vérité dans ce qu'il disait, qu'elle était dangereuse, puissante, capable d'accomplir ces choses horribles dont il l'avait accusée.

— Comme tu voudras, je t'attends dehors.

Le garçon sortit de la maison et fit claquer la porte, ce qui arracha un jappement réflexe à Jean-Paul. Le vieil homme se leva péniblement et alla chercher une bouteille de vin dans un secrétaire, ainsi que deux verres et un tire-bouchon.

— Tu en veux ? C'est un petit bijou que je garde depuis trente-cinq ans. Je l'ai remonté de la cave hier. C'est ma meilleure bouteille...

— Euh... non, je n'aime pas trop le vin.

— Goûte quand même, tu n'auras jamais l'occasion d'en boire un meilleur, dit-il d'un air gourmand.

Malgré elle, Jezebel frissonna. Qu'entendait-il par là ?

— Ta mère, reprit-il en versant le breuvage dans les deux verres, est donc revenue avec toi. Je t'avais déjà croisée à l'école maternelle, bien que je n'aie jamais prêté attention plus que ça à ta petite personne. J'ai d'abord remarqué ta belle chevelure auburn, tes taches de rousseur, l'adorable façon dont ta mère t'avait vêtue malgré ses faibles revenus. Tu étais très polie, sérieuse, presque grave pour une si jeune enfant. Mais ce n'est pas ce qui m'a le plus perturbé. J'ai été littéralement saisi lorsque j'ai croisé ton regard. Tu avais les yeux d'une couleur absolument extraordinaire : de la couleur du cuivre ! Je vois qu'ils ont légèrement foncé avec l'âge, mais ils demeurent à part.

— Et je suppose que vous y avez vu la marque du démon...

— En effet. Je me suis immédiatement senti oppressé en ta présence, comme je le suis depuis que je t'ai ouvert ma porte. Tu étais un rejeton de

Satan, à n'en pas douter. Ce que je ne comprenais pas, c'était comment une femme aussi douce et bonne qu'Hannah Kern avait pu engendrer ça.

— *Ça!*

— Je lui ai posé la question, enchaîna-t-il sans sourciller, en lui disant que j'avais besoin d'en savoir un maximum sur toi pour te sauver. «Jezebel n'est pas ma fille biologique, ni celle de mon mari», m'a-t-elle confié finalement. Mais tu le sais déjà, n'est-ce pas?

Jezebel acquiesça en se tordant nerveusement les mains. Elle se sentait à la fois excitée et terrifiée à l'idée de découvrir enfin la vérité sur ses origines.

— Ta mère a dû garder le silence une dizaine de minutes avant de se décider à raconter ton histoire. Elle avait peur que tu l'entendes et chuchotait plus qu'elle ne parlait, pourtant je n'ai rien perdu de ce qu'elle m'a confié, pas plus que je ne l'ai répété à qui que ce soit depuis. Tes parents t'ont enlevée à ta vraie mère, Jezebel.

— Elle... elle vous l'a avoué?

— Oui.

— Mais pourquoi ont-ils fait ça? Ils ne pouvaient pas avoir d'enfant?

— C'est plus compliqué et grave que cela. Tu étais en danger. Ta mère te maltraitait, elle t'enfermait dans un placard pendant des heures, des jours parfois. Elle te privait de tout contact social, tu ne voyais aucun autre enfant et personne n'avait le droit de t'adresser la parole. Hannah te récupérait souvent, terrée dans le placard de ta chambre, en train de te balancer ou te cogner la tête contre les murs.

— Vous savez pourquoi je faisais ça ?

— Tu as raconté à Hannah que ta mère te faisait du mal. Tu employais des mots comme « torture », « supplice », tu disais que c'était ta faute.

— Mais je croyais que je n'avais le droit de parler à personne ? répondit Jezebel, interloquée.

— Hannah était sa femme de ménage à l'époque, et ta mère ne se méfiait pas d'elle, c'est comme ça qu'elle a commencé à tisser un lien avec toi et a décidé de te prendre avec elle.

— Mais quand ? Comment ? Elle a dû être recherchée ? C'est pour ça qu'on déménageait tout le temps ?

Tout paraissait plus logique désormais ! Voilà la raison pour laquelle les Kern s'appliquaient à passer inaperçus et lui interdisaient de se faire remarquer en s'inscrivant à un télé-crochet. Pendant tout ce temps, ils cherchaient à la protéger et elle n'avait rien compris.

— Je n'ai pas les réponses à tes questions, répondit le vieux, Hannah ne m'en a pas dit plus. Je crois qu'elle culpabilisait déjà à l'idée d'en avoir trop raconté. Et de toute façon, il me paraissait plus urgent de procéder à cet exorcisme que de lui faire subir un interrogatoire. Tu étais déjà si puissante !

Une puissance d'enfant, sans aucun garde-fou, soumise à ses caprices et ses colères. Je devais t'arracher tes pouvoirs, je devais te purifier du Mal. Te laver...

Te laver par le feu. Il sembla à Jezebel que la même voix de Pierre Couton, délestée de quelques années, faisait écho à celle de l'homme en face d'elle. Elle ferma les yeux et partit à la recherche de ses souvenirs enfouis. Elle se vit, minuscule et terrifiée, sanglée à un lit trop grand pour elle. Sa mère n'était pas avec eux, elle avait dû rester dans le salon.

— J'avais préparé un rituel puissant basé sur les quatre éléments. Tu reposais dans mon lit, sur une bâche en plastique, et je t'avais attaché les mains et les pieds au cas où le démon se défende.

— Mais je n'étais qu'une petite fille ! Comment ma mère a-t-elle pu vous laisser faire ça ?

— Elle ne voyait pas ce que je faisais.

Des souvenirs remontèrent encore à la surface. Plus précis, cette fois.

Alors, elle se rappela de la terre qu'il lui avait jetée au visage, et qui était allée se loger dans ses yeux et les avait irrités. De l'eau qu'il avait fait couler dans sa bouche grande ouverte jusque dans ses bronches, de sa sensation de noyade, de ses suffocations. Du ventilateur dont l'air froid faisait grelotter son petit corps trempé.

— J'avais presque terminé le rituel, tu avais à peine lutté. Il ne restait plus que la purification par le feu. Rien qui pouvait te blesser, mais tu devais te croire menacée, sentir la chaleur de la flamme chatouiller tes jeunes chairs pour que ça fonctionne. J'ai donc saisi une torche et je l'ai approchée de la plante de tes pieds.

Le feu.

Elle se rappela du feu qui dansait au bout d'un morceau de bois, et que, du haut de ses quatre ans, elle avait parfaitement identifié comme mortel. Son petit cœur s'était mis à battre la chamade, elle avait crié, supplié, appelé sa mère. « Ne dis pas un mot ! avait répondu son tortionnaire. Ta mère n'a pas à entendre ça. » Dans un premier temps, la petite s'était tue, hypnotisée par la lumière orangée, terrorisée par ce qu'il allait faire. Elle se revit secouant la tête, crispant ses petits points sur le drap en plastique, tentant de recroqueviller ses pieds sur eux-mêmes pour les soustraire à la torture. Mais rien n'y avait fait. L'homme avait approché la flamme et chauffé ses chairs encore tendres.

Convaincue qu'il allait la brûler vive, attachée sur ce lit, la petite avait été prise de panique et s'était agitée de toutes ses forces pour se libérer de ses liens. « Oui, démon ! Va-t'en ! » criait-il. L'enfant n'était pas assez forte pour se dégager seule. Elle avait sangloté, supplié encore et, soudain, hurlé toute sa terreur et son désespoir. Elle avait poussé un long cri, un interminable cri, un cri inhumain, un cri de bête qu'on écorche vive, un appel à l'aide désespéré, une dernière supplique pour qu'on l'épargne. *NOOOOOOON!*

— C'est le dernier son que j'ai entendu, commenta l'homme. Ta mère a accouru et m'a agoni d'insultes, du moins c'est ce que j'imagine étant donné que je n'entendais plus rien. J'étais sourd. Sur le coup, j'ai cru que c'était à cause de l'intensité de la séance, je me suis dit que ça allait revenir. Et puis j'ai fait le rapprochement avec ton cri. C'est comme s'il m'avait transpercé de part en part. Ta voix est venue trouver quelque chose en moi, un noyau profond, fondamental, et l'a pulvérisé pour me faire payer ce que je t'avais fait. Tu avais été plus forte que moi, du haut de tes quatre ans. Le démon ne t'a pas quittée, Jezebel, j'ai échoué à te sauver.

— Me sauver ? s'étrangla-t-elle de rage. Vous avez torturé une petite fille au nom de croyances stupides et lui avez fait croire que vous alliez la brûler vive !

— Tu es en colère, je le sais.

— Bien sûr, que je suis en colère. Je me rappelle, maintenant. J'étais terrorisée, putain ! J'avais quatre ans !

— Le démon est toujours en toi, il est fort. Je pourrais encore essayer, dit-il en terminant son verre de vin... Si tu m'en laissais l'opportunité.

— Encore essayer ? Mais vous êtes complètement fou ! Vous êtes nuisible ! Un monstre qui ne mérite pas d'avoir vécu aussi longtemps !

— Jean-Paul n'y est pour rien.

— Qu'est-ce que votre chien vient faire ici ? C'est de vous que je parle, vous me dégoûtez, vous... vous...

Jezebel ne trouvait même plus les mots. La simple présence de Pierre Couton la plongeait dans une colère noire, telle qu'elle n'en avait pas ressenti depuis longtemps. Elle se leva, furieuse. Juste au-dessous de son sternum, palpitait une boule d'énergie, de rage, semblable à de l'uranium en fusion. La boule enflait à chaque seconde, menaçant de la consumer. Une chaleur insoutenable se propagea dans son corps et se rassembla à nouveau en un point, au niveau de sa gorge. Il fallait qu'elle l'expulse, qu'elle la vomisse, avant qu'elle ne l'empoisonne. Le vieux plongea son regard dans le sien, se servit un autre verre qu'il engloutit dans la foulée.

— Tu n'as rien bu, c'est dommage. J'ai préparé un carton avec ses gamelles et ses croquettes...

Ce furent les derniers mots qu'il prononça.

— Taisez-vous, dit-elle. Je vous hais. Je vous HAIS.

Du moins c'est ce qu'il lui sembla répondre, ou plutôt crier. En réalité, elle n'était sûre de rien. Jezebel avait perdu le contrôle, sa conscience s'était égarée dans un hurlement hideux, dans ces ondes sonores qu'elle envoyait dans le crâne de Pierre Couton. Elle se tenait la tête et, pliée en deux, n'en finissait pas d'expirer sa rage. L'homme poussa un long gémissement, mais ne tenta pas de se soustraire à son courroux. Il avait accepté son sort de longue date, avait compris en ouvrant sa porte que son heure était venue, qu'il allait devoir rendre des comptes. Il laissa Jezebel déverser sur lui des torrents de haine, sans lutter. Les traits de son visage s'affaissèrent, semblèrent dégouliner comme de la cire chaude sur son crâne fragile. Il s'effondra sur le sol et ses yeux explosèrent sous la pression. Cela fit un bruit étrange, similaire à celui de tomates cerises qu'on pique avec un cure-dent. Ils en prirent l'aspect, aussi, quand plusieurs centilitres de sang s'échappèrent de leurs orbites. Jezebel cessa alors de crier et se dirigea, affamée, vers la cuisine du vieux.

Elle retrouva Noé assis sur le quai de la gare, une demi-heure plus tard. Il fixait un petit carnet d'un air préoccupé. En voyant Jezebel arriver, il le ferma précipitamment, comme pris en faute.

— Ça va ? demanda-t-il.

— M. Pierre est mort. Il a dû faire une crise cardiaque. Du coup, j'ai récupéré Jean-Paul, dit-elle en montrant le vieux chien au bout de la laisse. On va lui trouver un nom plus sympa... Que dis-tu de Jean-Poil ?

— Tu as appelé la police ?

— Aide-moi plutôt à porter ce carton de croquettes, éluda-t-elle.

Noé fut tenté d'insister, mais quelque chose dans le regard de Jezebel l'en dissuada. Une incandescence qu'il n'avait jamais remarquée auparavant. Il s'y perdit un instant : c'était comme être fasciné par la flamme qui va vous brûler.

3.

Une jeune fille t'a sauvée... et pourtant tu vas la trahir... Tu t'es égaré... Si la fille ne pardonne pas... un grand malheur arrivera... tout autour de toi je ne vois que désolation... Tu es seul, Noé. Tout seul... Il y a la mort, partout. Et toi...

Les paroles de Pierre Couton tournaient en boucle dans sa tête sans que Noé parvienne à les chasser. Il avait tout essayé, la musique à fond dans son casque, la lecture, les travaux physiques, mais rien ne faisait le poids face aux prédictions du vieux fou, à la peur qu'il ne dise vrai et que Rowan ne lui pardonne jamais. Alors il s'en était remis à ses vieux démons et hantait YouTube, avalant des heures et des heures de tutoriels, de vulgarisations en tout genre, de pastilles comiques ou encore de débats. Évidemment, il finit par tomber sur une vidéo de Lily Witt. Au lieu de passer à la suggestion suivante,

Noé se cala un peu plus contre son oreiller et monta le son de son ordinateur.

— Le problème de la communauté scientifique, affirmait Lily Witt, c'est son orgueil démesuré. Qui sommes-nous pour défier la mort comme nous le faisons ? Un être non viable, qu'il soit enfant ou adulte, ne devrait pas être sauvé. C'est contre nature.

— Ce que vous dites est honteux ! s'étouffa son contradicteur. Oseriez-vous répéter cela aux parents d'un enfant malade que notre médecine peut sauver ?

— Il me semble que nous sommes filmés, répondit-elle avec désinvolture.

— Vous ne pouvez pas penser ce que vous dites.

Lily Witt décroisa et recroisa ses longues jambes chaussées d'escarpins vernis. L'espace de quelques secondes, l'animateur comme son interlocuteur parurent hypnotisés par le ballet qui s'offrait à leurs yeux.

— Évidemment que je le pense ! Notre planète souffre déjà de la surpopulation, les gens sont infoutus de réguler leur désir égoïste de perpétuer leurs tares et ne cessent de se reproduire. Ils se bouffent l'oxygène les uns des autres et étouffent notre planète, épuisent nos ressources ! Il faut se résigner à essuyer des pertes, pour le bien de l'humanité.

— Le bien de l'humanité, vraiment? Mais où est la vôtre, d'humanité, madame Witt? Vous n'avez certainement pas d'enfant pour dire cela.

— En effet, je n'ai pas d'enfant. Et précisément, c'est un choix. Je n'ai pas voulu imposer une charge supplémentaire à la Terre. Les animaux sont bien plus intelligents que nous. Lorsque leurs petits sont fragiles, ils les abandonnent à leur sort ou les achèvent. De même, lorsqu'ils se sentent malades ou sont gravement blessés, ils vont mourir loin des autres.

— Mais oui! Allons dire aux parents d'enfants leucémiques ou atteints de maladies graves de laisser crever leurs gosses pour vous faire plaisir!

— Pas pour me faire plaisir. Pour le bien de notre planète.

— Je ne comprends pas vraiment votre démarche, madame Witt, vous organisez de grandes vagues de vaccination et prétendez offrir une protection au plus grand nombre, justement contre les maladies... n'est-ce pas contradictoire? À moins que, comme le supposent certains, vous ne cherchiez ainsi qu'à vous procurer du matériel génétique gratuitement?

La quarantenaire esquissa un sourire et se cala dans son siège. Le pauvre homme! Il s'était précipité dans le piège qu'elle lui avait tendu, tête baissée, avec pour seules armes sa crédulité et ses jolis principes. Elle n'allait faire qu'une bouchée de lui, cela ne faisait aucun doute.

— Qui sont ces « certains » qui supposent ces sornettes ?

Cet abus de sifflantes renforça l'impression de voir un serpent fondre sur sa proie.

— Là n'est pas la question...

— Là est toute la question. Comment voulez-vous que je discute sérieusement avec un pseudoscientifique qui donne du crédit à des rumeurs ridicules, inventées par des sources qu'il est incapable de citer ?

— Je ne vous permets pas de me traiter de...

— Et moi je ne vous permets pas de prétendre discuter avec moi, monsieur, le coupa-t-elle sèchement. Vous n'avez pas le niveau. Moi, j'aime les débats et la contradiction...

Noé émit un long soupir et ferma rageusement son ordinateur portable. Cette femme était diabolique. Il saisit un stylo et commença à griffonner sur son carnet de croquis. Si Lily Witt était une créature de Magic, nul doute qu'elle serait un composite bleu-noir. Le bleu pour son intellect et son contrôle des sciences. Le noir pour son amoralité et ses tendances destructrices. Oui, il entrevoyait parfaitement le type de créature qui lui correspondait.

Cette carte dans un deck serait redoutable, se dit-il. Fatale pour les adversaires de cette créature cruelle et perverse. Mais Lily Witt était réelle. Et cette perspective lui semblait bien pire que celle de

LILY

perdre à un jeu. Si on suivait le raisonnement de la scientifique, Noé aurait dû mourir, des années plus tôt... mais Rowan l'avait sauvé, ainsi que l'avait deviné le voyant.

Noé n'était à l'époque qu'un petit garçon malingre, son insuffisance rénale freinant sa croissance. Quand il se regardait, à présent, il se demandait souvent quel aurait été son gabarit sans cette maladie ! Il aurait probablement approché les deux mètres et frisé les cent vingt kilos. Rowan et lui étaient arrivés le même jour dans ce qui serait leur foyer pendant leurs premières années. Tous deux marchaient depuis peu et c'est d'un pas encore mal assuré qu'ils se précipitèrent l'un vers l'autre, dès qu'ils s'aperçurent. Ils avaient été attirés comme des aimants, pour des raisons qu'ils étaient certainement trop jeunes pour comprendre. Les adultes présents ce jour-là évoquèrent tous un coup de foudre d'enfants, de ceux qui se passent de mots et sont de l'ordre de l'instinct, ont quelque chose d'absolu. Noé se rappelait encore avoir eu un choc en découvrant cette fillette aux cheveux blancs et au regard magnétique. Lui qui était arrivé terrorisé, en larmes, dans les bras d'une assistante sociale dont il ne se remémorait que l'odeur de naphtaline, avait immédiatement été apaisé en posant les yeux sur elle. C'est comme si elle lui avait parlé, rien qu'à lui, dans une langue que personne d'autre qu'eux ne comprenait. Il avait tendu ses petits bras vers elle et elle s'y était précipitée. Ils s'étaient touchés du bout des doigts, avec application pour ne pas se faire mal, s'étaient fait un bisou d'amoureux sur la bouche et avaient éclaté de rire. Puis il avait pris sa main dans la sienne et il ne l'avait jamais plus lâchée.

Ils étaient des âmes sœurs et avaient grandi ensemble, s'étaient juré que jamais rien ne les séparerait. Ils s'en firent le serment. Ils avaient environ quatre ans lorsque Rowan lui avait promis qu'elle le sauverait, qu'il ne mourrait pas. Ils avaient craché dans leur main et avaient mélangé leurs salives d'un air solennel. Noé n'avait jamais douté qu'elle le ferait. Il avait toujours eu une confiance absolue en son amie, sa sœur, Rowan...

Rowan qui avait eu le coup de foudre dès qu'elle l'avait vu, qui avait reconnu en lui un enfant précoce, comme elle. Qui l'avait aimé depuis ce jour-là. Et qu'il aimait aussi, même s'il s'était toujours interdit de se l'avouer...

Rowan qu'il avait trahie, déçue, et qu'il risquait de perdre à tout jamais.

Non, ce n'était pas possible ! Pas après tout ce qu'ils avaient traversé ensemble. Leurs blessures d'orphelins, leur séparation à sept ans, sa maladie... Le spectre de sa mort s'il ne trouvait pas de donneur à temps.

Il était éligible à la greffe depuis ses huit ans, âge auquel ses reins avaient complètement cessé de fonctionner, mais il lui avait fallu patienter encore quatre années avant d'être opéré.

Quatre longues années pendant lesquelles il avait dû se relier à une machine d'hémodialyse, plusieurs heures par semaine, pour filtrer son sang. Pendant lesquelles il n'avait pas uriné. Pendant lesquelles il avait constamment eu soif – car il faut limiter les prises d'eau, retenue dans le corps en attendant la séance de nettoyage du sang, afin d'éviter les œdèmes. Constamment eu peur d'être à nouveau abandonné à cause de sa maladie. Constamment eu peur de mourir. Et sa douce, son exceptionnelle Rowan avait toujours été là dans les moments de doute, quand il souffrait et qu'elle lui racontait des histoires magnifiques pour l'aider à s'évader un peu, quand elle lui jurait qu'elle trouverait un moyen de le sauver.

Et c'est ce qu'elle avait fait.

Il la revoyait encore, arriver en trombe dans sa chambre en brandissant un papier au bout de ses doigts :

— Je le savais ! Je le savais ! On est compatibles !

— Quoi ? Qu'est-ce que tu racontes ?

— J'ai fait faire un test sanguin pour savoir si je pouvais te donner un rein et la réponse est positive !

— Comment c'est possible ? Tu es mineure, tu ne peux pas être donneuse. Mamans sont au courant ?

— Non, je suis allée trouver le laborantin qui s'est occupé de ton analyse, la semaine dernière. Et je l'ai supplié de vérifier !

— Mais il n'a pas le droit de faire ça, il a pas pu dire oui aussi facilement !

Rowan fit une petite moue charmante et leva les yeux au ciel : elle n'avait jamais su lui mentir.

— Bon, d'accord. Je l'ai littéralement harcelé, je lui ai dit que je ne lui ficherais pas la paix tant que je n'aurais pas ma réponse ! Je lui ai dit aussi qu'il y avait une forte probabilité qu'on ne soit pas compatibles et qu'au moins je me calmerais, le cas échéant ! Il a fini par dire oui. Mais moi, je le savais déjà que ça matcherait, je le sentais. Je suis si contente, No, si contente !

La jeune fille s'était mise à virevolter dans la chambre de son ami, tel un petit papillon. Elle était tellement différente de la gamine inhibée et mal dans sa peau qu'elle présentait au reste du monde. À la voir danser ainsi, Noé s'était mis à croire, l'espace d'un instant, que tout cela était possible, qu'il pourrait attendre encore six ans, jusqu'à leur majorité, afin qu'elle soit en mesure de lui donner ce rein.

— On ne va pas attendre si longtemps, lui avait-elle répondu.

— Tu as douze ans, Ro. Tu ne peux pas être donneuse.

— Je te dis que je le serai. Fais-moi confiance.

Intrigué par sa détermination et son assurance, le garçon avait sondé son regard à la recherche d'un indice lui permettant d'en saisir la raison. Tout ce qu'il y avait lu, c'était le désir de le sauver et de l'amour, ainsi peut-être qu'une petite lueur qu'il n'avait jamais croisée dans les iris couleur glacier : le besoin de le faire, comme si elle devait absolument payer de sa personne pour régler ses comptes avec l'univers. À croire qu'elle cherchait encore à remercier la bonne fortune qui l'avait mise sur le chemin des épouses Le Guen. Pour autant, Noé était persuadé que, aussi maligne et convaincante qu'elle soit, cette fois-ci elle ne pourrait pas infléchir la volonté de leurs mères et de l'équipe médicale.

Bien entendu il s'était trompé. Noé n'était jamais parvenu à découvrir comment Rowan s'y était prise. Elle avait longuement parlé à Esther et Marieke, puis avait plaidé sa cause devant le chirurgien chargé de l'opération. Au départ, tous avaient été catégoriques : douze ans, c'était beaucoup trop jeune pour donner un organe. Elle pourrait le regretter plus tard. Pourtant...

Contre toute attente, l'opération avait eu lieu. Dans le plus grand secret, du fait de son caractère peu conventionnel et à l'éthique discutable. Noé lui-même, malgré sa joie d'être enfin greffé, avait saisi la gravité de cette décision et tenté de la dissuader. Mais il n'y avait pas plus têtue que Rowan une fois qu'elle avait une idée en tête. À croire qu'être élevé par des Bretons vous en confère certains traits !

Au terme d'une opération de plusieurs heures et moyennant la prise à vie d'un antirejet, Noé avait découvert les joies d'une existence normale. Il avait pu manger tout ce qui lui faisait envie et goûté le plaisir de boire à sa soif, d'uriner. Il était ressorti complètement métamorphosé de cette intervention, pas seulement physiquement. Côtoyer la mort l'avait aussi rendu plus clairvoyant, plus réceptif aux autres.

Aux autres comme à Rowan.

Depuis ce jour-là, le lien qui les unissait s'était renforcé, dédoublé. Le garçon ne parvenait pas à s'expliquer comment, mais en lui donnant un morceau d'elle, Rowan lui avait, sans le savoir, ouvert un accès à son âme. En bon stalker, il en avait fouillé le moindre recoin, découvrant, stupéfait, la merveilleuse créature qu'elle s'acharnait à dissimuler à son entourage. Il en avait saisi la complexité, l'idéalisme, avait perçu ses angoisses et ses remords, tant de choses qu'elle n'avait jamais osé lui avouer... et qu'il avait fait semblant de ne pas comprendre afin de préserver sa pudeur, de ne pas l'effrayer et risquer de briser ce qui les liait.

Ce qui les liait...

4.

À l'échelle de l'infiniment petit, c'était un lac, un torrent, un océan de possibles, un univers à soi tout seul. Précautionneusement préservé dans un tube incassable et affublé du matricule XX17-ADP-42, le liquide riche de ses mystères parcourut des centaines de kilomètres, projetant ses vaguelettes visqueuses contre les parois protectrices. Il passa de main en main, fut balancé dans un camion, passé aux rayons X, stocké dans la soute d'un avion, puis fut à nouveau trié, expédié par la route pour être distribué dans la filiale danoise de LCF23 en vue d'être analysé. L'échantillon de salive de Jezebel Kern parvint à Copenhague cinq jours après qu'elle l'eut posté. Il resta en souffrance encore trois jours, le temps que les spécimens arrivés avant lui soient étudiés et que leurs résultats soient transmis aux intéressés.

Son tour arriva un mardi matin, il fut sorti de son emballage par Morten Jensen, le scientifique en charge de l'analyser. Selon la procédure habituelle, XX17-ADP-42 fut mélangé à des bactéries, puis imbibé d'un liquide stérile, mis à bouillir dans son éprouvette pour séparer l'ADN des protéines de la salive, et placé dans une centrifugeuse tournant à dix-huit mille tours par minute afin qu'il finisse de se détacher des autres constituants organiques. Lorsque le matériel génétique fut parfaitement isolé, une machine extrêmement perfectionnée prit le relais en triant les séquences d'ADN par impulsion électrique, les rangeant par ordre de taille. Et ce n'est qu'au terme de toutes ces étapes, soigneusement exécutées, qu'un autre appareil sophistiqué prit le relais pour décrypter les secrets de la double hélice de XX17-ADP-42.

À l'heure du déjeuner, l'ordinateur relié à l'appareil se mit à sonner. Depuis la cantine où ils se sustentaient, les scientifiques crurent à une alarme incendie. Ils se levèrent, en s'efforçant de rester calmes et de ne pas prendre de selfie, et se dirigèrent docilement vers les sorties de secours. Seuls les cadres dirigeants n'en firent rien. Tous avaient identifié la signification de cette sonnerie, créée sur le paradoxe du triton[1] – appelé encore l'« accord du diable ».

---

1. Le paradoxe du triton est l'une des illusions auditives les plus surprenantes. Le triton est un intervalle musical séparant deux notes par une demi-octave, soit six touches de piano. Dans le paradoxe du

Incrédules, ils restèrent un instant figés, ne sachant comment réagir. Ils le savaient pourtant *en théorie*, mais passer à la pratique, c'était une autre paire de manches.

— Ça vient du deuxième étage, commenta l'un d'eux en consultant son smartphone. Je m'y colle.

Harold Flynn, quadragénaire britannique aux allures de dandy, se leva et intercepta Morten Jensen avant qu'il ne quitte la salle.

— Ce n'est pas une alarme à incendie, c'est le signal, lui annonça-t-il.

— Le signal ? répéta l'homme, incrédule.

— Oui, tu sais bien...

Le chercheur fronça les sourcils, puis écarquilla les yeux. Le *signal* ? Il bafouilla quelques mots et suivit son supérieur jusqu'à son laboratoire.

— Je préfère prendre les escaliers, expliqua Flynn en bifurquant juste avant l'ascenseur : ça ne tombe jamais en panne et c'est meilleur pour la santé.

Jensen opina du chef et gravit les marches dans un état second. Il ne parvenait pas à réaliser ce qui était en train de se produire. Les deux hommes pénétrèrent dans la pièce qui venait de prendre un caractère presque sacré. Sur l'écran de l'ordinateur

triton, on fait écouter au sujet un son composé de la même note répartie sur cinq octaves. On fait suivre une note composée de la même manière (répartie sur cinq octaves), mais séparée d'un triton avec la précédente. Il est alors difficile de dire si les notes ont été jouées de la plus grave à la plus aiguë, ou le contraire.

relié à la machine – *l'autel* –, un message requérait un login ainsi qu'un premier mot de passe. Le chercheur tapa ses identifiants et céda le clavier au responsable qui dut en faire autant.

— Si j'avais su que ça tomberait sur moi, bafouilla le scientifique ! Misère, regarde ça : je tremble comme un petit vieux...

— Moi aussi je suis fébrile. Mais moins que toi on dirait, répondit Harold avec ce flegme britannique qui aurait calmé un hyperactif sous coke. Tu es livide, tu devrais aller prendre un café au distributeur. D'ailleurs j'en veux bien un aussi. Je vais en avoir besoin, plaisanta l'homme.

— C'est que... on est censés rester ensemble, non ?

— Tu crois que je vais m'enfuir avec l'ordi sous mon pull ? plaisanta son supérieur.

— Non, t'as raison. Court noir ?

— Long, sucré, avec double crème. Et n'oublie pas la touillette !

Morten émit un sifflement moqueur.

— Eh bien on peut dire que tu ne rigoles pas avec le diabète, toi !

— Mes tests disent que je n'ai aucun risque de ce côté-là... l'avantage de bosser ici !

Les deux hommes rirent de bon cœur et le Danois partit chercher les boissons chaudes. Harold Flynn fit craquer ses doigts en regardant les séquences s'afficher sur l'écran. Certaines d'entre elles clignotaient, assorties du message « MATCH ». C'était encore plus excitant que Tinder. Il ressentit une dose massive d'adrénaline se répandre dans son corps, tandis qu'il plongeait la main sous son pull pour attraper le pendentif qu'il portait à même la peau et dont il ne se séparait que pour se doucher ou aller nager. C'était un médaillon cachant habilement une clé USB à forte capacité de stockage. Il la connecta à l'ordinateur et fit une copie des données en quelques secondes. Il eut juste le temps de replacer le faux bijou sur sa chaîne avant que son collègue ne revienne. Il l'accueillit avec un grand sourire, comme si de rien n'était. C'était presque trop facile.

— Il n'y avait plus de crème, alors je t'ai pris un sachet de sucre supplémentaire, monsieur Diabète, ça ira ?

— C'est parfait. Il est possible qu'on ait tiré le gros lot, dit-il en jouant avec le carton d'emballage de l'échantillon.

— C'est clair. Va falloir envoyer les résultats dans la journée.

— Je ne sais pas, ça m'ennuierait d'alerter les hautes instances pour rien. On a déjà eu des faux positifs, il y a quelques années, et ça a bardé.

— Ah bon ? C'était quand ? Je n'en ai aucun souvenir.

— Je ne sais plus... Tu étais peut-être en congé ? J'aimerais bien prendre le temps de faire faire deux ou trois vérifications à mon équipe, avant.

— T'as raison, ça paraît tellement improbable, de toute façon... Ah tiens, la propriétaire de l'échantillon nous a laissé un petit cadeau, on dirait !

Le scientifique attrapa au vol un long cheveu rose encore collé au scotch du colis.

— Poubelle, répondit Flynn.

— Sauf si ce n'est pas le sien.

— Les gens font ça tout seuls, tu le sais bien, c'est un acte intime. Et puis même si c'était pas le sien, on s'en fout, non ?

— Non. On est là pour collecter un max de génomes je te rappelle ! Quand tu feras tes vérifications, demain, je ferai mumuse avec celui-ci, si tu veux bien.

L'Anglais haussa les épaules. Demain, il aurait quitté l'entreprise et ce pays, pour ne plus jamais y revenir. Il n'enverrait jamais les résultats à la direction, afin de permettre à l'Ordre d'avoir un peu d'avance.

— Tu sais quoi ? dit-il. Je crois que j'ai besoin de prendre l'air, l'adrénaline m'a coupé les pattes. Je vais aller respirer un peu avant de retourner bosser. Je te tiens au courant pour les résultats dans les vingt-quatre heures. D'ici là, évite de claironner sur tous les toits qu'on l'a trouvée. Disons aux curieux que c'était un faux positif, pour l'instant.

— Ouais, t'as raison. T'inquiète, je serai une tombe.

Il joignit le geste à la parole en faisant mine de verrouiller ses lèvres. *Good boy*. Le quadragénaire fila chercher son attaché-case, ainsi que sa veste dans son bureau. C'est le cœur battant qu'il emprunta pour la dernière fois les escaliers jusqu'au hall, traversa les portiques de sécurité et franchit la porte de LCF23. Il poussa un soupir de soulagement lorsqu'il se sut hors de portée des caméras ou de tout système d'écoute. Jusque-là, il avait craint qu'on ne le démasque et l'arrête.

Il était en rase campagne quand il sortit un téléphone à carte prépayée de son attaché-case et composa le numéro qu'il connaissait par cœur.

— C'est bon, on la tient, dit-il sans autre forme de politesse.

— Vous êtes sûr ?

À l'autre bout de la ligne, la voix d'une femme âgée, dure, inflexible mais teintée d'une légère excitation.

— Oui. Je vous envoie le dossier par mail, d'ici une heure, le temps de faire une copie, et je vous poste la clé USB, au cas où... J'ai du mal à croire qu'on *l*'ait trouvée.

Il avait toujours pensé que la probabilité qu'*elle* expédie son ADN d'elle-même à LCF était trop faible. Il croyait que les campagnes de vaccination lancées par Lily Witt avaient plus de chance d'aboutir, même si, les années passant, il avait fini par se décourager. Passé l'adolescence, les gens n'étaient plus aussi pressés de se faire vacciner, surtout qu'avec l'avènement des réseaux sociaux et de la paranoïa qu'ils véhiculaient, les antivax ralliaient de plus en plus d'adeptes. Et malgré ses talents de communicatrice, la big boss avait du mal à lutter contre la tendance. Pourtant, elle n'avait jamais perdu espoir. Et pour cause, quand on savait qui elle recherchait vraiment...

— Très bien. Lily Witt est au courant ?

— Pas encore.

— Vous avez réussi à différer le transfert des données ?

— Oui, elle aura vingt-quatre heures de retard sur nous. Je ne peux pas faire plus.

— C'est déjà bien.

— Dès qu'elle saura qu'on *l'*a retrouvée, elle voudra récupérer son « œuvre d'art ».

— Et tout ce que découvrira Lily Witt, répondit la femme d'un ton glaçant, c'est une nature morte.

5.

Le bureau londonien de Lily Witt avait été décoré à l'identique de celui de Montréal. Le mur faisant face à l'entrée était peint du même bleu que ses iris, ce qui les faisait particulièrement ressortir, les autres affichant un blanc immaculé. Les fenêtres blindées ainsi que le matériel high-tech dernier cri contrastaient avec l'immense tapis oriental se déclinant dans des camaïeux de crème et de gris, ainsi qu'avec les meubles d'époque ornés d'une bien curieuse façon. Des crânes jaunis et craquelés, des bocaux abritant des avortons difformes et, surtout, des marionnettes. Des marionnettes partout, provenant de dizaines de pays différents, usées par des siècles d'existence plus ou moins éprouvants ou flambant neuves. L'ensemble donnait une impression étrange, incitait à la détente autant qu'il créait un malaise, exactement comme la maîtresse des lieux. Peut-être était-ce d'ailleurs l'effet recherché ?

Une oreillette rivée à son pavillon auditif, ses pieds déchaussés posés sur son bureau, la jupe remontée au plus haut de ses cuisses du fait de sa position avachie, Lily Witt faisait défiler les images de vidéosurveillance de Copenhague, les doigts sur son touchpad.

— Et ce salopard est sorti comme ça, à la barbe de tous, pesta-t-elle...

À l'autre bout du fil, Kirsten Rasmussen, la directrice du laboratoire danois, fulminait tout autant. Elle avait pourtant procédé à toutes les vérifications requises avant d'embaucher Harold Flynn, treize ans plus tôt, et ce type-là n'avait jamais fait de vagues, c'était un employé modèle. Elle en aurait pleuré de rage.

— Je suis désolée, madame Witt, je comprendrais que vous preniez des mesures...

— Vous n'y êtes pour rien. Il a admirablement caché son jeu, toutes ces années.

— Souhaitez-vous qu'on l'intercepte, ou qu'on appelle la police ?

— Ni l'un ni l'autre. Il a déjà quitté le Danemark, à l'heure qu'il est. Je m'en chargerai en temps voulu.

Si Kirsten Rasmussen avait eu la P-DG de LCF face à elle, elle aurait certainement pris ses jambes à son cou, malgré le ton rassurant de Lily Witt. En effet, le blanc de ses yeux s'était subitement injecté de sang, formant un écrin écarlate pour ses iris marine. Ce qui, en général, n'annonçait rien de bon.

Sans autre forme de procès, Lily Witt coupa la communication. L'Ordre avait donc réussi à infiltrer un de ses laboratoires, peut-être même tous. Grand bien leur fasse ! Elle ne les craignait aucunement de toute façon, et s'ils pensaient avoir une longueur d'avance sur elle, non seulement ils se trompaient lourdement, mais il serait d'autant plus facile de démanteler cette stupide secte. Depuis le temps qu'ils tentaient de la faire tomber, n'avaient-ils toujours pas compris qu'ils ne faisaient pas le poids contre elle ? Qu'une Lily Witt valait un million de leurs fanatiques ? Enfin... un million, il ne fallait pas exagérer. Si on en dénombrait un millier dans le monde, c'était bien le maximum.

La scientifique replia ses longues jambes ankylosées et grimaça un peu, se frotta les mollets, enfila ses escarpins et alla se planter devant son miroir, mains sur les hanches. Elle ressemblait à une gamine boudeuse.

Une gamine aux yeux flippants.

Cela faisait presque un an qu'elle avait repéré Jezebel « Kern ». Lily Witt bénissait cette époque où le principal rêve des jeunes était de devenir célèbre et où ils n'avaient de cesse de s'exposer au tout-venant. C'est grâce aux castings que Jezebel avait passés qu'elle avait pu la retrouver, les rushes circulaient sur Internet et le vieillissement de son visage de fillette étant plutôt réussi, le reste avait été un jeu d'enfant pour son équipe informatique.

Une fois son nouveau nom et celui de sa ville de résidence dévoilés, il avait été aisé de retracer son itinéraire, depuis le moment où Hannah Halter l'avait enlevée. Lily Witt avait dû se faire violence pour ne pas l'exfiltrer, sans plus de formalités, mais la terroriser n'était pas une bonne idée, à en croire le sort que la jeune fille réservait à ceux qui la contrariaient. Sur ce plan, Jezebel avait d'ailleurs dépassé toutes ses espérances ! La femme avait donc loué une maison à quelques mètres de la gentille famille Kern pour n'en sortir que perruquée et affublée d'un foulard ainsi que de lunettes noires. Elle ne pouvait risquer d'être reconnue par le couple de kidnappeurs ni par de potentiels fans.

— Souhaitez-vous que j'appelle votre chauffeur, madame Witt ?

Bethany Jones, l'assistante personnelle de Lily depuis bientôt sept ans, connaissait sa patronne à la perfection. Elle était capable d'anticiper le moindre de ses désirs et lui obéissait au doigt et à l'œil, comme toutes ses employées, d'ailleurs.

— Pas aujourd'hui, je prendrai la New Beetle.

— Bien, madame.

— Et qu'on ne me dérange sous aucun prétexte.

D'ailleurs, je n'allumerai pas mon téléphone, c'est compris ?

— Oui, madame.

Lily sortit du parking souterrain en trombe, au volant de son petit cabriolet crème décapoté. Elle n'avait pas de temps à perdre : sa journée allait être chargée et de toute façon elle en avait assez gâché comme cela, durant les quatorze dernières années. Elle comptait bien se rattraper. Elle avait déjà pu observer Jezebel, quand elle passait devant ses fenêtres, pour se rendre à son lycée de province, et même apprendre à la connaître grâce aux micros qu'elle avait fait poser chez les Kern. Jezebel avait du caractère et des rêves de grandeur, mais c'était aussi une fille de son époque avec une conscience aiguë de l'épuisement des ressources naturelles de la planète, de la nécessité d'organiser les sociétés différemment. Exactement ce qu'il fallait pour LCF. À croire que cela aussi, c'était dans ses gènes.

Tandis que la voiture filait à vive allure vers l'aéroport d'Heathrow, Lily se remémora la patience d'ange qu'elle avait dû déployer, tapie dans l'ombre, attendant le meilleur moment pour passer à l'action. Ce fut un vendredi soir vers vingt-trois heures, six mois après son installation dans ce quartier bas de gamme, qu'elle eut enfin un créneau. Des cris s'étaient mis à retentir dans l'appartement des Kern. Cette traîtresse d'Hannah semblait hors d'elle.

— *Comment as-tu pu nous faire ça, Jez ? On te l'avait interdit !*

— *Vous ne m'empêcherez pas de vivre ma vie, et si vous essayez je partirai d'ici !*

— *T'empêcher de vivre ? Espèce de petite conne, va ! C'est tout le contraire...*

— *Arrête, ma chérie,* était intervenu son mari. *Elle ne peut pas comprendre...*

La femme s'était un peu calmée, mais pas la fille qui hurlait sur sa mère, à moitié hystérique. Et c'est à ce moment-là que *ça* s'était produit. La voix de Jezebel avait changé, s'était gonflée, dédoublée. Le couple n'avait probablement pas perçu la modification, trop subtile pour le commun des mortels, mais Lily l'avait entendue. Pour elle, c'était très net. La voix de Jezebel était double. Il y avait sa voix normale, celle, un peu rauque, qui devait faire chavirer le cœur des garçons, et une autre, grinçante, métallique, hideuse. Cette autre voix se déployait en ondes sournoises et agressives, bombardant le cerveau de son interlocutrice et l'attaquant, le piquant de toutes parts, le forant sans relâche. Pour avoir discrètement croisé Hannah Kern à quelques reprises depuis son arrivée, Lily avait pu constater qu'elle avait déjà subi un nombre important de dommages du même ordre. Rien de mortel en soi, mais cela avait provoqué un anévrisme qui devait être traité correctement. Sans quoi...

Les Kern étaient sortis précipitamment de la maison. Comme elle avait pu suivre tout ce qui s'était passé, Lily savait que Jezebel avait fait saigner sa mère et qu'ils se rendaient en urgence à l'hôpital. Il lui avait suffi de se poster à côté de leur voiture en feignant de passer un appel, pour pouvoir intervenir à sa guise. Elle avait commencé par Hannah, affaiblie et donc plus facile à manipuler à distance. Hormis le faux nom dont elle s'était affublée, Hannah Halter n'avait pas beaucoup changé en quatorze ans, elle avait toujours cette beauté classique et affichait le même air de vierge effarouchée qu'à trente ans ! Son cerveau, en revanche, avait sacrément morflé. Comme quoi, bien mal acquis ne profite jamais ! s'était-elle dit en souriant. Lily Witt avait alors plissé les paupières, penché légèrement la tête et était partie à la recherche de chacun des petits trous d'aiguille provoqués par Jezebel pour les agrandir davantage, tout spécialement dans les centres de l'éveil et de la mémoire des visages. La manœuvre s'était avérée toute simple : Hannah n'était pas en état de lui opposer la moindre résistance et Lily s'y était enfoncée comme dans du beurre. La petite avait bien préparé le terrain. Arrivée à sa hauteur, Hannah était déjà un légume incapable d'interpréter ce qui se passait autour d'elle, son cerveau s'effondrant sur lui-même. Lily avait espéré que ce fût douloureux, ça aurait pu l'être vraiment si elle avait disposé de plus de temps, mais il lui avait fallu parer au plus pressé. Elle avait donc un peu été déçue en n'observant qu'un air hébété sur le visage de cette garce et non des grimaces de douleur. Pas même une ou deux.

Le cas de Johann avait été un peu plus excitant. L'homme était fou d'angoisse pour son épouse, rongé par la culpabilité, aussi. Il était passé à côté d'elle sans même la remarquer et c'est pendant qu'il installait sa femme sur le siège passager qu'elle l'avait *travaillé,* visualisant son cerveau et s'y engouffrant, se faufilant jusque dans le cortex visuel et l'amygdale, siège des émotions. Jusqu'à les percevoir parfaitement. Jusqu'à en déceler les membranes, en apprécier la consistance, distinguer chacune des cellules les composant. Puis elle avait dirigé toute la force de sa volonté droit sur ces cellules, en leur commandant de s'agiter.

Elle les avait fait vibrer, de plus en plus fort, entrer en friction.

Cuire.

Éclater.

L'homme était resté immobile pendant tout le temps qu'il lui avait fallu pour griller ses neurones à la manière d'un micro-ondes. Lui aussi affichait désormais un air hébété. Ils étaient finalement si bien assortis ! Quel joli couple de légumes !

Lily Witt aurait volontiers provoqué davantage de dommages, tué sur place ce mâle infect qui avait osé approcher sa petite merveille. Mais elle ne devait pas perdre de vue son objectif et demeurer la plus discrète possible afin que la gamine suive docilement la voie qu'elle lui avait tracée. Elle avait donc cessé la torture.

Johann Kern avait repris ses esprits, du moins ce qu'il en restait, et avait démarré sa voiture. Quelques kilomètres plus loin, il avait eu une hallucination plus vraie que nature et s'était jeté à grande vitesse sur un poids lourd.

Postée devant la porte de débarquement, Lily Witt regarda nerveusement sa montre : son rendez-vous n'allait pas tarder à arriver. Afin de tromper son impatience, elle décrocha son téléphone et composa un numéro enregistré dans ses favoris.

— Allô ?

— Madame Doukouré ? commença-t-elle d'une voix mielleuse. C'est Évelyne Paradis, comment allez-vous ?

— Oh, madame Paradis, je suis ravie de vous entendre ! Nous allons très bien, Jezebel nous comble de joie.

Lily avait besoin de savoir comment les choses s'étaient accélérées dans sa vie au point que Jezebel en vienne à envoyer sa salive à LCF23. Pour qu'elle ait fait cela, elle avait forcément découvert que les Kern n'étaient pas ses vrais parents, mais comment ?

Lily comptait sur les Doukouré pour lui fournir une piste. Ces gens-là, de bons chrétiens comme elle les aimait, étaient un excellent relais, elle les avait bien choisis. La scientifique avait toujours su qu'Hannah ramènerait Jezebel en France et qu'elle finirait par la retrouver. Mais l'administration française ne les laisserait pas partir comme cela : une fois les Kern morts, la jeune fille serait forcément placée en famille d'accueil. Alors Lily Witt avait tiré quelques ficelles pour orienter la jeune Kern vers le foyer de son choix. Un foyer qu'elle avait sélectionné avec soin, et une forme d'ironie, il fallait bien l'avouer. Elle avait jeté son dévolu sur le couple évangéliste depuis plus d'une décennie, et se faisait passer pour une assistante sociale auprès d'eux, poussant le perfectionnisme jusqu'à jouer ce rôle avec les autres gamins qu'ils avaient hébergés. On pouvait dire qu'elle avait su tisser avec eux une relation de confiance qui lui serait bien utile le moment venu : les Doukouré lui confieraient Jezebel sans poser de question. D'ici là, Jezebel ferait quelques rencontres « fortuites » qui la déconditionneraient de l'éducation des Kern et lui ouvriraient d'autres perspectives.

— Jezebel se remet-elle de son chagrin ? Comment va son moral ?

— C'est encore fluctuant, mais nous sentons qu'elle s'ouvre à nous, peu à peu. Elle reprend goût à la vie, je crois. Elle a recommencé à jouer de la guitare, c'est bon signe, non ?

— En effet... Et comment ça se passe, au lycée ?

— Elle est dans la moyenne. On devine qu'elle pourrait être dans les premiers de la classe, mais elle ne fait que le minimum vital. Il est impossible de lui en vouloir pour ça, c'est déjà bien qu'elle se maintienne à niveau. Sinon, elle s'est fait des amis, je l'encourage à les inviter à la maison, à faire entrer la vie dans son monde !

— Des amis ? reprit la femme, feignant la surprise.

Une autre fille et deux garçons. Évidemment, elle était déjà au courant et ne voyait pas d'un très bon œil que Jezebel côtoie le petit salopard qui avait détruit son laboratoire francilien.

— Elle a même un petit copain.

— De mieux en mieux. J'espère que c'est un garçon convenable ?

— C'est le fils des voisins, un gamin à problèmes mais pas méchant, dans le fond... Je trouve ça encourageant qu'elle soit amoureuse, pas vous ?

— Bien sûr, marmonna-t-elle. Gardez-les quand même à l'œil, d'accord ?

— Bien sûr !

— Parfait. Dans ce cas, je vais vous laisser, mon rendez-vous vient d'arriver. N'hésitez pas à m'appeler s'il y a quoi que ce soit ! Au revoir, madame.

— Au revoir, chère madame Paradis. Merci pour votre gentillesse, surtout !

Tu parles. Avec le nom dont elle s'était affublée, Paradis, cette bigote aurait pu avaler sa merde comme s'il s'agissait de Nutella.

Lily Witt se leva prestement et fit de grands signes en direction de l'homme qui venait de poser le pied en Angleterre, tandis qu'elle s'approchait de lui. L'homme s'arrêta un instant, incertain de la reconnaître.

— Bah alors, vous ne me remettez pas ? lâcha-t-elle d'une voix enjôleuse.

Elle ôta ses lunettes de soleil et plongea ses yeux marine auréolés de rouge dans ceux d'Harold Flynn. Estomaqué, l'homme recula d'un pas et lança des regards paniqués alentour.

— Laissez-moi tranquille, ou je crie, menaça-t-il, d'une voix tremblante.

Ce furent pourtant les derniers sons qui sortirent de sa bouche. Quelques secondes plus tard, alors que son interlocutrice avait déjà tourné les talons, l'homme s'effondrait, bouche tordue, yeux révulsés, les poumons se remplissant de liquide, ses doigts se crispant dans l'air comme ceux d'un noyé cherchant à remonter à la surface de la mer qui l'engloutit.

Le journal du lendemain évoquerait la foudroyante embolie pulmonaire de ce cadre dans la force de l'âge.

Ce que le journal ne dirait pas, c'est combien il avait souffert.

6.

-Jezebel Kern-
-Accident Kern-
-Hannah Kern-
-Johann Kern-

Rowan avait beau tourner ses recherches dans tous les sens, les mots clés n'étaient pas nombreux et ne donnaient quasiment aucun résultat pertinent. À peine quelques coupures de presse relatant l'accident de voiture, ici et là, dans les journaux régionaux, l'enregistrement d'un casting pour un télé-crochet, et quelques excursions sur les réseaux sociaux où Jezebel déballait des états d'âme sans intérêt... Rien. Elle ne trouverait rien sur Internet. Rowan poussa un long soupir. D'ailleurs, qu'espérait-elle découvrir ? Elle-même ne parvenait pas à mettre des mots sur ses sensations, sur ce nœud qui lui serrait l'estomac chaque fois qu'elle pensait à celle qui s'était prétendue son amie. Bien sûr, elle était folle de rage, bien sûr elle se sentait trahie. Jezebel Kern lui avait lacéré le cœur et ça faisait un mal de chien. Quand ses lèvres s'étaient posées sur celles de Noé, elle avait profané le temple sacré qui lui était réservé, consacré. Elle l'avait souillé et avait piétiné ses sentiments en même temps. Jamais Rowan ne pourrait le lui pardonner. Jamais elle ne le voudrait.

La semaine qui avait suivi ce moment atroce où le monde s'était ouvert sous ses pieds pour la précipiter en enfer s'était déroulée tel un rêve, derrière un brouillard de larmes et de douleur, d'hébétude, de solitude. Elle souffrait comme elle ne l'aurait jamais cru possible, ne dormait plus et avait perdu l'appétit, passait son temps à pleurer et à demander à l'univers pourquoi il lui infligeait cela. À elle. N'était-elle pas devenue une bonne personne ? Toujours prête à aider son prochain, à faire preuve de bienveillance ? À devenir chaque jour un peu meilleure que le précédent. Mais il apparaissait que malgré ses efforts, ce n'était pas suffisant. Elle avait toujours été et demeurerait toujours le vilain petit canard, la gentille copine que personne ne regarde vraiment, qu'on remarque à peine malgré ses excentricités... Qui ne compte pas.

Aussi loin qu'elle se souvienne, Rowan s'était toujours sentie en décalage. Son introversion et son intelligence aiguë suscitaient de la défiance chez les autres enfants et avaient le don de prendre les adultes en défaut. D'ailleurs, la première émotion dont elle se rappelait n'était-elle pas cette tristesse qu'engendre la solitude ? Oui, depuis sa naissance il lui semblait qu'elle n'avait jamais cessé de se sentir seule. Aussi, quand elle avait croisé le regard de Noé, le jour de son arrivée au foyer, et qu'elle y avait lu toute la gentillesse du monde, ainsi que le même sentiment d'être à part, elle avait su qu'ils étaient faits l'un pour l'autre. Cette certitude n'avait cessé de croître au fil des années. Tous deux se comprenaient sans se parler, se sentaient chez eux lorsqu'ils se blottissaient dans les bras l'un de l'autre. Ils s'étaient juré de ne jamais se laisser tomber.

Le jour de ses neuf ans, le premier anniversaire qu'elle fêtait avec la famille Le Guen au complet, Noé avait cassé sa tirelire pour lui faire un cadeau qui avait changé sa vie : une teinture rousse. La fillette était restée interdite, partagée entre l'excitation et la crainte que ses mères la trouvent trop jeune pour se colorer les cheveux, mais Noé avait préparé sa plaidoirie de longue date ! — Comme ça, plus personne ne pourra se moquer de ses cheveux blancs, à l'école ! Et puis on est des âmes sœurs, Rowan et moi, et les frères et sœurs doivent avoir les cheveux de la même couleur ! S'il vous plaît ! avait-il supplié ses mères, dites oui.

Les deux femmes avaient accepté la suggestion du garçon et Rowan avait pu se fondre dans la masse avec des cheveux flamboyants... un comble, quand on y pense !

Mais pour elle, ses changements de couleur – elle était aussi passée par le blond et le châtain – n'étaient que des cache-misère. Elle continuait de se sentir laide, d'avoir honte de ce qu'elle était. Là encore, c'était Noé qui avait, en quelques mots, balayé ses complexes. Elle se rappelait encore cette journée d'août 2014... Il avait fait horriblement lourd, durant toute la journée, et les deux adolescents traînaient leur nonchalance sur une plage normande qui commençait tout juste à se vider de ses vacanciers. Le ciel était chargé de lourds nuages noirs et l'air était si dense qu'ils ne pouvaient se frôler sans prendre une décharge électrique. Il était presque l'heure de rentrer dans la maison louée par Esther et Marieke quand une grosse goutte de pluie était venue s'écraser sur le front de l'un, puis une deuxième sur la joue de l'autre. Le temps qu'ils réalisent que l'orage allait éclater, ils étaient enveloppés d'un rideau de pluie drue. Noé lui avait attrapé la main et ils avaient couru aussi vite que le sable humide le leur permettait pour se mettre à l'abri dans un petit cabanon, le temps que l'averse se calme. Et tandis que le tonnerre grondait et que le ciel se déchirait d'éclairs menaçants, c'est là qu'il lui avait dit la plus belle des choses. Hilare et à bout de souffle, elle s'était adossée aux parois de bois, face à lui. Saisi d'une impulsion, il avait glissé ses mains dans les cheveux de la jeune fille pour les plaquer en arrière, l'avait fixée quelques secondes et avait déclaré — Tu as un beau visage, Rowan. Tu es vraiment belle, tu sais.

Douze mots.

Douze mots qui l'avaient laissée sans voix, les larmes aux yeux. Elle avait été bouleversée au plus profond d'elle-même comme si ces deux phrases dérisoires étaient tout ce qu'elle avait toujours attendu, ce qui devait effacer ses failles, ses peurs. Noé, de sa voix chaude et douce comme une caresse, l'avait en quelque sorte réparée de l'intérieur, réconciliée avec la vie... et l'avait confortée dans l'idée qu'ils étaient faits l'un pour l'autre.

Et il avait embrassé Jezebel.

Comme s'il avait oublié tout ce qui les liait.

Comme si elle ne comptait plus.

Comme s'il s'était perdu.

Cette fille lui avait retourné le cerveau, il était victime de son incontestable pouvoir de séduction. Elle-même en avait fait les frais. Depuis qu'elle ne fréquentait plus Jezebel, Rowan avait le sentiment d'être libérée d'une forme d'influence, elle ne ressentait plus ce besoin de l'aider, de lui témoigner son affection. Oui, Jezebel avait un sacré pouvoir de séduction, mais Rowan avait cessé d'être sa marionnette.

Prise d'une intuition, la jeune fille tapa de nouveaux mots clés dans son moteur de recherche, convaincue que sa jalousie n'était pas la seule cause de sa défiance vis-à-vis de sa rivale.

« Envoûtement+son+voix »

Une première page sortant des résultats parlant du mythe des sirènes s'afficha, mais une fenêtre pop-up s'ouvrit aussitôt sur son écran, sans lui laisser la possibilité de les parcourir.

Tu veux connaître la vérité à propos de Jezebel Kern ?
Rendez-vous dans trente minutes, devant le cinéma.

Était-ce une mauvaise blague ? Jezebel avait-elle piraté son ordinateur ? Quelques vérifications lui permirent de s'assurer que non. La personne qui avait pris le contrôle à distance était déjà sur le point de rendez-vous quand le téléphone de sa camarade était localisé à Paris. Intriguée, Rowan regarda l'heure. Elle avait un quart d'heure pour prendre une décision et rejoindre le cinéma. Quelqu'un cherchait peut-être à la piéger, pour se moquer d'elle ou bien lui jouer un sale tour. D'ailleurs, le portable de Jarod clignotait dans la même zone que l'émetteur du message. Elle aurait aimé pouvoir en parler à Noé, qu'il l'accompagne, mais elle lui battait froid depuis l'incident et n'avait aucune intention de lui adresser la parole pour l'instant. Non parce qu'elle lui faisait la tête volontairement, mais seulement parce qu'elle se sentait en incapacité de s'exprimer face à lui, de le regarder dans les yeux. Elle souffrait trop pour cela.

La curiosité était plus forte que la peur, aussi Rowan saisit-elle sa bombe à poivre et la glissa dans son sac, tant pis pour Jarod s'il avait décidé de lui chercher des noises. La jeune fille sortit en trombe de la maison, impatiente d'en avoir le cœur net.

Arrivée devant le cinéma, elle jeta des coups d'œil anxieux alentour. Jarod n'était pas là, en revanche il y avait cet homme d'allure banale qui la fixait avec insistance. Elle lui rendit son regard et y perçut la confirmation qu'il s'agissait bien du pirate. Il lui fit signe de le suivre, et se mit en route sans même l'attendre, l'entraînant dans un parc public, pile dans l'angle mort des caméras de surveillance. Lorsqu'elle prit place sur le banc, à côté de lui, il sortit une ardoise blanche de sa veste, et commença à griffonner quelques mots au marqueur.

— *Tu as déjà compris qu'elle était dangereuse, n'est-ce pas ?*

Rowan hésita un instant, puis fit signe que oui. L'homme sourit, effaça son message d'un revers de manche et poursuivit.

— *Elle n'est pas comme toi et moi, elle est mauvaise. Elle a déjà fait beaucoup de mal.*

L'homme effaça à nouveau son message, scruta un instant la jeune fille qui avait froncé les sourcils et continua sur sa lancée.

— *Il y a eu ses parents. Et plus récemment un homme, en Bourgogne, qui y a laissé la vie.*

Rowan fit instantanément le lien avec le voyage de Jezebel et Noé à Montbard, quand le garçon était revenu avec le chien Jean-Poil, puisque Jezebel ne se sentait pas capable de s'en occuper. Son cœur s'accéléra. Elle regarda autour d'elle : le parc était en train de se vider et elle n'était pas certaine de vouloir rester seule avec ce type. Qui disait qu'il ne la supprimerait pas quand elle lui aurait appris ce qu'il voulait savoir ? Car il ne faisait aucun doute qu'il n'était pas là juste pour la mettre en garde. Tentant d'afficher un air détendu, la jeune fille saisit le crayon de l'homme.

— *Pourquoi me dites-vous cela ?*

— *J'appartiens à une organisation qui cherche Jezebel depuis plus d'une décennie. Elle sèmera la mort et la désolation dans ce monde si on ne l'arrête pas.*

— *Avec... sa voix* ? risqua Rowan en reprenant le marqueur.

— *Pas seulement,* écrivit l'homme. *Elle est le fruit de la magie et de la science, un cocktail fatal mis au point par LCF. J'ai vu dans ton historique de recherches que tu t'intéressais à eux, et pas uniquement pour leur envoyer un échantillon de salive de Jezebel.*

— C'est vrai. J'ai entendu parler de Lily Witt et de l'hypothèse que LCF signifierait Lucifer...?

— Penche-toi sur le nom même de sa fondatrice, Lily Witt, si ça t'intéresse, et tu comprendras beaucoup de choses. J'aimerais pouvoir t'en dire plus, prendre le temps de tout t'expliquer. Tu es douée en informatique, tu possèdes des qualités qui feraient de toi une excellente recrue, d'ailleurs. Mais pour l'instant on doit parer au plus pressé. Donne-lui rendez-vous demain, ici même, même heure. Elle ne se méfiera pas de toi.

— Qu'est-ce que vous allez lui faire?

— La neutraliser.

— Quoi? s'étrangla-t-elle. Vous ne parlez tout de même pas de tuer Jezebel!

L'homme plaqua aussitôt la main sur sa bouche et lui fit signe de se taire et lire.

— Les personnes comme elle sont des aberrations. Il faut arrêter Jezebel avant qu'elle ne conduise l'humanité à sa perte. C'est un monstre, sous une enveloppe inoffensive, mais ne t'y trompe pas : les visages les plus angéliques sont les masques des démons les plus cruels. Je compte sur toi, Rowan. J'espère que tu feras le bon choix.

L'homme frotta son ardoise contre son pantalon et la rangea d'un air grave, se signa sans lâcher Rowan des yeux et partit aussitôt, la laissant digérer les informations et sa proposition.

La jeune fille se força à rester encore cinq minutes dans ce parc qui n'aurait plus jamais rien d'accueillant, et le quitta à son tour. Les mots de l'homme se bousculaient dans sa tête, elle tentait de les rassembler, de trouver une logique à tout cela. *Le fruit de la magie et de la science ? Mort et désolation ? Le décès du maître de Jean-Poil ? Un monstre. Lui tendre un piège grâce à elle, la neutraliser...*

Rien de tout cela ne pouvait être pris au sérieux par un esprit sain, cartésien. N'importe qui aurait qualifié les propos de cet homme de délire paranoïaque. Néanmoins, Rowan y croyait. C'était d'ailleurs surprenant que l'homme n'ait pas trouvé son manque de résistance anormal. Était-ce du fait de son jeune âge, parce qu'il estimait qu'elle devait être encore suffisamment ouverte d'esprit – ou crédule ? Rowan jeta un coup d'œil à son reflet dans une vitrine et se remémora les mots qu'il avait écrits : « Les visages les plus angéliques sont les masques des démons les plus cruels. » Il aurait mieux fait d'appliquer sa devise à lui-même et de se demander au moins pourquoi Rowan Le Guen, lycéenne modèle, n'avait pas songé à remettre en question l'existence de dons particuliers.

Oh, bien sûr, ça commençait à dater, ça faisait quoi ? Cinq ans, maintenant, qu'elle avait utilisé les siens pour la dernière fois ? Cinq ans et pas un jour ne passait sans qu'elle ne cherche à se racheter, à expier ce qu'elle avait fait subir à cette pauvre fille, dans les toilettes. Rowan s'était juré de ne jamais récidiver, d'enfouir ses mauvaises pulsions au plus profond de son âme. Et elle pensait avoir réussi. Jusqu'à ce que Jezebel débarque dans son lycée et libère la bête. À son contact, comme si c'était la chose la plus naturelle possible et sans la moindre réticence, Rowan avait recommencé. Elle avait incité Jarod et Jezebel à sortir ensemble le jour de leur arrivée, convaincu le garçon de la reconquérir après leur première dispute et l'avait invité à aller se perdre, plus récemment. Elle avait failli forcer la main de Noé pour qu'il les laisse, le jour de leur altercation, avait détraqué la santé du pauvre M. Piquepaille, poussé la vieille clocharde à devenir un danger pour elle-même. Juste avec ses mots. Et elle le devait à Jezebel, c'était certain. Quelle ironie !

Pourtant, comment aurait-elle pu imaginer qu'une personne dotée du même genre de capacité qu'elle existe ? Comment aurait-elle pu prévoir qu'elles se trouveraient au même endroit, au même moment ? Il y avait de quoi avoir le vertige, et ce n'était pas le plus important. Ce qui l'était, c'était qu'elle savait désormais à qui elle avait affaire. Enfin, elle parvenait à poser des mots sur ce pressentiment qui l'oppressait tant ! En modulant sa voix, Jezebel pouvait mettre les gens sous influence et les séduire ou les blesser, les obliger à la servir. Mais son don était grossier, mal canalisé, grisant. Comme le sien, des années auparavant.

Rowan songea alors à Noé, et réalisa qu'elle avait vu juste : aucune de ses dernières actions ne relevait de sa responsabilité. Elle en éprouva un profond soulagement, une liesse, même. Oui ! Tout était la faute de Jezebel. C'est elle qui devait être accablée, pas lui.

La jeune fille sentit la colère monter en elle, une colère telle qu'elle n'en avait pas éprouvé depuis longtemps. Une colère qui se cognait contre les barrages mentaux qu'elle avait érigés, prête à les rompre et tout emporter sur son passage, se nourrissant de la force de ses sentiments pour Noé, de son désir de le posséder exclusivement, de supprimer tout obstacle qui l'en empêcherait... Les vagues enflaient, formant une mer furieuse qu'elle ne pourrait bientôt plus contenir.

Elle devait les stopper, maintenant.

Se concentrer sur le positif, sur l'image de son bel amour, sur ses magnifiques yeux verts, sa chevelure flamboyante et ses mains si douces, sur le sentiment de plénitude qu'elle ressentait lorsqu'il la prenait dans ses bras.

Peu à peu la rage diminua et finit par disparaître, comme par magie. Et sa magie à elle s'appelait Noé Le Guen. C'était lui son gardien, son phare, le seul capable de canaliser sa face obscure. Sans sa présence bienveillante et son affection, Rowan aurait été incapable d'une telle maîtrise.

S'il venait à disparaître de sa vie, elle n'aurait plus ce rempart contre sa propre folie, serait capable du pire...

Mais il était là, et elle refusait de le décevoir, de faire quoi que ce soit qui puisse le détourner d'elle. Alors oui, Jezebel Kern était un problème.

Et grâce à l'homme du parc, elle savait maintenant comment s'en débarrasser.

7.

Depuis plusieurs jours, Jarod n'était plus vraiment lui-même. Il se sentait constamment perdu, au sens propre, lorsqu'il se trompait de chemin ou prenait le mauvais métro, comme au figuré. Il ne savait plus où il en était de sa vie...

Sa vie.

SA. VIE.

Tu parles. Aussi loin qu'il se souvienne, il n'avait jamais pu en profiter de façon normale, on ne lui avait jamais autorisé la moindre initiative, reconnu la plus petite qualité. Sauf celle d'être un excellent instrument. Comme tout objet destiné à servir quelqu'un d'autre, il avait été modelé, affûté, forcé à rentrer dans un moule à coups de masse. Battu. Humilié. On lui avait appris qu'il n'était rien, n'avait aucune valeur intrinsèque. Il avait eu le mauvais goût de naître garçon et devait par conséquent expier toutes les horreurs commises par ses pairs.

Combien de fois avait-il surpris l'air navré des amies de sa mère sur lui, avant même de savoir les interpréter ? Il croyait toujours avoir fait une bêtise, se sentait sur la brèche, pouvait être puni à n'importe quel moment. Combien de fois là encore, avait-il cherché du soutien, ou ne serait-ce qu'un peu de réconfort, de complicité de la part de son père ?

Mais Guillaume Nolan n'était plus qu'une coquille vide. Un jour, Jarod était tombé sur un documentaire montrant une opération de la prostate par endoscopie. Le chirurgien avait glissé ses instruments à travers les trous de la paroi abdominale, l'avait épluchée de l'intérieur de la même façon qu'on fait des tagliatelles de courgette et avait aspiré les copeaux d'organe, ne laissant plus dans le ventre du patient qu'une vésicule amollie tel un ballon de baudruche usagé. L'intérêt de ne pas procéder à une ablation complète était de conserver intacts les nerfs érecteurs afin de préserver la libido et le plaisir du malade. Son père était semblable à une prostate évidée : vu de l'extérieur il était toujours là, mais il avait été étouffé, châtré, broyé, coulé dans la personnalité de son épouse pour ne conserver de lui que le compte en banque et maintenir l'illusion d'un couple normal. Et c'était, à quelques détails près, le destin qui était proposé à Jarod.

Laura Nolan, cette malheureuse femme si discrète, soi-disant terrorisée par son mari, n'était en réalité qu'une parfaite comédienne. Une madame Bovary caricaturale et toxique qui avait fini par le tuer à petit feu et pour qui Jarod n'en faisait jamais assez. Lorsqu'il était rentré salement amoché du cours de SVT qui avait mal tourné, au lieu de se précipiter vers lui pour le soigner, comme n'importe quelle mère aimante l'aurait fait, elle l'avait aussitôt invectivé.

— Qu'est-ce que t'as encore fabriqué ! Faut que tu te fasses remarquer, hein ?

— Ce n'est pas de ma faute, maman. C'est à cause de Noé Le Guen... il drague Jezebel.

— Et alors ? T'as eu besoin de jouer les petits coqs, c'est ça ? T'es pas fichu de calmer tes pics de testostérone ? J'aurais dû te faire prendre ce bromure...

Pour tout dire, il était surpris qu'elle ne lui en ait pas fait ingurgiter à son insu. Mais il s'était bien gardé de la provoquer sur ce point.

— Ce n'est pas une question de testostérone, on doit rester ensemble, c'est...

— Tu dois surtout tenir tes nerfs. Tu ne vois pas qu'elle te mène par le bout du nez ? Je t'ai pourtant mis en garde. À croire que tu ne comprends rien, mon pauvre Jarod.

— C'est toi qui ne comprends rien, avait-il grondé, d'un air de défi.

— Et en plus il me répond ! Je vais te faire passer l'envie de me parler sur ce ton, crois-moi !

Et les coups s'étaient mis à pleuvoir. Ses cris avaient retenti dans la maison et au-delà des murs, jusque chez les Doukouré, où Jezebel avait tout entendu. Jezebel, dont il avait immédiatement su qu'elle serait sa sauveuse, son aller simple vers un monde meilleur, la nuit où il avait croisé son regard. Et s'il était paumé ces derniers temps, il ne devait surtout pas la perdre de vue.

Jarod avait suivi Rowan depuis le cinéma, dans l'espoir qu'elle le conduise jusqu'à Jezebel. Il avait été surpris qu'elle s'asseye à côté de cet homme qu'il n'avait jamais vu auparavant mais dont l'allure étrange l'avait aussitôt alerté. Il s'était faufilé dans le parc, sans se faire remarquer, et s'était caché derrière un arbre, à quelques mètres de leur banc. L'homme ne communiquait qu'en griffonnant sur une ardoise blanche, comme s'il craignait les oreilles indiscrètes. À moins qu'il ne soit muet ? Frustré de ne pas pouvoir entendre leur échange, Jarod avait bien tenté de se concentrer sur leur langage non verbal – en vain.

— Quoi ? s'était soudain écriée Rowan. Vous ne parlez tout de même pas de tuer Jezebel !

L'homme lui avait aussitôt plaqué la main sur la bouche pour la faire taire, mais les paroles de la jeune fille avaient été énoncées suffisamment clairement pour qu'il les entende. Le cœur de Jarod s'était dangereusement mis à s'accélérer. Il bouillait littéralement d'envie de se précipiter sur cet affreux type pour lui casser la figure. Tuer Jezebel ? Plutôt lui passer sur le corps.

L'homme était parti au bout de quelques minutes et Jarod l'avait suivi. Quand ils avaient été à hauteur d'une impasse déserte, il l'y avait projeté violemment. L'homme était tombé sur les genoux, sans même un cri, et s'était relevé péniblement.

— T'es qui, toi ? avait aboyé Jarod.

L'homme n'avait pas répondu et avait fait mine de vouloir partir. Jarod l'avait retenu d'un coup d'épaule.

— Jezebel t'intéresse, hein ?

— ...

— Tu veux lui faire du mal, c'est ça ? Elle te fait peur ? Alors tu fais appel à sa meilleure amie pour te filer un coup de main ? T'es pathétique.

— ...

— Y en a d'autres, des comme toi ? Vous êtes combien ?

Comme l'homme avait toujours refusé de parler, Jarod lui avait décoché dans le ventre un coup de poing qui lui avait coupé le souffle. Il s'était plié en deux, le garçon en avait profité pour lui lancer son pied en pleine figure, ce qui l'avait fait chuter lourdement sur le sol. Jarod s'était rué sur lui et l'avait bourré de coups de poing, prenant sa tête pour un punching-ball. À son visage, s'étaient substitués comme par magie ceux de son père, de sa mère, de toutes les personnes qu'il estimait à l'origine de son malheur. Il voulait les faire disparaître, les transformer en une bouillie méconnaissable pour que plus jamais il ne lise dans leurs yeux la déception et le dégoût. La rage accumulée ces dernières années se déversait hors de lui, à travers ses poings. L'homme avait relevé ses bras et tenté maladroitement de s'en faire un bouclier. C'est à ce moment-là que Jarod avait compris pourquoi il n'avait pas prononcé le moindre son : une petite cicatrice barrait sa gorge, horizontalement. Il avait dû subir une opération qui avait sectionné ses cordes vocales. Un éclat indéfinissable avait jailli dans les prunelles de l'homme à terre, un mélange de fierté et de défi. Non, ce n'était pas un accident : cet homme avait été volontairement rendu muet. Incrédule, Jarod s'était relevé doucement. L'homme s'était redressé et, assis sur le bitume, avait griffonné quelques mots à son attention, s'assurant que le garçon les avait lus avant de les effacer et de se relever. Jarod l'avait regardé partir en titubant, sans chercher à le rattraper : il avait eu plus que son compte. Puis il avait sorti son téléphone portable de sa poche et, d'une main tremblante, avait tapé un SMS.

C'était moins une ! L'homme avait bien cru que ce gamin allait le tuer… Il avait littéralement senti sa rage, sa haine, son désespoir. L'espace d'un instant, il avait eu de la peine pour lui. Jarod Nolan n'était qu'une victime collatérale de Lily Witt. Encore une. Mais pas le temps de s'attarder sur lui. Il devait partir d'ici le plus vite possible, cet endroit ne serait bientôt plus sûr. Il marcha aussi vite que possible, son chapeau profondément enfoncé sur une tête qu'il maintenait baissée afin que les passants ne remarquent pas ses contusions. Une dizaine de minutes plus tard, il arriva dans le petit hôtel sans charme dont il avait réglé la chambre d'avance, en espèces. Il gravit les marches étroites, à la moquette imprégnée d'une odeur de tabac froid et de semelles suintant la transpiration rance, atteignit le second étage et s'enferma dans sa chambre. Il se dévêtit à la hâte et se glissa dans la cabine de douche en plastique. L'espace était exigu et le rideau ne descendait pas jusqu'au bac : il allait tout inonder. Tant pis, il actionna les robinets et poussa un soupir de soulagement. Prendre une douche n'était pas l'idée du siècle quand chaque minute passée ici le mettait plus en danger que la précédente, mais il ressentait le besoin de se nettoyer de toute cette merde que sa visite avait remuée. D'ôter le sang coagulé de ses cheveux, de rafraîchir son visage, d'oublier ce malaise qu'il avait ressenti dans le parc.

Il avait beau s'être engagé dans l'Ordre par conviction, par foi même, avoir renoncé à mener une vie normale pour épouser la cause, tel un moine-guerrier, être allé jusqu'à se faire crever les tympans et arracher les cordes vocales pour ne jamais parler ni se laisser fléchir... il n'avait jamais réalisé jusque-là que leur cible était aussi jeune. C'est en discutant avec la petite Le Guen qu'il en avait réellement pris conscience et, pendant tout le temps qu'avait duré leur conversation, il n'avait pu s'empêcher de substituer le visage de Rowan à celui de Jezebel Kern. Il secoua la tête pour chasser cette idée ridicule et posa un pied hors de la cabine. Il glissa sur une flaque d'eau et manqua tomber, se rattrapa in extremis au lavabo en se disant que ce n'était décidément pas son jour. Il se sécha du mieux qu'il put avec la serviette râpeuse fournie par l'hôtel, se rhabilla avec les mêmes vêtements qu'à son arrivée, rangea l'ordinateur dans son étui et quitta cet endroit miteux.

Il y avait un train pour Paris toutes les quinze minutes, au pire il serait à la base d'ici une heure. Il huma un instant l'air frais, le savoura même, tant celui de sa chambre d'hôtel lui avait paru vicié, et consulta machinalement sa montre : il était encore tôt, rien ne pressait. Il se décida néanmoins à se mettre en mouvement et traversa la rue déserte d'un pas tranquille, heureux de profiter d'un peu de calme après la tempête.

Un crissement de pneus déchira soudain le silence. Une voiture, lancée à grande vitesse, fonçait droit dans sa direction. Incrédule, l'homme s'arrêta net sur la voie. Fasciné, paralysé, il ne songea même pas à fuir, mais se contenta de laisser tomber son menton et d'attendre l'impact, bouche ouverte, yeux arrondis par la surprise. La New Beetle le percuta au niveau des hanches et le projeta dans les airs. Passé la douleur fugace de l'impact, et pendant un bref instant, il se crut en train de voler et trouva cela formidable. Il sourit, même. Puis son corps rebondit tel un pantin désarticulé sur le capot, et atterrit au beau milieu de la chaussée, sans vie, les membres en pagaille et le cou de travers. Mais il était déjà mort. Il était mort en volant, un sourire d'extase aux lèvres.

8.

Noé Le Guen passa une main nerveuse dans son épaisse chevelure, avec l'espoir fou de la discipliner un peu. Le résultat fut pire encore : il donnait l'impression de sortir du lit, c'était désespérant. Tant pis, ce n'était pas comme si Rowan ne l'avait jamais vu les cheveux en pétard. Il posa sa main en coupe devant sa bouche et renifla sa propre haleine. À priori, rien à signaler. Il sourit, satisfait. Il avait passé son T-shirt Slipknot, celui qui faisait office de porte-bonheur, que pouvait-il lui arriver ? Pourtant, il avait rarement été aussi nerveux de toute sa vie.

Allez mon vieux, se dit-il pour se donner du courage. *Y a aucune raison pour que ça se passe mal...*

Aucune ? À l'exception peut-être du baiser que Rowan avait surpris, évidemment. Mais ressasser ses mauvais souvenirs ne servait à rien. Au lieu de ça, il devait dérouler le discours qu'il avait répété une bonne centaine de fois devant son miroir. Il prit une longue inspiration, sortit de sa chambre d'un pas décidé, et alla frapper à celle de Rowan.

— Entrez !

Le garçon ouvrit doucement la porte et se figea sur le seuil. Rowan était vêtue d'une robe blanche en coton, toute simple. Le genre qu'elle portait lorsqu'elle n'était encore qu'une toute petite fille.

Mais l'effet sur la jeune femme qu'elle était devenue était tout autre. Le soleil qui filtrait à travers la fenêtre de sa chambre découpait sa silhouette en transparence, soulignant ses seins ronds, son petit ventre, ses bras potelés... La candeur et l'érotisme se dégageant d'elle la rendaient hautement désirable. Il déglutit péniblement et tenta de se concentrer sur son visage.

— Tu... tu as encore changé de couleur ?

— Tu aimes ?

— C'est... C'est magnifique !

Il ignorait comment il était possible de faire cela à ses cheveux, mais cette fois-ci, la jeune fille les avait teints aux couleurs de l'arc-en-ciel. Un magnifique arc-en-ciel pastel.

— Tu es très belle comme ça.

— Ah bon ? Parce que j'étais moche avec la couleur précédente ?

— Non, bafouilla-t-il en s'empourprant, c'est juste que ça te met encore plus en valeur, c'est tout.

Rassurée et flattée par le compliment du garçon, la jeune fille se retourna vers sa coiffeuse, sourire aux lèvres. Ainsi donc il la trouvait toujours belle, comme en cette journée d'août 2014, sous la pluie normande... à une différence près : aujourd'hui, il rougissait en la regardant. Était-ce le signe d'un rapprochement ? En tout cas, qu'il fasse le premier pas vers elle était pour le moins encourageant.

Elle était loin de s'attendre à ce qu'il lui hurle dessus.

— MAIS TU FAIS CHIER, PUTAIN, RO ! Faut toujours que tu gâches tout avec tes réflexions de merde ! s'écria-t-il soudain.

Rowan manqua s'étrangler avec sa propre salive. Pourquoi l'agressait-il ?

— Ça va pas la tête, je ne t'ai rien fait !

— Non, mais c'est vrai, ça. Je te fais un compliment et tout de suite faut que tu me reprennes !

— Oh ça va, si tu supportes pas l'humour, faut le dire.

— C'était pas de l'humour. Ça ne peut jamais être simple et léger avec toi, c'est ça le problème !

— Le problème ? T'es venu dans ma chambre pour m'engueuler, c'est ça ?

Non, il n'était pas venu pour ça. Les mots qui sortaient de sa bouche n'avaient rien à voir avec ceux qu'il souhaitait prononcer. Alors pourquoi s'énervait-il ainsi ? En proie à des émotions si fortes qu'il n'arrivait plus à penser correctement, Noé crut un instant que son cerveau était en train de fondre. Il ouvrit la bouche, se sentit rougir davantage, mit un coup de poing rageur dans la porte, soupira longuement, se racla la gorge, lança un regard assassin à Rowan et éructa plus qu'il ne répondit.

— NON, JE SUIS POUR VENU TE DIRE QUE J'ÉTAIS AROUMEUX DE TOI, CONNASSE !

Enfin, c'est ce qu'il répondit en substance, mais il était incapable de déterminer s'il avait réussi à sortir les mots dans le bon ordre, et s'il l'avait réellement traitée de connasse. C'était la déclaration d'amour la plus pathétique du monde. Mort de honte, il tourna aussitôt les talons et décida d'aller se terrer dans sa chambre. Pour toujours.

Sous le choc, Rowan tentait de remettre de l'ordre dans ses pensées autant que dans la phrase étrange qui était sortie de la bouche de Noé. « Non, je suis pour venu te dire que j'étais aroumeux de toi, connasse. » Sa dyslexie était toujours pire sous le coup d'une vive émotion ou de la fatigue, mais en substance, il venait de lui avouer qu'il était amoureux d'elle ? Et de la traiter de connasse. Rowan ne savait pas si elle devait rire, se mettre en colère, ou aller se jeter dans ses bras. Elle se leva lentement et franchit en somnambule les quelques mètres qui les séparaient. La chambre de Noé n'était pas fermée, le garçon était assis par terre, son casque blanc collé aux oreilles.

Elle s'accroupit à côté de lui, il ne releva pas la tête. Alors elle lui retira délicatement les écouteurs, reconnut un morceau de Linkin Park, les posa par terre et prit sa tête entre ses mains.

— C'est vrai... tu m'aimes ?

— Oui, murmura-t-il, toujours sans la regarder.

— Plus que comme un frère ?

— Oui.

— Et tu me traites de connasse ?

— Oui.

Il marqua un silence.

— C'est moi, le con.

— Pourquoi ?

— Parce que j'avais préparé un beau discours et que j'ai tout foiré, se lança-t-il. Je voulais te dire que j'ai réalisé que j'étais amoureux de toi quand Jezebel m'a embrassé, que je n'ai pas su la repousser tout de suite, mais que ça ne veut rien dire, que je ne conçois pas ma vie vide de ton sourire, de ta présence... et aussi je voulais te demander pardon de t'avoir blessée. Tu es la dernière personne sur terre que j'ai envie de faire souffrir, et pourtant j'ai l'impression de ne faire que ça depuis des mois.

Abasourdie, la jeune fille se laissa tomber sur les fesses. C'était sans aucun doute le plus beau jour de sa vie.

— Dis-moi que ce n'est pas un rêve.

— Ce n'est pas un rêve.

— Dis-moi que tu t'en fous de Jezebel.

— Je m'en fous de Jezebel.

— Tu ne la reverras jamais.

— Ben ça va être compliqué...

— Ce n'était pas une question.

— Comment ça ?

Rowan avait longuement réfléchi, il était hors de question qu'elle laisse la colère la dominer. Tant que Noé serait à ses côtés, la jeune fille serait capable de contenir ses mauvais penchants. Elle ne ferait pas de mal à Jezebel, ni ne la livrerait à ce fou qui souhaitait la supprimer. En revanche, elle avait les moyens de la convaincre de quitter la ville pour ne jamais revenir et ne s'en priverait pas.

— J'ai été contactée par un type bizarre l'autre jour, expliqua-t-elle. Il cherche Jezebel pour lui faire du mal. Elle doit partir d'ici le plus vite possible.

— Quel type ? Qu'est-ce que tu entends par lui faire du mal ?

— Je ne sais pas qui c'est, il ne m'a pas donné de nom. Il ne parlait même pas, on a communiqué en écrivant sur une ardoise. Je... tu sais que je sais lire les intentions des gens, que je vois des trucs, No...

— Oui, je le sais.

— J'ai vu qu'il ne mentait pas et qu'il n'est pas seul. Il y en a d'autres comme lui qui veulent se débarrasser de Jezebel.

— Mais pourquoi ?

— Parce qu'ils ont repéré qu'elle avait un... don.

Noé se figea sur place, ainsi il avait vu juste ! Tout prenait désormais un autre sens. Son incapacité à résister à Jezebel, les comportements étranges des gens qui la côtoyaient, y compris celui de Rowan.

— Sa voix ! s'écria-t-il. C'est sa voix.

— Oui, je le crois aussi, et c'est à cause d'elle qu'ils veulent la...

— Tuer ? compléta-t-il. Ils veulent la tuer ? T'es pas sérieuse, Ro ?

— C'est pour ça que je vais la convaincre de partir.

Noé attrapa les mains de Rowan et les serra fort. Son visage se tordit en une grimace douloureuse.

— Ro, qu'est-ce que tu entends par « la convaincre » ?

— Tu... tu le sais bien. Non ? On se dit tout, aujourd'hui, je crois...

— Oui, on se dit tout. Je sais que tu as recommencé, dit-il en plongeant son regard grave dans le sien. Tu dois arrêter, Rowan. Tu ne peux pas prendre le risque que ton don ait à nouveau le dessus sur toi. Je connais le prix que tu as payé la dernière fois, le prix qu'Alice Mariani a payé elle aussi.

La jeune fille sursauta légèrement, ses yeux s'emplirent de larmes. Bien sûr elle s'était toujours doutée que Noé connaissait son secret, mais tant qu'il n'en parlait pas, elle pouvait conserver l'espoir qu'il n'en sache rien, qu'il n'imagine pas à quel point elle pouvait être mauvaise.

— Tu as fait des choses horribles, poursuivit-il avec douceur, c'est vrai. Tu n'es pas pour autant une personne horrible. Tu es bonne, et forte. Merveilleuse. Si seulement tu te voyais telle que je te vois !

— Comment l'as-tu découvert ?

— Je crois que je l'ai toujours su. Mais j'ai commencé à me l'avouer après la greffe. Jusque-là, je ne m'expliquais pas comment une gamine de douze ans avait pu convaincre un chirurgien de lui enlever un rein. Et puis, quand je me suis réveillé, j'ai senti notre connexion plus forte que jamais. C'est comme si ce morceau de toi en moi l'avait amplifiée. J'ai compris comment tu avais obtenu cette faveur, et surtout, j'ai réalisé que tu étais responsable de la soi-disant crise de folie d'Alice Mariani. C'était pourtant évident. Cependant je n'ai rien voulu voir. Je me suis rappelé combien tu avais changé, depuis ce jour-là. Tout, chez toi, hurlait ta culpabilité. Tu pleurais dans ton sommeil, rêvais qu'on te brûlait vive... Et afin d'expier ta faute, tu n'as rien trouvé de mieux que sacrifier un de tes organes. Pour cela, tu n'as pas hésité à utiliser ton don, mais cette fois-ci, pour faire le bien. Tu as réussi à le contrôler parfaitement pour me sauver la vie, je me trompe ?

Rowan baissa la tête en rougissant, un sourire aux lèvres. C'est vrai qu'elle avait dû déployer des trésors de persuasion pour obtenir l'accord de leurs mères et endormir les protestations de l'équipe médicale. C'était la première fois qu'elle utilisait son don à froid, sans être sous le coup de la colère. Elle s'était concentrée de toutes ses forces sur le sens de ses paroles – *Je suis la meilleure donneuse possible. Mon âge n'est pas un problème. Il faut que je donne ce rein à mon frère* –, et avait visualisé le cerveau du chirurgien comme une cible, ses mots comme des flèches. La transplantation avait eu lieu trois mois plus tard.

— En me donnant une partie de toi, continua-t-il, tu m'as transmis un peu de ta magie, Rowan. J'arrive à percevoir ton autre voix quand tu utilises ton don.

— Mon autre voix ? demanda-t-elle, surprise.

— Tu ne vois pas de quoi je parle ?

— Non ?

— Ta voix se dédouble quand tu commandes aux gens de faire ce que tu veux. C'est grâce à elle que j'ai compris immédiatement que tu mobilisais ton don, le jour de l'arrivée de Jezebel dans notre classe. Tu te rappelles ma réaction quand tu as déclaré qu'elle ferait un beau couple avec Jarod ?

Rowan s'en souvenait parfaitement. Noé avait sursauté et l'avait dévisagée, semblant lui reprocher quelque chose. C'était donc ça...

— Je croyais que c'était de la jalousie. Je n'avais pas l'intention de me servir de ce... don, à nouveau. C'est la présence de Jezebel qui m'y a poussée. J'ignore comment, mais je sais que sans elle je n'aurais pas fait ça.

— Alors tu dois rester à distance.

— C'est pour ça que je vais la convaincre de partir. Elle est vraiment en danger, tu sais.

— Je te crois, mais si elle l'est parce que vous avez

un don similaire et que ce taré le découvre, il risque de s'en prendre à toi. C'est moi qui vais aller la prévenir.

— Non, je refuse que tu la revoies ! Je ne veux pas qu'elle t'envoûte à nouveau !

— Ce ne sera pas le cas, Rowan. Maintenant que je sais à quoi j'ai affaire, je ne me ferai pas avoir. Et puis je veux en profiter pour lui dire que je suis avec toi, désormais. Tu dois me laisser le lui dire. Me faire confiance.

Rowan hésita un instant, en proie à un conflit intérieur. D'un côté, elle était tellement heureuse et flattée que Noé aille crier sur tous les toits qu'il l'aimait ! D'un autre, elle ne pouvait s'empêcher de craindre le pire. Et s'il n'était pas assez fort pour lutter ?

— D'accord, lâcha-t-elle néanmoins, du bout des lèvres.

— Merci. Je me change et je descends...

— Je t'attends en bas, répondit la jeune fille, avec un faible sourire.

C'était plus fort que lui, Noé devait compléter son dessin avant d'aller trouver Jezebel. Peut-être pour mieux s'en protéger. Il avait commencé à ébaucher son portrait sur le quai de gare, à Montbard, et elle avait bien failli le surprendre. Mais il lui manquait encore quelques éléments, à l'époque. Maintenant, il avait d'elle une vision plus précise. C'était forcément un élémental rouge, l'incarnation du feu, impulsif, fascinant, annonciateur de chaos.

JEZEBEL

Noé referma son carnet et le mit dans la poche de son jean, puis ouvrit le tiroir de sa table de chevet. À l'intérieur, deux bouchons d'oreilles qu'il utilisait plus pour se protéger les tympans lors de concerts que pour dormir paisiblement. Devait-il les prendre avec lui, tel un Ulysse cherchant à résister au chant des sirènes ? Le garçon les saisit, les fit rouler entre ses doigts et les reposa. C'était ridicule. Il était tout à fait apte à résister au pouvoir d'attraction de Jezebel. Après tout, il était avec Rowan, à présent !

Et pourtant il s'apprêtait à la quitter, déjà, alors qu'il venait à peine de se déclarer...

— Tu... tu ne m'embrasses pas ? risqua-t-elle lorsqu'il ouvrit la porte d'entrée.

Noé déposa un petit baiser au coin de ses lèvres. Un baiser tout doux, tout léger qui suffit à embraser leur désir. Les jeunes gens frissonnèrent, échangèrent un regard intense.

— Le vrai baiser, ce sera à mon retour, répondit-il d'une voix rauque. Je veux prendre tout mon temps.

— Alors reviens vite, répliqua-t-elle.

9.

En proie à un profond désespoir, Jezebel Kern ne quittait quasiment plus sa chambre. C'est tout juste si elle daignait descendre pour manger avec sa famille d'accueil, préférant se nourrir de cigarettes et de musique mélancolique. Fanta et Issa Doukouré avaient bien tenté de la sortir de sa léthargie, mais ils ne souhaitaient pas la bousculer non plus, supposant qu'elle passait par une étape obligatoire du deuil de ses parents. Elle avait obtenu d'eux qu'ils ne révèlent rien de sa déprime aux services sociaux, elle ne supporterait pas de consulter un psy et de devoir se confier à un étranger en ce moment. Pour lui dire quoi, d'ailleurs ? « Bonjour, je m'appelle Jezebel, et je suis une sorcière » ? Au mieux, il la prendrait pour une folle, au pire, il la mettrait au défi d'en faire la démonstration alors qu'elle ne maîtrisait rien.

Depuis sa visite à Pierre Couton, la jeune fille ne se faisait plus aucune illusion sur sa nature ignoble et ses pulsions meurtrières. L'homme l'avait, certes, poussée à bout en la replongeant dans les souvenirs refoulés de son exorcisme, mais elle aurait pu retenir sa colère, ravaler cette boule de lave brûlante qu'elle avait déversée sur lui, jusqu'à ce qu'il en crève. Cependant Jezebel n'en avait rien fait. Elle s'était seulement abandonnée à la rage et à l'excitation presque sexuelle qui l'avaient traversée. Elle n'avait jamais été autant en accord avec son être profond qu'à ce moment-là, au moment précis où elle avait pulvérisé le cœur du vieux et fait exploser ses globes oculaires, jamais elle ne s'était sentie aussi puissante, aussi vivante qu'en lui donnant la mort.

Elle était mauvaise.

Tous les événements des derniers mois tendaient à le démontrer.

N'avait-elle pas déclenché la crise de folie de la clocharde ? Semé le chaos dans l'esprit de Jarod ? Poussé Germain Piquepaille à s'humilier publiquement ? Rendu malade sa mère adoptive quand cette dernière l'avait sauvée des griffes d'une famille maltraitante ? D'ailleurs, si sa mère biologique l'avait persécutée, n'était-ce pas tout simplement parce qu'elle connaissait sa nature immonde et cherchait à la mater ? Hannah aurait dû l'abandonner à son triste sort, sa juste punition, ou au moins laisser le vieux rebouteux l'exorciser. Maintenant il était trop tard pour faire machine arrière et elle avait deux morts sur la conscience. Et celle de combien d'autres si elle n'y prenait garde ?

Jezebel savait ce qui lui restait à faire. Elle allait partir loin d'ici, faire du stop jusqu'au bout du monde, jusqu'à trouver un endroit où s'installer en ermite, sans aucun être humain à croiser ni à martyriser. Plus jamais elle ne se lierait à quiconque, plus jamais elle n'utiliserait son don maudit. La jeune fille saisit la valise, rangée sous son lit, et commença à la remplir de vêtements.

Au rez-de-chaussée Issa Doukouré faisait les cent pas. Il avait beau tendre l'oreille, rien ne filtrait depuis l'étage.

— Ce n'est pas normal qu'on n'entende rien. Pas même un peu de musique ou une vidéo YouTube.

— Elle a besoin de calme, de se recueillir à sa façon, mon amour. On doit la laisser aller au bout de sa peine, pour mieux se reconstruire.

— J'en sais rien. On devrait peut-être en parler à Mme Paradis, elle saurait nous conseiller.

— Mais nous avons promis à Jezebel de ne rien dire à personne.

— Ce n'est qu'une gamine ! Elle ne sait pas ce qui est bien pour elle en ce moment. Elle fume comme un pompier, on le sent d'ici ! Ce n'est pas sain pour pour une jeune fille de fumer comme ça. Imagine que les services sociaux apprennent qu'on la laisse faire. On nous interdirait d'accueillir d'autres enfants...

L'angoisse était perceptible dans la voix de l'homme. Pour lui, comme pour son épouse, être famille d'accueil compensait leur incapacité à avoir des enfants, c'était une mission sacrée, un cadeau de Dieu qui donnait du sens à leur vie. Que deviendraient-ils, privés de ce privilège ? Fanta soupira longuement, elle ne pouvait que se ranger aux arguments de son mari. Pourtant, une promesse était une promesse et la petite leur faisait confiance. Que faire ? Issa avait déjà saisi son téléphone quand la sonnerie de la porte d'entrée retentit.

— Sauvés par le gong ! lâcha-t-elle, soulagée.

— Pour l'instant, répondit-il en allant ouvrir.

Il se figea en découvrant leur visiteur, sembla hésiter un instant, puis s'effaça pour le laisser entrer.

— Jarod ? s'exclama Fanta.

— Bonjour, répondit le garçon d'un air timide.

— Nous n'approuvons plus que tu fréquentes Jezebel, Jarod, déclara-t-elle d'un ton solennel.

— Je le sais. Je ne suis pas le petit ami le plus fiable qui soit, alors que Jezebel a besoin de pouvoir compter sur quelqu'un. Mais je tiens à elle et je vais tout faire pour devenir celui dont elle a besoin. Je suis venu lui demander pardon d'avoir été si distant, ces derniers temps. J'étais égaré, mais maintenant je me suis retrouvé.

Surpris de l'entendre citer ce passage du cantique « Amazing Grace », les Doukouré échangèrent un regard intrigué. La charité chrétienne les obligeait à considérer les excuses du jeune homme, comme à croire en sa possible rédemption.

— C'est entendu, mon garçon, tu peux aller la voir dans sa chambre à condition de laisser la porte ouverte, répondit Issa. Mais elle a besoin de beaucoup de bienveillance, tu sauras en faire preuve ?

— Je suis amoureux d'elle, monsieur, je veux l'aider.

Alors les Doukouré lui donnèrent leur bénédiction.

Jarod monta les marches de la maison quatre à quatre et frappa à la porte de la jeune fille. Elle lui ouvrit et alla s'asseoir sur son lit, sans même le saluer ni le regarder. Ses traits étaient tirés et d'épais cernes noirs mangeaient la moitié de son visage fatigué. Elle avait dû perdre cinq kilos et empestait la cigarette.

— Tu as eu mon texto ? demanda-t-il.

— Ouais.

— Tu ne m'as pas répondu.

Elle haussa les épaules et s'alluma une clope.

— Te fatigue pas avec moi, Jarod. Je vais partir d'ici, dit-elle en pointant sa valise du menton.

— Quoi ? Mais pourquoi ? Pour aller où ?

— Le plus loin possible.

— Loin de quoi ?

— Des gens, de la société. Tu te rappelles notre conversation sur le sujet ? Ce n'est peut-être pas possible de supprimer l'humanité tout entière, mais ça l'est de s'en extraire et c'est ce que je vais faire.

Jarod blêmit. Qu'était-elle en train de lui dire ?

— Tu n'envisages tout de même pas le suicide, Jez ?

— Pas pour l'instant. Je veux simplement quitter ce monde qui ne me correspond pas, qui ne m'apporte que tristesse et solitude. Et ne te fatigue pas à essayer de me convaincre que la vie est belle et les gens formidables. Tout me heurte ici, la cruauté et l'arrogance des hommes, même ma propre existence est une aberration, une insulte à la nature.

La jeune fille éclata en sanglots. Pour la première fois depuis la mort de Johann et Hannah Kern, des larmes de désespoir se mirent à couler, abondamment, comme si elles ne devaient jamais se tarir. Enfin elle parvenait à mettre des mots sur sa peine. Et tous ses maux l'accablaient. Il était question de culpabilité, de colère, de blessures. Désemparé, Jarod tenta de la raisonner.

— Tu racontes n'importe quoi parce que tu es déprimée. Tu ne peux pas laisser ta douleur t'aveugler. Oui, tes parents sont morts de façon tragique, mais tu viens de découvrir que tu avais été enlevée, tu as fait des démarches pour retrouver tes parents biologiques... ne me dis pas que tu vas laisser tout cela en plan. Que tu ne veux pas les connaître ?

— Ils me maltraitaient, Jarod. Tu parles de parents !

— C'est ce que t'a raconté le vieux fou, et ce sont peut-être des conneries ! T'as pas envie de savoir s'ils sont *comme toi* ?

Jarod avait insisté sur ces derniers mots, certain de faire mouche. En effet, les sanglots de la jeune fille cessèrent subitement.

— Je ne sais pas, hoqueta-t-elle.

— Bien sûr que si, tu le sais. Et puis, dès qu'on aura des résultats, s'ils ont donné quelque chose, on pourra se lancer à leur recherche.

— Et si ça ne donne rien ?

— Au moins tu auras essayé. Et alors tu pourras partir tranquille. Je connais d'ailleurs un endroit parfait pour toi. Pour nous.

— Nous ?

— Oui Jez, j'ai merdé ces derniers temps, j'ai eu du mal à gérer la violence de ma mère et j'étais centré sur mes propres problèmes. Mais c'est fini, je veux essayer de construire quelque chose avec toi, si tu le veux bien ?

Jezebel écarquilla les yeux. Elle ne s'attendait pas à cela et mille et une questions se bousculaient dans sa tête. *Jarod était-il sincère ? N'étaient-ils pas trop jeunes pour s'engager ? Où iraient-ils ?* Comprenant les interrogations de la jeune fille, le garçon esquissa un léger sourire et déposa un baiser sur ses lèvres. Qu'elle s'interroge supposait qu'elle envisageait sa proposition. Parfait.

Au final, Jarod obtenait toujours ce qu'il désirait. De son père il avait hérité un charme irrésistible. Un charme de façade qui masquait sa vraie personnalité. À force d'élever un enfant dans l'idée qu'il n'est rien ni personne, de le briser physiquement et psychologiquement, de le sevrer d'amour maternel et le priver de soins élémentaires, de l'instrumentaliser comme il l'avait toujours été, on en fait un parfait psychopathe. Les seules émotions que connaissait Jarod étaient la haine et le goût du pouvoir. Les autres, il les feignait avec talent depuis l'enfance pour parvenir à ses fins. Cela faisait maintenant sept ans que sa mère avait été mutée ici. Cinq ans qu'il avait réussi à inverser leur rapport de force sans qu'elle s'en aperçoive. Laura Nolan n'était qu'un vulgaire pantin sans intérêt ni volonté, une femme faible et cruelle tout juste bonne à martyriser les plus vulnérables, un être sans cœur capable de sacrifier son propre enfant sur l'autel d'une cause à laquelle elle ne comprenait rien.

Jarod aurait pu faire cesser sa violence à son égard depuis longtemps, mais il lui avait fallu maintenir l'illusion qu'il était toujours sous contrôle et subir encore et toujours les accès de folie de sa mère. Les provoquer, même, parfois, comme au retour de ce cours de SVT qui avait fait la démonstration du pouvoir de Jezebel. Ce soir-là, en rentrant, il avait prononcé à dessein des mots qui l'avaient mise hors d'elle, s'était laissé tabasser et avait hurlé sa douleur suffisamment fort afin d'émouvoir la jeune fille à travers les murs et la mettre dans sa poche. Tout ça pour profiter de cette puissance dont elle-même ne soupçonnait pas la portée.

En jouant la carte du ténébreux bourré de fêlures, Jarod avait su semer les bonnes graines au bon moment. Le moment de la récolte ne tarderait plus. Une récolte sanglante et implacable.

Elle détruirait tous ceux qui lui avaient nui.

Il deviendrait aussi respecté et craint qu'un dieu vengeur.

Posté en bas des escaliers, Issa appela Jezebel d'une voix surexcitée.

— Ma chérie ! Tu as de la visite !

La jeune fille lança un regard intrigué à Jarod et décida d'aller voir de quoi il s'agissait. Le garçon tendit un instant l'oreille mais rien ne filtrait du rez-de-chaussée. À tous les coups il s'agissait de Noé. Cet abruti n'en avait-il jamais assez de tourner autour de sa copine ? Au bout de quelques minutes, voyant qu'elle ne revenait pas, Jarod se résolut à rejoindre la jeune fille pour en avoir le cœur net.

Il tomba alors sur un bien curieux tableau.

Fanta et Issa Doukouré se tenaient debout devant la porte d'entrée, jusqu'ici rien d'anormal. Cependant, quelque chose dans leur posture l'alerta : tous deux avaient les bras ballants et la tête légèrement penchée, comme si leur cou n'était plus assez fort pour la maintenir droite, leurs yeux semblaient perdus dans le vague, pupilles dilatées à l'extrême, paupières qui ne clignaient pas. Il remarqua aussi qu'un filet de bave s'écoulait de leur bouche, maculant leurs vêtements. Il connaissait cet état pour l'avoir déjà observé auparavant. La peur le paralysa aussitôt.

La jeune fille restait figée, sous le choc. Elle fixait sa visiteuse d'un air hébété, cherchant désespérément une explication logique à sa présence ici.

— Que... qu'est-ce que vous faites là ? finit-elle par articuler.

Jezebel lança un regard effrayé aux Doukouré. Que leur arrivait-il ? Pourquoi avaient-ils l'air de zombies ? Et pourquoi Jarod s'était-il mis à trembler si fort ? Il paraissait terrorisé, sur le point de s'évanouir ou d'être foudroyé d'une crise cardiaque. Et pourquoi se sentait-elle, elle aussi, si fébrile, comme si elle se tenait au bord d'un précipice, prête à sauter ? L'atmosphère était oppressante, chargée d'électricité, la température avait grimpé en flèche. Quelque chose de surnaturel, d'inexplicable se jouait ici.

Un bruit incongru la tira de ses réflexions. De l'eau coulait, quelque part. Une odeur âcre emplit la pièce et fit grimacer la jeune fille. Ce n'était pas de l'eau. Elle tourna la tête, incrédule, en direction de Jarod. Le garçon se pissait dessus. Une auréole sombre croissait au niveau de sa braguette et un filet d'urine s'était frayé un passage le long de ses jambes pour venir arroser la moquette. Jarod était un garçon athlétique, possédant une vraie force de caractère, alors comment cette femme pouvait-elle le mettre dans cet état ? La connaissait-il personnellement ? La visiteuse n'avait pas bougé d'un pouce et l'observait, un sourire au coin des lèvres.

— Vous êtes..., articula Jezebel. Vous êtes Lily Witt ?

— C'est bien moi, Jezebel. Mais tu peux m'appeler maman.

ÉPILOGUE

Rowan Le Guen se réveilla à l'hôpital, trois jours après le drame.

La première chose qu'elle ressentit fut la même qu'avant son malaise : une tristesse infinie pour les Doukouré, morts tous deux d'un AVC foudroyant. À côté des cadavres, on avait retrouvé une quantité importante de sang. Bien qu'il demeurât introuvable, Rowan avait compris immédiatement qu'il s'agissait de celui de Noé et son chagrin fut si violent qu'elle en perdit connaissance.

Noé... sa raison de vivre, son amour.

Tout ce qu'on avait retrouvé, c'était ce petit carnet de dessin dont il ne se serait jamais séparé. Elle le feuilleta, les larmes aux yeux, à la recherche de celui qui la représentait et qu'il ne lui avait jamais montré. Elle s'y sentait désormais autorisée. Ne lui avait-il pas dit qu'il aimerait qu'elle se voie à travers son regard, telle une créature merveilleuse ? Enfin, elle trouva la créature blanche qu'il lui avait associée. Elle savait que le blanc, dans Magic The Gathering, était la couleur de l'harmonie et de la spiritualité, de la coopération et la guérison, mais aussi celle de la dictature, froide et implacable. Le blanc, dans Magic, était capable de soulever des armées pour détruire celui qui avait enfreint les règles. Alors oui, elle se reconnaissait dans la créature que Noé lui avait attribuée, à une exception près cependant. Rien ne pouvait désormais endiguer l'émotion impérieuse qui chassait progressivement son chagrin. La colère.

La jeune fille attrapa un stylo posé sur la tablette à côté d'elle et ajouta, un sourire mauvais aux lèvres, un nouveau détail au croquis de Noé. Le glaive de sa vengeance.

ROWAN

Remerciements

Il y a les remerciements de l'auteur...

Cette nouvelle saga n'aurait jamais pu voir le jour sans le soutien indéfectible de mon éditeur Glenn Tavennec. Une relation auteur-éditeur, quand les deux se sont bien trouvés, c'est quelque chose de complexe, d'organique, ça bouge, ça fait mal parfois, ça donne des ailes aussi. La nôtre, mon cher Glenn, tient bon et ne cesse de croître, d'ouvrir régulièrement de nouvelles portes que je franchis en confiance grâce à toi. Merci d'être mon éditeur. Puissions-nous poursuivre des années encore dans la confiance mutuelle et les valeurs que nous partageons.

Je ne pousserai pas le vice jusqu'à asséner que « seuls les vrais savent » mais je dirais plutôt que « les joueurs de Magic comprendront ». *Après nous,* c'est la rencontre de mon univers et de sujets qui me sont chers avec celui du jeu Magic The Gathering. Dans ce jeu, chaque couleur correspond à des capacités et un état d'esprit bien spécifiques. Si j'ai eu l'idée de créer des personnages dont la psychologie serait basée sur ces couleurs, et de les faire évoluer comme je l'ai prévu dans les prochains tomes, c'est grâce à celui qui m'a initiée au jeu, Grégor Guillot. Merci à toi, Greg, pour les séances de brainstorming où je t'ai demandé d'envisager mes personnages comme des créatures Magic – j'espère vraiment que les cartes seront éditées un jour ! Merci aussi pour ta patience quand il t'a fallu m'apprendre à jouer et que tu as découvert quelle mauvaise perdante j'étais. Mauvaise gagnante aussi, je sais...

J'aimerais aussi remercier les deux illustrateurs de talent qui ont contribué à habiller ce roman :

Magali Villeneuve-Dainche, illustratrice de génie dont je rêvais qu'elle illustre les quatre couvertures d'*Après nous* et qui m'a fait l'honneur d'accepter. Je suis admirative de son talent et de sa capacité à saisir parfaitement l'essence d'un personnage. Je ne pouvais rêver une Jezebel plus belle ni plus touchante. Merci pour elle.

Éphémère, avec qui je souhaitais travailler depuis longtemps et qui a accepté de prêter sa plume à Noé, au fil de l'histoire. Non seulement tu m'as retiré une belle épine du pied, mais tu m'as bluffée par ta réactivité, tes propositions toujours pertinentes, et ce don que tu as pour mettre en images des mots jetés maladroitement. Pas par ta gentillesse ni ta patience car, elles, je les connais depuis longtemps.

Ensuite, je tiens à vous remercier, chers lecteurs, parce que cette histoire n'existerait pas sans vous. Vous qui me découvrez tout juste ou qui me suivez depuis des années et attendiez cette nouvelle saga avec impatience. C'est pour vous que j'écris, c'est vers vous que j'envoie Jezebel, Jarod, Rowan et Noé. J'espère qu'ils sauront se frayer une voie jusqu'à votre cœur. Ce premier tome est le commencement d'un chemin plein de surprises, bourré d'émotions, d'action, mais aussi de réflexions sur le monde que nous voulons aujourd'hui, que nous préparons pour demain... *Après nous*, c'est votre histoire autant que la mienne.

Et il y a les remerciements de la femme...

Remercier. Dévoiler les noms de mes proches pour leur affirmer publiquement combien je les aime et leur suis reconnaissante... Pour être honnête, cet exercice me paraît de plus en plus impudique. Car plus le temps passe, plus je les sais rares et précieux, et plus j'ai envie de les préserver, les garder pour moi, égoïstement.

Alors je souhaite juste écrire ici qu'ils donnent du sens à ma vie, m'aident à tenir quand je ne crois plus en rien et surtout pas en moi-même. Que je les aime et les chéris. Que les mots que je pourrais coucher ici sont bien dérisoires à côté de leurs mots à eux, de leurs actes, de leur présence entière et indéfectible. Ils se reconnaîtront.

Kaleb

de Myra Eljundir

SAISON 1

C'est si bon d'être mauvais...

À 19 ans, Kaleb Helgusson se découvre empathe : il se connecte à vos émotions pour vous manipuler. Il vous connaît mieux que vous-même. Et cela le rend irrésistible. Terriblement dangereux. Parce qu'on ne peut s'empêcher de l'aimer. À la folie. À la mort.

Sachez que ce qu'il vous fera, il n'en sera pas désolé. Ce don qu'il tient d'une lignée islandaise millénaire le grise. Même traqué comme une bête, il en veut toujours plus. Jusqu'au jour où sa propre puissance le dépasse et où tout bascule... Mais que peut-on contre le volcan qui vient de se réveiller ?

La première saison d'une trilogie qui, à l'instar de la série *Dexter*, offre aux lecteurs l'un de leurs fantasmes : être dans la peau du méchant.

Déconseillé aux âmes sensibles et aux moins de 15 ans.

Saison 2 : *Abigail*

Saison 3 : *Fusion*

LA FAUCHEUSE

de Neal Shusterman

Priez qu'elle ne vienne pas pour vous !

MidMerica, milieu du 3e millénaire. Dans un monde où la maladie a été éradiquée, on ne peut plus guère mourir qu'en étant tué aléatoirement (« glané ») par un faucheur professionnel. Citra et Rowan sont deux adolescents qui ont été sélectionnés pour devenir apprentis Faucheurs ; et, bien qu'ils aient cette vocation en horreur, ils vont devoir apprendre l'art de tuer et comprendre en quoi cette mission est bel et bien une nécessité.

Mais seul l'un des deux adolescents sera choisi comme apprenti à part entière, et lorsqu'il devient clair que la première tâche du vainqueur sera de glaner la vie du perdant, Citra et Rowan se retrouvent dressés l'un contre l'autre bien malgré eux...

Tome 2 : *Thunderhead*, à paraître en mars 2018

LA 5e VAGUE

de Rick Yancey

Tome 1

1re Vague : Extinction des feux. 2e Vague : Déferlante.
3e Vague : Pandémie. 4e Vague : Silence.

À L'AUBE DE LA 5e VAGUE, sur une autoroute désertée, Cassie tente de *Leur* échapper… *Eux*, ces êtres qui ressemblent trait pour trait aux humains et qui écument la campagne, exécutant quiconque a le malheur de croiser *Leur* chemin. *Eux*, qui ont balayé les dernières poches de résistance et dispersé les quelques rescapés.

Pour Cassie, rester en vie signifie rester seule. Elle se raccroche à cette règle jusqu'à ce qu'elle rencontre Evan Walker. Mystérieux et envoûtant, ce garçon pourrait bien être son ultime espoir de sauver son petit frère. Du moins si Evan est bien celui qu'il prétend…

Ils connaissent notre manière de penser. *Ils* savent comment nous exterminer. *Ils* nous ont enlevé toute raison de vivre. *Ils* viennent maintenant nous arracher ce pour quoi nous sommes prêts à mourir.

Retrouvez l'adaptation du premier tome de la trilogie phénomène en DVD et VOD

Tome 2 : *La Mer infinie*

Tome 3 : *La Dernière Étoile*

Tome 1 de la deuxième saison à paraître en 2018

La photocomposition de cet ouvrage
a été réalisée par
GRAPHIC HAINAUT
30, rue Pierre Mathieu
59410 Anzin

Cet ouvrage a été achevé d'imprimer en novembre 2017
dans les ateliers de Normandie Roto Impression s.a.s.
61250 Lonrai (Orne)
N° d'édition : 56332/01
N° d'impression : 1704268

Imprimé en France